OLAF MÜLLER

Rommels Gold

DAS LETZTE GEHEIMNIS Rommels Gold. Wo sind die Metallkisten mit dem 1943 geraubten Gold der jüdischen Gemeinden aus Tunesien geblieben? In der Nähe des Dürener Vorbahnhofs wird im Sommer 2020 ein ermordeter Mann ohne Papiere gefunden. Kommissar Fett und Kollegin Conti finden jedoch kein Motiv und kaum eine Spur. Sie stehen vor einem Rätsel. Abrechnung im Milieu? Mord an einem osteuropäischen Wanderarbeiter? Während in den Ardennen ein Lieferwagen abbrennt, wird in Maastricht ein seltsamer Vorfall beobachtet. In Lüttich nimmt ein alter Mann Kontakt mit dem König der Vorkarpaten auf, in Aachen explodiert ein Lancia, in Kalabrien warten alte Herren auf einen Container. Gibt es einen Zusammenhang mit Rommels Gold? Spuren führen in die Ukraine, die polnischen Vorkarpaten und nach Kalabrien. Hat die Mafia die Finger im Spiel? Oder der Mossad? Fett und Conti geraten in eine Spirale von Gewalt und Geschichte.

© privat

Olaf Müller wurde 1959 in Düren geboren. Er ist gelernter Buchhändler und studierte Germanistik sowie Komparatistik an der RWTH in Aachen. Seit 2007 leitet er den Kulturbetrieb der Stadt Aachen. Sprachreisen führten ihn oft nach Frankreich, Italien, Spanien sowie Polen und Austauschprojekte in Aachens Partnerstädte Arlington (USA), Kostroma (Russland) und Reims (Frankreich). Als junger Segelflieger erlebte er die Eifel aus der Luft, als erfahrener Wanderer heute vom Boden. »Rommels Gold« ist sein sechster Kriminalroman im Gmeiner-Verlag.

OLAF MÜLLER

Rommels Gold

KRIMINALROMAN

GMEINER

Immer informiert

Spannung pur – mit unserem Newsletter informieren wir Sie
regelmäßig über Wissenswertes aus unserer Bücherwelt.

Gefällt mir!

Facebook: @Gmeiner.Verlag
Instagram: @gmeinerverlag
Twitter: @GmeinerVerlag

Besuchen Sie uns im Internet:
www.gmeiner-verlag.de

© 2022 – Gmeiner-Verlag GmbH
Im Ehnried 5, 88605 Meßkirch
Telefon 0 75 75 / 20 95 - 0
info@gmeiner-verlag.de
Alle Rechte vorbehalten
1. Auflage 2022

Lektorat: Claudia Senghaas, Kirchardt
Herstellung: Mirjam Hecht
Umschlaggestaltung: U.O.R.G. Lutz Eberle, Stuttgart
unter Verwendung eines Fotos von: © A.Savin; https://commons.wikime-
dia.org/wiki/File:Dueren_railway_station_10-2017.jpg
Druck: GGP Media GmbH, Pößneck
Printed in Germany
ISBN 978-3-8392-0188-6

Gewidmet den polnischen Zwangsarbeiterinnen und
Zwangsarbeitern in Deutschland während des
Zweiten Weltkriegs

Wusste Rommel davon? Johannes Erwin Eugen Rommel, genannt Wüstenfuchs. Wusste er davon? Wir wissen es nicht. Die Quellenlage ist unübersichtlich. Am 22. Juni 1942 wurde er zum jüngsten Generalfeldmarschall der Wehrmacht befördert. Am 6. März 1943 verließ er Afrika. Da waren die Metallkisten bereits verschweißt und auf dem Weg ins Reich. Wusste Rommel davon? Von der Erpressung der jüdischen Gemeinden in Tunesien? Wusste er von der SS in Afrika, von dem Auftrag, nach dem Sieg des Afrikakorps alle Juden umzubringen? Wir wissen es nicht. – Es könnte so ähnlich gewesen sein.

JEMAND MUSSTE OSKAR KRAPOHL
VERRATEN HABEN

Die *Hopfenklause* am Hansemannplatz in Aachen war ein dunkles Loch. Getönte Butzenscheiben blockierten den Blick ins Innere. Seit Jahren hing ein schwerer Vorhang in undefinierbarer Farbe als Windfang hinter der Eingangstür. Wer diesen beiseiteschob, geriet in die schummrige Welt harter Trinker. Eine der verlorenen Gestalten stand vor der Tür, fummelte aus einer zerknitterten Zigarettenpackung die letzte Kippe, zündete mit gelblichen Fingern ein Streichholz und dann die Zigarette an. Leicht schwankend verfolgte er mit trübem Blick Passanten, ohne dass ein Außenstehender hätte ahnen können, welche Gedanken gerade in dem Gehirn gedacht wurden. Korn und Pils wirkten seit Jahren auf dasselbe ein. Nun kam Nikotin hinzu. Manche Passanten waren zu schnell für die Auffassungsgabe seiner Augen. Fett sah, wie sein Blick verzweifelt versuchte, an einer jungen Frau kleben zu bleiben. Dann knickte der Kopf wie der einer Stockpuppe zur Seite, fing sich, ein Zug aus der Kippe und die Person lehnte sich an die Tür, als ob sie sich anschmiegen wollte.

»Das ist Eisenbahnsiggi«, sagte Fett.

Kommissar Fett, Anfang 60, saß an diesem heißen Freitagmorgen, 10. Juli 2020, seit 10 Uhr im Zivilwagen und beobachtete mit Kollegin Daniela Conti die

Kneipe. Oskar Krapohl verkehre in der *Hopfenklause*, hatte Riegel-Rudi am Donnerstagabend verraten, kurz nachdem Krapohl zur Fahndung ausgeschrieben worden war. Krapohl wurde wegen Mordes gesucht. Gegen 10.45 Uhr war er eingetroffen und sofort in der Kneipe verschwunden. Das SEK aus Köln war unterwegs. Bald würde der Verkehr verstummen und eine unbekannte Stille am Hansemannplatz einkehren. Ein Zug der Einsatzhundertschaft raste bereits die Trierer Straße herunter, fünf Mercedes Sprinter der Bundespolizei jagten mit Blaulicht, aber ohne Martinshorn, über die Franzstraße und den Elisenbrunnen zur Peterstraße, Einmündung Gasborn.

»Hier wird es gleich ruhig«, sagte Fett und wischte den Schweiß von der Stirn. »Prüfen Sie Ihre Waffe, laden, entsichern. Für alle Fälle. Die kugelsichere Weste schließen.«

»Wer war beim BKA? Sie oder ich?« Daniela Conti, 40, durchtrainiert, schwarzer Pagenschnitt, schwarze Augen, sprach ruhig, ohne den Blick von der Gestalt abzuwenden, die Fett als Eisenbahnsiggi identifiziert hatte. Sie nahm die Walther P99 Kaliber 9mm vorsichtig aus dem Holster und lud die Waffe in Höhe ihrer Waden durch. Ein Passant hätte nichts bemerkt.

»Sie waren beim BKA. Ich weiß«, stöhnte Fett leicht genervt. »Da kommt Papesch, der Wingman von Krapohl.« Fett nickte in Richtung des sonnenbankgebräunten Gesichts. Papesch stieg kurz vor 11 Uhr aus einem zitronengelben Porsche 924. Gegelte Haare, goldene Sonnenbrille, überteuertes Sakko in knallrot.

»Wingman?« Conti fragte, ohne den Blick von Papesch abzuwenden.

»Krapohls Schatten. Wingman kommt aus der Fliegerei. Der Begleitpilot des Rottenführers, der ihn deckt. Horst Papesch, genannt Hotte, ist Krapohls Schatten. Beide kennen sich aus dem Aachener Knast. Sie haben mehr Zeit in der JVA als auf der Straße verbracht. Geben Sie ihn an die Zentrale durch. Der ist bestimmt bewaffnet.«

»Robert 13 an Zentrale.«

»Zentrale hört.«

»Zielperson bekommt Besuch. Horst Papesch betritt *Hopfenklause*. Informieren Sie SEK.«

»Zentrale verstanden. Ende.«

»Zusammen mit Eisenbahnsiggi haben Krapohl und Papesch in Aachen manches Ding gedreht. Überfälle auf Juweliergeschäfte, Bankraub und vermutlich Auftragsmord.«

»Wer ist Eisenbahnsiggi?«

»Siegfried Mirtek. Liebt Modelleisenbahnen. Hat beim Modelleisenbahngeschäft *Hünerbein* am Markt die Scheibe mit einem Diamantschneider zerkleinert, um ein bestimmtes Märklinmodell zu stehlen. Irgendwas mit Krokodil oder Dampflok. Darum Eisenbahnsiggi. Kaltblütiger Ganove. Schwerer Trinker. Der sieht nicht gerade wach aus.«

»Sie kennen sich aus in der Aachener Szene.«

»Warum nicht? Mordkommission Aachen über 30 Jahre.«

Beide Kommissare schwitzten unter den kugelsicheren Westen. Daniela Conti trug ihre dünne braune

Lederjacke darüber, Fett eines seiner dunkelblauen Sakkos. Er dachte an die Kollegin mit dem schwarzen Pagenkopf auf dem Nebensitz. Sie würde schneller sein als er. Mit der Pistole und bei der Verfolgung. Er wollte nicht, dass ihr etwas passierte. Seit Dezember 2019 waren sie ein Team. Er mochte sie. Jetzt juckte seine Narbe unter dem Bauchnabel. Das lenkte ihn ab.

MACH MAL HOPPEGARTEN!

Als Fett seine Gedanken und Gefühle sortierte, stürzte in der *Hopfenklause* die dicke Johanna Brummer, genannt Hanni, Whisky-Cola in sich hinein. Lokalrunde von Krapohl. Für Hanni, Papesch, Eisenbahnsiggi, Franky und Toni, den Wirt. »Auf OK!«, dröhnte es aus den heiseren Kehlen; Oskar Krapohl, genannt OK.

In seiner Stammecke hockte Franky, der gescheiterte Schriftsteller und verhinderte Journalist, süppelte an seinem Kölsch und rauchte eine *Sweet Afton*. Nur er und Krapohl hatten Raucherlaubnis in der *Hopfenklause*, weil Franky so klug reden konnte und Krapohl sich einen Dreck um die Verordnungen scherte. Franky las den *Kicker*, überlegte, auf welchen drittklassigen Fußballverein er seine letzten 20 Euro setzen sollte. Die Stütze war verbraucht. Pumpen könnte er höchstens bei Platten-Paul oder dem langen Pit. Er hörte Krapohls Ruf im Unterbewusstsein, denn er kalkulierte die Gewinnquote für eine Partie in der Regionalliga.

»Hoppegarten!«, befahl Krapohl. Papesch und Eisenbahnsiggi verzogen säuerlich das Gesicht, sie wussten, was kam. Toni schlurfte zum Plattenautomaten, donnerte eine Zweieuromünze in den Schlitz, dann erklang Marianne Rosenberg: »Er gehört zu mir.«

»Zehn Gläser Wodka auf die Theke, Toni! Zehn für mich, zehn für Hanni! Und hol die Hocker raus für Paps und Siggi. Die reiten für Deutschland. Scheiß auf Corona. So nenn' ich meinen Zossen.«

Toni kannte die Spielregeln. Papesch und Siggi mussten auf den Hockern um den Stammtisch reiten. Krapohl und Hanni kippten die zehn Gläser Wodka in die Kehle. Wer von den Reitern als Letzter ins Ziel kam, teilte sich die Wodkarechnung mit dem, der langsamer getrunken hatte. Die dicke Hanni lachte trinklüstern, sie wusste, dass sie für zehn Wodka nur fünf zahlen musste.

»Krapohl, du bist der King«, säuselte Hanni mit feuchtem Mund. »Sag ich mal so.« Sie stieß auf und Krapohl lehnte sich mit dem Rücken an die Theke. Toni brachte die Hocker.

»Pferde müssen saufen, Krapohl, gerade wenn wir morgens reiten. Lass uns nicht hängen. Wir brauchen

Feuerwasser, verstehste?« Papesch, untersetzt und aus allen Poren schwitzend, lachte ihm mit seinem Doppelkinn, den gegelten Haaren und Zahnlücke entgegen. Den Schneidezahn hatte er in der Dusche der JVA Aachen verloren, als er seinem Zellenkumpan Josef »Juckel« Kappes klarmachte, dass Juckel nicht beim Knast-Theater mitmachen würde, das die Frau des Aachener Generalintendanten seit einigen Jahren zur Abwechslung der Insassen und der gelangweilten Schickeria im Aachener *Sing Sing* einstudierte und aufführte. Stets kamen die Happy Few des Aachener Kulturlebens und ergötzten sich an den schweren Jungs, der Regisseurin und den Schnittchen der Gefängnisküche.

»Juckel, du wirst nicht auf der Bühne stehen, sondern die Programmzettel verteilen.« Und weil Juckel, lebenslänglich wegen Muttermordes, unbedingt auf der Bühne stehen wollte, wagte Juckel ein zögerliches »Nein.« Danach hatte Juckel zwei Veilchen, mehrere gebrochene Finger, und da Papesch auf der Seife ausgerutscht und mit dem Oberkiefer auf die Armaturen der Dusche aufgeschlagen war, fehlte ihm fortan der mittlere Schneidezahn. Einige »Kollegen« nannten ihn seitdem Alfred, wie Alfred E. Neumann aus dem *MAD*-Satirecomic, dem ebenfalls der mittlere Schneidezahn fehlte.

Papesch stürzte ein Herrengedeck in sich hinein. Bitburger mit einem Schnaps. »Noch eins, Toni! Die Kiste kannste mir später nach Hause fahren. Heute machen wir einen drauf!« Nach dem zweiten Herrengedeck kletterte er auf den Reitschemel.

»Hoppegarten! Auf die Plätze, fertig, los!« Krapohl brüllte und hob zugleich den ersten Wodka in Lippenhöhe, trat der dicken Hanni gegen das Schienbein, die prompt ihr Glas verschüttete. Toni musste nachschenken. Sie kannte das Spiel und schluckte langsam. Der Sieger stand eh immer fest: Krapohl.

Papesch und der schwer betrunkene Eisenbahnsiggi rutschten mit den Hockern auf dem Linoleumboden um den Stammtisch, wobei Papesch sich aus der Innenkurve gegen Eisenbahnsiggi lehnte, der mit dem Kopf gegen den Plunger vom Gottlieb-Flipper »Star Trek: The Next Generation« donnerte, sich die rechte Augenbraue aufriss und hinter Papesch in Runde zwei ritt. Krapohl schüttete mit weit aufgerissenem Mund den Wodka in seine Kehle. Die dicke Hanni setzte das Glas an die Lippen und ließ den Stoff in den Hals rinnen. Sie konnte nicht so schnell trinken, und Eisenbahnsiggi kam nicht hinterher. Mit blutverschmiertem Gesicht hechelte er hinter Papesch her, der mit seinem dreckigsten Lachen den Hoppegarten-Sieg garnierte. Mittlerweile sang Michael Holm »Mendocino«. Die Wurlitzer funktionierte einwandfrei.

»Auf Papesch, den Sieger auf ›Corona‹ im Hoppegartenduell mit ›Lahme Printe‹ und dem Vollpfosten Eisenbahnsiggi. Lokalrunde, Toni! Hanni, lass gut sein. Du hast, wie immer, verloren, du dumme Kuh.« Krapohl tätschelte ihr die linke Wange. Papesch und Eisenbahnsiggi lagen mehr auf der Theke, als dass sie davorstanden. Toni stellte zwei Pils auf den Tresen, Krapohl lachte rachitisch und hob den Daumen, die Jockeys setzten an –

und zack waren die Gläser leer. Hanni rutschte ständig vom Hocker, und Papesch schrie Toni an: »Nun gib der dicken Hanni endlich zwei Hocker, die Kuh liegt hier gleich auf der Rennbahn!«

Toni schleppte einen zweiten Barhocker zur lallenden Hanni, die sich widerstandslos auf zwei Hockern zur Wand schieben ließ, damit sie nicht nach hinten wegkippte.

»Toni, Buletten! Auch für Franky, los Franky, hau rein, bevor du den Jackpot knackst!« Krapohl zeigte auf den Teller unter der Käseglocke, auf dem Tonis selbst gebratene Bremsklötze lagen. Oskar Krapohl war böse, böse als Jugendlicher und böse als junger Mann. Er kannte kein anderes Leben als rein in den Knast und raus aus dem Knast. An Sicherungsverwahrung war er bei all seinen Prozessen vorbeigekommen. Eigentlich hatte er mit dem letzten Coup die Altersversorgung aufstocken wollen. Doch mit den Itakern war das so eine Sache. Krapohl biss in die Bulette, die unter dem Senf kaum zu identifizieren war. Papesch und Krapohl dämmerten auf der Theke. Papesch zeigte auf die Schnapspulle. Toni lieferte sofort. Franky raffte sich auf, griff zur Bulette, begutachtete sie fachmännisch und gab seinen Kommentar ab: »Alfred Biolek hätte mehr feingehackte Zwiebel hineingegeben, Vincent Klink ausschließlich Rinderhack genommen und Lea Linster hätte gar keine Buletten gebraten. Toni, mach endlich einen Bulettenkurs bei Lafer.« Er biss hinein, mümmelte und stellte fest: »Konsistenz okay, könnten noch eine Minute länger gebraten sein. Ein Hauch von italienischen Kräutern, statt Löwensenf wieder Aldi-Senf, versuch es mit Olivenöl anstelle von Rapsöl. Schmeckt man.« Er schnappte zwei weitere Buletten, schoss aus der Senfplastikflasche der 60er-Jahre einen Strahl hellbraunen Senf mittelscharf auf den Teller und verzog sich in seine Stammecke mit dem *Kicker*.

»Hör, der Restauranttester hat gesprochen. Oh, Franky, der Fachmann für alle Lebenslagen. Gib lieber einen totsicheren Tipp rüber, dann kriegste die Hälfte vom Gewinn.« Krapohl dröhnte durch die Kneipe.

»Hoppenstedt auf Platz im dritten Rennen von Köln Weidenpesch heute um 15 Uhr!« Frankys Antwort kam wie ein Pistolenschuss, wobei ihm etwas Senf von der Bulette auf die Lederjacke tropfte, die er eigentlich nie auszog. Manche Kumpels hatten ihn damit sogar im Bett angetroffen, wenn er denn gerade ein Bett zur Verfügung hatte und nicht auf irgendeiner Matratze, umgeben von Bücherstapeln und alten Zeitungen, schlief.

»Hoppenstedt auf Platz?«, knurrte Krapohl. Er kannte Franky seit Jahren und fand seinen Gefallen an diesem verkappten Genie. »Setz du. Den Zossen kenne ich nicht.« Er reichte einen Hunderter zu Franky hinüber, der sofort austrank, und mit einem »Ich bin im Wettbüro« die Kneipe verließ.

Mittlerweile lief Christian Anders' »Es fährt ein Zug nach Nirgendwo«.

»So still da draußen«, murmelte Eisenbahnsiggi mit Bulettenkrümeln auf der Unterlippe. Er machte ein Bäuerchen und nickte Toni zu.

»Wie? Still? Still?« Krapohl schaute ihn scharf an und schien plötzlich fast nüchtern zu sein.

»Still. Keine Busse. Eben kamen Busse. Jetzt nicht. Keine Busse. Toni, tu mir einen Klaren.«

»Willst du uns verarschen, oder was? Wie, keine Busse?«

»Sag ich doch. Mann, Krapohl. Keine Busse eben. Scheiß drauf. Toni, den Klaren. Der spinnt, der Krapohl.«

Krapohl verzog seine Lippen, die Zähne mahlten. »Kaffee, Toni! Dalli! Ruckizucki. Verstehst du!« Er rutschte vom Barhocker und zog die Jeans hoch. Dann schob er Eisenbahnsiggi auf die Seite und öffnete die Gardinen von einem der Butzenscheibenfenster einen Spalt. Keine Busse. Stille auf dem Hansemannplatz. Oskar Krapohl griff zu seiner Hämmerli Schnellfeuerpistole mit extra großem Magazin. 20 Schüsse, 20 Dum-Dum-Kugeln, die aufplatzten und das kleine Kaliber wettmachten. Kann man in drei Sekunden rausjagen oder 20 Einzelschüsse. »Kaffee, Toni! Verdammte Scheiße, ich schieß dich gleich zu Klump. Kaffee oder es knallt.« Ein Getränkewagen fuhr vor den Eingang.

WAS ANFANG JULI GESCHAH

Wieder bellte Charlie. Warum bellte Charlie so heftig und lange? Ottokar Spilles, pensionierter Diensthundeführer der Bundeswehr, gab Leine und folgte in Breitcordhose und Anglerweste Dackel Charlie an den Rand des Regenwasserrückhaltebeckens Arnoldsweilerweg, am Ende der Elsdorfer Straße in Düren. »Ruhig, Charlie!« Charlie, der fette Dackel, war nicht ruhig, zog zum Holzgitter vor der Metallplattform des Einlaufs, wollte rechts hinunter zur stinkenden Brühe. Unten dümpelte etwas im stehenden Wasser. Durch die Trockenheit des Sommers 2020 war das Wasser fast vollständig verdunstet. Ein Gewitterregen in der vorhergehenden Nacht hatte für Nachschub gesorgt. Ottokar Spilles sah den Körper und zog Charlie zurück. »Aus! Aus, Charlie!« Ein Güterzug pfiff. Der ICE nach Brüssel rauschte am Mittwoch, dem 1. Juli 2020, um 7 Uhr morgens, von Köln kommend, vorbei. All das hörte Ottokar Spilles nicht, er verdrängte die Geräusche der Bahn, das Bellen des Hundes. Er kramte nach seinem Handy, Charlie zerrte weiter an der Markenleine. Dann wählte Ottokar Spilles die 110.

Um 8 Uhr trafen der Aachener Kriminalkommissar Michael Fett und Kommissarin Daniela Conti über Arnoldsweiler kommend an der Fundstelle ein. Sie parkten auf dem kleinen Schotterplatz mit den Gittern über der Kanalisation. Die Wagen der Kriminaltechnik standen auf dem Feldweg vor dem abschüssigen Pfad zum Rückhaltebecken, das von Gebüsch, Bäumen, verdorrtem Dornenzeug und altem Ginster umgeben war. Kollegin Unsleber leitete das Team der KTU. Doktor Schunkert untersuchte die Leiche.

»Schöne Bescherung. Muffiger Ort, alles zugewachsen, kaum einsehbar«, murmelte Fett. Er und Conti streiften die weißen Overalls über, die Kriminaltechnik hatte an der Fundstelle ein weißes Zelt aufgebaut, der Tote lag auf dem Rücken vor dem Geländer. Ein Mann Anfang 30.

»Aufgesetzter Kopfschuss in die Stirn, beide Kniescheiben zerschossen. Vielleicht wollte er nicht reden?« Doktor Schunkert, Rechtsmediziner, zeigte auf die Einschussstellen, drehte den Kopf der männlichen Leiche zur Seite.

»Das macht doch die Organisierte Kriminalität«, sagte Conti mit Blick auf den Toten. »Eher eine Spezialität meiner besonderen Freunde aus Sizilien oder Kalabrien.«

Fett schaute sich um. Er kannte den Ort, denn er stammte aus Norddüren. Hier war früher ein Bolzplatz gewesen. Früher, das waren die 60er- und 70er-Jahre. Irgendwann wurde beschlossen, ein Regenwasserrückhaltebecken anzulegen, und der Bolzplatz verschwand so rasch, wie er entstanden war. Zwei Eurofighter vom Fliegerhorst Nörvenich schossen von Südosten kommend durch den Himmel. Fett schaute ihnen nach, wie sie in einer lang gezogenen Rechtskurve Richtung Geilenkirchen verschwanden.

»Wie lange lag er drin?« Fett fragte Doktor Schunkert, einen Mittfünfziger, groß gewachsen und immer mit schwarzem Humor bei der Arbeit.

»Seit zwei Tagen, können auch drei sein. Nicht länger. Sonst wären die Verwesungsspuren durch dieses Brackwasser stärker.«

»Sonntag oder Montag«, sagte Fett.

Daniela Conti kniete neben dem Toten. »Auffälligkeiten? Irgendwas zur Identifikation?«

»Männlich, ungefähr Mitte 30. Bauarbeiter war er nicht.«

»Ach. Auf männlich wäre ich nicht gekommen.«

»Danke, Frau Conti. Könnte ja ein Transsexueller sein. Also: zu feine Hände. Keine Spuren von Handarbeit. Eher Schreibtisch, Musiker, Maler, Sänger oder so.«

»Ein toter Sänger im Überlaufbecken Anfang Juli 2020 mitten in der Corona-Scheiße.« Conti hörte Fett, sah ihn herumlaufen und wunderte sich über nichts mehr. Er ging seine eigenen Wege. So oder so.

»Dann warten wir auf die Obduktionsergebnisse. Danke, Doc.«

»Piaccere, signora Conti.«

»Spuren auf dem Weg? Wie kommt die Leiche hierher?«, fragte Conti Kollegin Unsleber, die am Rande des Wasserbeckens das Gras untersuchte.

»Sie können hier ruckzuck mit dem Auto runterbrausen, die Leiche in das Becken werfen und wieder abzischen. Den Poller öffne ich Ihnen mit einer Zange. Spuren auf dem Weg sind spätestens letzte Nacht durch den Gewitterregen getilgt worden. Wenn Sie mich fragen, wurde die Leiche hierhergefahren, reingeworfen und ab über Arnoldsweiler zur Autobahn. Fundort ist bestimmt nicht Tatort. Den müssen Sie suchen, Frau Kollegin, das schaffen Sie.«

Conti lächelte, es tat gut, nicht nur den Brummbär Fett zu hören.

»Hier gibt es zwei Treppen, die hinunter in das Loch führen, dazu zwei befahrbare Wege«, Fett hatte sich umgeschaut. »Wir müssen die Anwohner in der Elsdorfer Straße und auf dem Arnoldsweilerweg befragen. Elsdorfer Straße ist unwahrscheinlich, da hätte die Leiche getragen werden müssen, denn es gibt von dort keine Zufahrt. Eher mit einem Auto oder Transporter über eine der beiden Zufahrten. Das können höchstens die Anwohner der vier Häuser da vorne mitbekommen haben.« Fett zeigte auf den Arnoldsweilerweg.

»Ich kümmere mich drum. Was machen Sie?«, fragte Conti.

»Schaue mir die Umgebung genauer an. Warum ausgerechnet hier, am Ende dieser Baustellensackgasse?«, überlegte Fett.

»Warum nicht? Täter kennt sich aus, muss die Leiche rasch verschwinden lassen, da bietet sich dieses Loch an.«

»Wenn der Täter sich auskennt, müsste er wissen, dass hier oft Gassigeher unterwegs sind. Überall Hundehaufen. Schauen Sie genau hin.«

Daniela Conti sah die Hundehaufen auf dem Weg, im Gebüsch, vor dem Geländer.

»Stimmt, Chef. Also der Täter kannte den Ort, aber nicht die Frequenz der Hundebesuche. Oder er hat dieses Loch zufällig entdeckt.«

»Auf der Fahrt in eine Sackgasse?«

»Das Navi zeigt es nicht an. Baustelle. Hier fahren genug Falschfahrer rein, müssen umdrehen und wieder über Arnoldsweiler zurück.«

»Oder er kam aus Richtung Bahnlinie Köln-Aachen.« Fett zeigte mit seinem Kopf nach Südosten, wo die Sonne höher und höher stieg. Ein heißer Tag kündigte sich an. Wärme sei gut gegen Corona, sagten die Virologen, die mehr und mehr die Richtlinien der Politik bestimmten.

»Fünf Gleise, Starkstrom. Jede Minute fährt ein Zug: S-Bahn, Regionalexpress, ICE, Thalys und Güterzug. Wer soll bitte von dort gekommen sein?« Conti sah keinen Sinn darin, dort nach Spuren zu suchen.

»Frau Conti, alle Richtungen. Nicht nur Norden, Süden, Westen. Auch Osten.« Ihr Widerspruchsgeist nervte Fett. »Kümmern Sie sich nach der Befragung um die Identifizierung. Alles zusammentragen. Vermisstenanzeigen und so weiter.«

Als ob sie darauf nicht selbst gekommen wäre, dachte Daniela Conti und verließ Fett, um die Anwohner am Arnoldsweilerweg zu befragen.

»Herr Fett, Frau Conti! Wir haben was für Sie!« Elke Unsleber stand neben der Leiche und zeigte auf das Etikett im Hoseninnenbund. »Schauen Sie hin. Kyrillische Schrift.«

»Kyrillische Schrift? Und der Rest der Kleidung?« Fett kniete neben der Leiche und schaute auf zu Elke

Unsleber, deren Sommersprossen von der Sonne regelrecht erleuchtet wurden.

»Der Rest der Kleidung könnte auch aus dem Osten stammen. Ich vermute Russland oder Bulgarien.«

»Ohne Papiere. Das wird schwierig. Russische Mafia? Bestrafung?« Conti hockte sich neben Fett. »Zu feine Hände für einen Mafioso. Das Sakko ist nicht ausgebeult. Der lief nicht mit einer Makarov unter der Schulter durch die Gegend. Und Erntehelfer war der auch nicht.«

Michael Fett betrachtete das Gesicht des Toten. Er hatte nicht die Züge eines Kriminellen. Haben Kriminelle ein besonderes Aussehen, überlegte er? Oft genug versteckte sich hinter dem Biedermanngesicht ein Serienmörder. Dieser Tote mit seinen weichen Zügen, den feingliedrigen Fingern, der wollte überhaupt nicht zu einem Gewaltverbrecher passen. »Wir nehmen die Fingerabdrücke ab und suchen in den Datenbanken. Vielleicht haben wir Glück. Frau Hof soll die Bauernhöfe in der Umgebung anrufen. Erntehelfer ist gut. Könnte ein illegaler Helfer aus Osteuropa sein. Den wird natürlich kein Bauer als vermisst melden.« Kyrillische Schrift; alles kam ihm merkwürdig vor an diesem heißen Julitag im Sommer 2020, dem Corona-Sommer.

»Heißer als in Afrika, Herr Kommissar.« Ottokar Spilles stand mit Charlie auf dem Feldweg, von dem die Abzweigung zum Regenrückhaltebecken führte. Er rauchte eine Selbstgedrehte und blies den Qualm in den Himmel.

Fett blickte zur Sophienhöhe, wo der Absetzer des

Tagebaus Hambach Tag und Nacht den Abraum aufschüttete.

»Ja, die Sophienhöhe wird immer größer. Schlecht fürs Mikroklima. Hier kommt selten Regen runter. Oft sehe ich, wie es ab Arnoldsweiler und bei Niederzier prasselt. Wir stehen hier im Trockenen. Also Charlie und ich.« Spilles betrachtete den gähnenden Dackel, als ob der etwas dazu beitragen könnte.

»Kommen Sie jeden Tag hier vorbei?«, fragte Fett beiläufig.

»Jeden Tag.«

»Ist Ihnen etwas aufgefallen? Personen, Autos, Spuren?«

»Nichts. Oder, Charlie?« Charlie lag im Gras. Die Sonne kachelte auf den Feldweg. Der Hund japste.

»Denken Sie nach, Herr Spilles.«

»Tue ich ja. Nichts. Das Stinkeloch hat bis zum Regen kaum Wasser gehabt. Völlig überdimensioniert, wenn Sie mich fragen.«

»Wenn Ihnen was einfällt, einfach anrufen.« Fett gab ihm seine Karte, blickte zur Bahnlinie, wo ein Birkenwäldchen Schatten spendete. »Danke, Herr Spilles, haben Sie gut gemacht.«

»Gerne. Selbstverständlich. Als ehemaliger Hundeführer in Nörvenich, da weiß man, was man zu tun hat.«

»Was haben Sie bewacht?«

»Die Amis.«

»Sie haben die Amerikaner bewacht?«

»Ja. Die bewachten die Sonderwaffen im Shelter. Wir bewachten die Amis.«

»Sonderwaffen?«

»Na klar. Atombomben für Starfighter. Die gehörten den Amis. Im Ernstfall wären unsere Jungs mit den amerikanischen Atombomben gestartet. Richtung Osten. Zum Glück sind die Zeiten vorbei. Denn zurückgekommen wären die mit dem Starfighter nie und nimmer. Zu wenig Kerosin.«

Fett schaute in den Himmel. Zwei Eurofighter setzten zum Landeanflug an und flogen aus Westen kommend über die Landesklinik zur Airbase Nörvenich. Ein Güterzug von DB Cargo ratterte mit Kesselwagen von Köln auf Düren zu, eine S-Bahn fuhr auf ihrem eigenen Gleis zur Haltestelle Merzenich. Plötzlich hörte man Schüsse. Fett blieb ruhig.

»Der Eisenbahnerschießverein. Die knallen da seit zig Jahren. Kleinkaliber, würde ich sagen.« Fett sprach vor sich hin und winkte ab, als Conti auf ihn zukam und in Richtung der Schüsse zeigte. Er erklärte ihr die Ursache.

»Sollen wir trotzdem rübermachen, Herr Fett?«

»Warum? Glauben Sie, die Mordwaffe wurde drüben gestohlen, um den armen Hund zu erschießen und danach hier ins Loch zu werfen? Kümmern Sie sich endlich um die Anwohner.« Fett war ungehalten, als ob ihm etwas auf den Magen geschlagen war. Ein junger Mann war hingerichtet worden. Fetts Bauchgefühl, auch wenn er gerade dort Schmerzen hatte, sagte ihm, dass dies keine Tat im Affekt war.

Conti merkte, wie gereizt ihr Chef war. Er presste seine Hand gegen den Unterbauch, verzog das Gesicht. Bestimmt wieder depressive Stimmung und kein vernünftiges Frühstück. Immer diese alten weißen Männer, dachte sie und verschwand zur Elsdorfer Straße. Fett drehte eine Runde um das Regenwasserrückhaltebecken. Er sah den vergitterten Ablauf, der unterirdisch zur Kläranlage führte. Ein dickes Vorhängeschloss versperrte den Eingang. Alles merkwürdig, dachte Fett. Und dann diese Hitze und Corona. Er blinzelte in die Sonne, die unschuldig am Firmament über dem Birkenwäldchen hinter den Schienen glühte, wo einst der Dürener Vorbahnhof war.

KLASSENFEST UND STATION 9

42 Jahre Abitur. Fett verbrachte den Donnerstagabend mit seinen Klassenkameraden des Wirteltorgymnasiums im neuen Hotel von Düren, dort, wo einst die Stadthalle gestanden hatte. Ein heißer Juliabend. So heiß, wie der gesamte Sommer, der im Grunde bereits im März begonnen hatte. Kein Regen, dafür Corona. Heiße Tage mit Maske. Er konnte nicht alle Freunde identifizieren, manche trugen Maske, das erschwerte die Wiedererken-

nung. Am Tresen fragte er einen grauhaarigen Mann mit Hornbrille, welches Fach er unterrichtet habe. Es stellte sich heraus, dass der graue Panther ein ehemaliger Mitschüler war. Unterschiedliche Alterungsprozesse, nur sein ehemaliger Direktor, der große Humanist Doktor Seeger, er lächelte wie vor 40 Jahren. Vergeblich wartete Fett auf Karin Junkersdorf, für die er im Französischleistungskurs geschwärmt hatte. Sie kam nicht. Auch nicht ihre Schwester. Auch nicht Johanna Pohl. Die Gespräche kreisten um die Vergangenheit. Über 40 Jahre waren verstrichen. Viel war inzwischen passiert, das konnte schwerlich ausgeblendet werden. Um 21 Uhr begann der stechende Schmerz im Unterbauch. Um 24 Uhr fuhr Fett gekrümmt vor Schmerz in die Notaufnahme des 700 Meter entfernten Krankenhauses Düren.

»Warum sind Sie nicht früher gekommen?«, fragte ihn der Krankenpfleger Heinrich Jumpertz bei der Aufnahme, bevor ihn die junge Ärztin Doktor Kalldewey untersuchte und die Diagnose Blinddarmdurchbruch stellte.

»Morgen wissen wir es genau. CT und Ultraschall. Sie bleiben hier.«

Abiturtreffen 2020 mit Krankenhausübernachtung. Na toll, dachte Fett, als ihn auf Station sechs eine Spritze von den Schmerzen befreite und er endlich gegen 2 Uhr in der Nacht die Augen zuklappte: Ende einer Abiturfeier.

Fetts Krankenbett stieß gegen Türrahmen, rammte den Rahmen des Aufzugs, donnerte in den Keller zum OP-Raum. Fett kam sich vor wie in einem Wagen der

Geisterbahn auf der Annakirmes: ruckartige Richtungs-
wechsel, Menschen beugten sich über ihn, ihm war kalt,
er trug nur das OP-Hemd. Lachen, Gesprächsfetzen,
die Schwester zerrte und drückte an seinem Bett, bis
es endlich in einem Schleusenraum zum Stillstand kam.
Junges Personal nahm er wahr; ein multinationales Team,
Scherze. Er wurde umgebettet, kam auf eine Art Fließ-
band und plumpste auf den OP-Tisch. Ein farbiger
Anästhesist beugte sich mit strahlendem Lächeln über
den Kommissar, beruhigte ihn, jemand fragte nach dem
Oberarzt. Plötzlich wurde alles dunkel, schwarz, still.

»Türelüre wonnt in Düre, Mariännche wonnt in
Oche.«

Der Kindervers, den seine Mutter ihm vorgesagt
hatte, rauschte durch den Kopf. Bilder wechselten sich
ab: Dreirad, Bolzplatz, Segelflug, brennende Bahnbö-
schung, die Zinkbadewanne, das Plumpsklo. Er lag auf
einer rauen Decke, Zitronentee in der Feldflasche des
Vaters, die er aus der Kriegsgefangenschaft mitgebracht
hatte, vor ihm der Baggersee, Schottersteine, Abrisskan-
ten. Die Bilder des ersten Ausflugs mit den Eltern. Beim
Schluck aus der Feldflasche schmeckte er das Metall, in
der Hand spürte er den Filz, der die Flasche umhüllte.
Sein Vater in Polizeiuniform. Kognakschwenker, Ziga-
retten mit Goldfilter, Goldzähne, Traktoren, das Wort
Krebs. Ein riesiges Durcheinander. Tote, Verbrecher,
Blaulicht. Als ob das Leben im ICE vorbeirauschte. Iska
Sonntag, Chantal Kalumba, Marie Utzerath, Catherine
Kaufmann, Vera Braun, Theresa Rosenthal, Kolleginnen,
Freundinnen, Verdächtige – sie alle rasten durch seine

Synapsen, verschwanden wieder, er konnte keine fest-halten, er lief hinterher, Türen öffneten sich, fielen zu, Lichtschein, Dunkelheit. Onkel Heinz lachte ihn mit der Onkel-Heinz-Frisur an und spendierte ihm eine ›Looza‹: die Kindheitslimonade.

Aufwachraum, eine ruhige Stimme redete auf ihn ein, Rauschen im Kopf, Pflaster an drei Stellen unter dem Bauchnabel. Alles sei gut gegangen, der Blinddarm ent-fernt. Er werde gleich abgeholt. Morgen Station neun: Dubai. Wegen seiner Zusatzversicherung. Einzelzim-mer mit Blick in die Köln-Aachener Bucht.

Mathias Dorfmüller aus Jülich-Koslar lag neben ihm auf Station sechs. Darmkrebs. Wenige Jahre nach der Pensionierung. Fett schlief tief. Um 18 Uhr kam der Assistenzarzt. Es sei knapp gewesen. Eingekapselter Blinddarmdurchbruch. OP in letzter Minute. Ansons-ten eine verseuchte Bauchhöhle. Fett wollte das gar nicht hören. Lieber ein Gespräch mit dem Pfleger aus Pakis-tan, der Putzfrau aus Rumänien, der Krankenschwes-ter aus Sibirien, der Pflegerin aus Guatemala. Sie freuten sich, wenn sie über ihre Heimat erzählen konnten, ihre alte Heimat, denn nun lebten sie alle in Düren, Sindorf, Buir, Merzenich, Kreuzau oder Langerwehe. Wenn sie über ihre Heimat erzählten, leuchteten ihre Augen. Sie sprachen von Heimat. Wenn ein Deutscher dieses Wort benutzte, wurde er in die Schmuddelecke gestellt: kon-servativ, rechts, alt. Fett schlief ein.

Am nächsten Tag blickte er aus einem Einzelzimmer auf das ehemalige Schwesternwohnheim, wo nun die Ver-waltung des Krankenhauses untergebracht war. Er müsse mehrere Tage im Krankenhaus verbringen, sagte ihm die verantwortliche Stationsärztin Brigitte Zermatt. Sie lächelte ihn an, er lächelte zurück und beharrte auf drei Tagen, drei Tage, das könne jeder im Internet nachlesen. Nicht länger dauere ein Aufenthalt im Krankenhaus nach einer Blinddarmoperation. Sie verzichtete auf eine Belehrung und blieb länger als geplant. Das Gespräch über Kino, Theater, ungelöste Kriminalfälle wurde intensiver, und oft lachten beide über das merkwürdige Verhalten von Männern und Frauen. Sie erzählte von Slow Food und genussvollem Essen, er wartete auf die Schonkost zu Mittag und plünderte später die Erdnüsse in der Minibar, denn das Abendessen um 16 Uhr hielt nicht lange vor.

»Schauen Sie auch immer so kenntnisreich unter die Motorhaube Ihres Wagens, wenn Sie eine Panne haben?«, fragte sie ihn am Samstag nach der Visite.

Fett lachte. »Wenn ich ein Auto habe, dann schon. Liegt wohl Männern im Blut oder in den Genen. Selbst wenn wir keine Ahnung haben, öffnen wir die Motorhaube und schauen mit magischem Blick auf irgendwelche Teile, als ob wir durch das Ziehen an einem Schlauch oder Rütteln an einer Zündkerze etwas bewirken könnten. Stammt bestimmt aus der Jungsteinzeit. Da haben die Jäger das Wild direkt zerlegt, ausgenommen und in die Eingeweide geschaut. Nur so kann ich mir erklären, dass sogar technisch völlig unbegabte Geschlechtsgenossen den Kopf tief unter die Motorhaube stecken, etwas murmeln von Vergaser, Zündkerze, Zylinder, Anlasser und geradezu beschwörend auf den Motor einreden. Bringt nichts. Aber immer wieder zu beobachten.«

Brigitte Zermatt lachte und dachte an ihren Ehemann, der bei der letzten Fahrt zum Ferienhaus an der Atlantikküste bei La Rochelle nach einer Panne minutenlang unter der Motorhaube verschwunden war. Letztlich musste der freundliche Mechaniker aus einem Dorf an der Nationalstraße alles richten.

»Im Grunde sind wir beide im Reparaturbetrieb der Gesellschaft«, sagte Brigitte Zermatt.

»Reparaturbetrieb ist gut. Sie flicken die Leute zusammen, ich ziehe sie aus dem Verkehr«, lächelte Fett.

»Sind Sie zufrieden mit dem Beruf?«

»Zufrieden?«, Fett dachte nach. »Ich finde meinen Beruf sinnvoll. Muss ja jemand machen.« Er wurde nachdenklich, schaute aus dem Fenster. »Die Frage hat mir vor langer Zeit eine Kollegin in Reims gestellt. Ich weiß nicht mehr genau, was ich darauf geantwortet habe. Die Antwort kann sich auch verändern. Wir verändern uns, werden älter, nachdenklicher, vergesslicher, verletzbarer. Oder?«

»Sie fragen mich? Ich liebe meinen Beruf. Ich wollte seit der Schulzeit Ärztin werden und bin Ärztin geworden. Mein Traumberuf. Leider immer mehr Bürokratie, immer mehr Effizienz, immer weniger Zeit für die Patienten. Und Gesundheitsminister Spahn, der nie etwas mit Medizin zu schaffen hatte, der wollte vor Corona Krankenhäuser schließen. Na ja, was soll man von einem Politiker erwarten, der mit 38 Jahren eine Biografie über sich schreiben lässt.«

»Tja, Masken-Spahn. Im Februar noch überflüssig. Jetzt sollen wir alle Maske tragen. Schwierige Zeit«, sagte

Fett, »hoffentlich ist nach dem Sommer dieser Mist beendet.«

»Machen Sie sich keine Hoffnung. Im Herbst, mit der Erkältungswelle, geht es wieder los. Wir tun jetzt so, als sei das Schlimmste vorbei. Das Schlimmste kommt noch.«

»Na servus. Da bleib ich am besten gleich hier«, meinte der Kommissar lächelnd. Er wollte nicht über seinen Beruf sprechen. Er war froh, einfach drei Tage raus zu sein. Eigentlich hätte er am Freitag die Treppe im Mietshaus putzen müssen, aber Nachbarin Frau Kleinjohann war so erschrocken, als sie vom Blinddarmdurchbruch erfuhr, dass sie sofort die Treppenreinigung zugesagt hatte.

»Wenn Ihre Zusatzversicherung zahlt, können Sie verlängern.« Brigitte Zermatt holte Fett zurück in die Realität des Krankenzimmers.

»Die Versicherung wird zahlen. Der Mörder wartet nicht. Ein vertrackter Fall. Lesen Sie Bücher?« Er wechselte das Thema, versuchte Brigitte Zermatt im Zimmer zu halten.

»Früher mehr, nun weniger. Zuletzt, wie hieß es, irgendwas mit Unterwerfung oder so ähnlich. Ich habe das Buch zur Seite gelegt. Es war mir zu pornografisch. Ich muss los.«

Fett sah ihr nach, doch plötzlich drängte sich das Bild des ermordeten jungen Mannes in den Vordergrund. Ihn fröstelte. Hatte Fett etwas übersehen? War er mit Conti zu barsch umgesprungen? Hätte er mit einer Hundertschaft das Gelände absuchen sollen? Die Zeit lief davon und er lag im Krankenhaus Düren.

SPECK UND WODKA

Er schlug zur Abwechslung die Tageszeitung auf: »Blasenschwäche kann jeden treffen!« In dicken Buchstaben sprang ihn die Anzeige an. »Tausende zufriedene Anwender können sich nicht irren!« So stand es seit Jahrzehnten in Anzeigen für Knoblauchpillen, Raucherpflaster und Fußpilzcreme. Er blätterte weiter und suchte die Kulturseite, danach den Lokalteil Düren: Annakirmes abgesagt.

Am Samstagnachmittag erhielt er Besuch. Es durfte pro Tag immer nur ein Besucher für eine kurze Zeitspanne zu ihm ins Zimmer. Die Corona-Regeln ließen nichts anderes zu. Daniela Conti brachte ihm ein belegtes Thunfisch-Tramezzini mit, sie ahnte, dass er mit Schonkost wie ein hungriger Wolf auf der Station umherirren würde.

»Grazie, Kollegin Conti, schön, dass Sie es geschafft haben.« Fett freute sich über die wundervolle Bereicherung des Speiseplans und noch mehr über die Anwesenheit der attraktiven Kollegin.

»War es sehr knapp?«, fragte Daniela Conti.

»Na ja. Bin sehr gut versorgt worden. Montagnachmittag kann ich Sie wieder unterstützen.«

»Piano, piano, Chef. Das geht nicht so schnell. Wir kommen klar.«

»Wer ist wir?« Er legte das Thunfischbrot zur Seite.

»Kriminalrat Kosslowski, unser Chef. Er hilft mit.

Wir haben keine neuen Spuren. Der Tote aus diesem stinkenden Becken ist nicht identifiziert. Keine Vermisstenanzeigen. Niente.«

»Lassen Sie das Bild über Interpol an die Polizeidienststellen unserer europäischen Nachbarn senden, in denen Kyrillisch geschrieben wird. Vielleicht ist er irgendwo dort als vermisst gemeldet oder taucht in einer Datenbank auf.«

»Hat Kosslowski auch gesagt.«

»Ah, Kosslowski, der Praktiker.« Ein Anflug von Eifersucht huschte über Fetts Gesicht. Er schaute zur weiß getünchten Decke. Kosslowski, sein Vorgesetzter, mischte sich selten in die Arbeit ein. Allerdings etwas häufiger, seit Fett mit Kollegin Conti zusammenarbeitete.

»Machen wir, Chef. Keine Sorge. Ich informiere Sie. Die Presse möchte natürlich nähere Infos: Wer ist der Tote, wie kam er ums Leben, wen haben wir in Verdacht? Kosslowski und Staatsanwältin Regauer haben aus ermittlungstaktischen Gründen eine Nachrichtensperre verhängt. In den *Dürener Nachrichten* und der *Dürener Zeitung* sind zwei gleichlautende Artikel erschienen. WDR-Lokalstudio Aachen hat kurz berichtet. Wir schweigen weiter.«

Fett wunderte sich mehr über Kosslowski als über die Medien. »Wie dem auch sei, Frau Conti: Fundort, Todesart, die Schüsse ins Knie – der Tote war nicht hier, um auf der Straße Geige zu spielen. Da steckt mehr dahinter. Wir haben ein paar Informanten in der einschlägigen Szene. Ich werde einige Anrufe tätigen. Was

steht im ballistischen Bericht und dem Obduktions-
ergebnis?«

»Beretta 9 Millimeter kurz M1934, zuerst die Kniescheiben, dann in die Stirn. Aufgesetzt. Die Kugel in
der Stirn steckte noch drin. Bei den Kniescheiben glatte
Durchschüsse: kaltblütig.«

»Beretta. Wer benutzt die denn? Natürlich nicht
registriert. Vermutlich sofort entsorgt.« Fett blickte
auf das ehemalige Schwesternwohnheim und dachte
an Brigitte Zermatt, die dort wochentags im Büro über
Corona-Verordnungen saß. Das lenkte ihn von Kosslowski und Conti ab.

»Laut Obduktionsbericht ordentlicher Trinker. Im
Magen Wodka und Speck. Ansonsten keine Auffälligkeiten.«

»Wodka und Speck? Interessante Kombination.« Fett
wurde hellhörig.

»Laut Obduktionsbericht ein besonderer Speck, fein
gewürzt und geräuchert. Nicht aus unserem Supermarkt. Muss er zugesandt bekommen oder mitgebracht
haben.«

»Speck und Wodka.« Fett dachte nach. »Speck und
Wodka. Ukraine. In der Ukraine ist Speck National-
speise. Dazu Wodka. Ich habe einen Bericht darüber
gesehen oder gelesen. Verfolgen Sie das und bitten Sie
die ukrainischen Behörden um Hilfe. Und wenn ich
länger drüber nachdenke, bekomme ich langsam Lust
auf ein Speckbrot.«

»Niente, Chef. Sie bekommen Schonkost. – Sie meinen, der Tote könnte aus der Ukraine stammen?«

»Ja. Salo, so heißt Speck dort. Ich glaube, es gibt sogar ein Speckrestaurant in Lemberg. Schauen Sie ins Internet.«

»Salo? Ich kenne nur die Republik von Salò, die letzte Diktatur von Mussolini, mit Salò am Gardasee als Hauptstadt. Schauen wir mal nach, was Salo außerdem bedeutet.« Conti gab Speck, Salo und Ukraine ins Handy ein. Siehe da, der Alte hatte wieder einen guten Riecher gehabt, dachte sie.

»Stimmt. Könnte hinhauen. Ich komme Sie öfter besuchen. Dann lösen wir den Fall im Krankenhaus.«

»Wenn Sie mir Schwarzbrot mit Speck mitbringen. Die Schonkost können Sie den Katzen Ihrer Nachbarn schenken.«

»Die haben keine Katzen. Und mit Speck fängt man Mäuse, das ist nichts für einen Kriminalkommissar mit Blinddarm.«

»Ohne Blinddarm! Na, dann schenken Sie den Milchreis mit Kirschen Wolfram Graf-Rudolf vom Aachener Tierpark.«

»Wer ist denn Graf-Rudolf?«

»Der Zoodirektor, Frau Conti, der Direktor vom Aachener Tierpark. Genug davon. Ich habe Hunger, und Sie rufen die ukrainischen Kollegen an. Ciao. Basta.«

Es klopfte. »Abendessen für den Kommissar.« Fett verdrehte die Augen, bedeutete Conti mit einem Kopfnicken, dass sie aufbrechen müsse, und lächelte dem Essenskommando zu, das mit Mundschutz in sein Zimmer huschte. Eine Pflegerin blieb vor der Tür mit dem Wagen. Die Perle aus Guatemala brachte Pader-

borner Kommissbrot mit Diätmargarine, fettfreie Tee-
wurst, Pfefferminztee. Wunderbar, dachte Fett. Er sah
ein Speckbrot vor seinem geistigen Auge.

Conti lächelte über Graf-Rudolf, Speck und die Katzen. »Bene, Chef. Wird gemacht. Ciao.« Sie verschwand
aus der Tür und wunderte sich einmal wieder über diesen Starrkopf, der die unmöglichsten Fakten in seinem
Kopf speicherte: Speckrestaurant in Lemberg. Darauf
muss man erst mal kommen.

KEINE LUFT NACH OBEN

Staatsanwältin Cordula Regauer war nicht erfreut an
diesem Nachmittag. Sie hatte Daniela Conti am Freitag zu sich zitiert. Fett döste im Krankenhaus, Conti
erschien ohne neue Informationen. Aus Regauers Sicht
hätte der Fall sofort über das LKA und das Kommissariat Organisierte Kriminalität bearbeitet werden können.
Aber für Mord war das Kommissariat Mord zuständig.
Und Conti ließ sich den Fall nicht einfach abnehmen.

Hartnäckige Italienerin, dachte Regauer und war eifersüchtig auf Contis sportliche Figur und ihren Charme.

»Frau Conti, das ist bis jetzt dünne Suppe. Profimord, unbekannter Toter, kyrillische Schrift in der Herrenhose, italienische Pistole. Da hätte ich mehr erwartet. Da ist noch Luft nach oben.«

»Oben wird die Luft immer dünner, Frau Regauer.«

»Wer sagt das?«

»Fett.«

»Der lässt sich von den Krankenschwestern verwöhnen und sinniert über Luft. Typisch Fett.«

»Er kennt sich mit der Luft oben aus. War Segelflieger. Sonntag will er raus, sagte er am Telefon. Sollte lieber ein paar Tage zu Hause bleiben. Wie ich ihn kenne, wird er kommen.«

»Mit einem Fett, der dauernd ängstlich an seiner Wunde herumfühlt, kann ich nichts anfangen.«

»Sie nicht.«

»Was heißt das denn?«

»Er wird arbeiten.«

»Arbeiten! Wer krank ist, bleibt zu Hause.«

»Er ist nicht krank. Eine Operation.«

»Und schleppt uns Corona hier rein.«

»Er ist getestet.«

»Ich will es ja nur verstehen.«

»Darum sage ich es ja.«

»Unterbrechen Sie mich nicht ständig, Frau Conti.«

»Piacere, gerne.«

»Was piacere?«

»Silencio. Ich schweige.«

»Montag kommt der neue Polizeipräsident. Und wir stehen da wie bedeppert mit diesem Mordfall aus dem Regenloch.«

»Regenwasserrückhaltebecken.«

»Meine ich ja. Brauchen Sie Unterstützung? Sind Sie überfordert?«

»Grazie. Nein. Lassen Sie mich einfach arbeiten.«

»Ohne Ergebnisse. Machen Sie Dampf. Ich habe nichts. Null. Ich will Ergebnisse sehen. Leere Hände, ein Profimord, ein Toter ohne Identität. Wir sind nicht in Sizilien. Ciao, Frau Conti.« Sie wies mit dem Kopf ziemlich unhöflich zur Tür. Kommissarin Daniela Conti stand auf. An der Tür drehte sie sich um und sagte:

»Mein Cousin Paolo, der war Personenschützer bei Richter Falcone, Frau Regauer. Das war ein großer Jurist mit langem Atem. Vor dem zitterte die Mafia. Ciao.« Vielleicht war ihr Gang etwas geschmeidiger als sonst. Die Staatsanwältin schaute auf den schlanken Körper der Kommissarin, die Lederjacke, Jeans, schwarze Haare. Eifersucht und Ärger über die Bemerkung stiegen hoch. Eifersucht brauche ich nicht, sagte sie sich. Nein, sie war die Staatsanwältin, sie wollte Oberstaatsanwältin werden. Eine Frau Conti würde ihr nicht ins Gehege kommen, und Falcone war tot, Borsellino auch. Fett würde sie Beine machen. Blinddarmdurchbruch – kam davon: all die Bratwürste, Pommes und Süßigkeiten, keiner ernährte sich so ungesund wie Fett. Cordula Regauer lebte gesund, verzichtete mehr und mehr auf Fleisch, kaufte Chiasamenbrötchen, war Stammkundin in Bioläden und kannte jede Kassiererin persönlich. Zuletzt hatte sie für zehn Brötchen knapp 15 Euro bezahlt, da war auch ein Schwätzchen mit der Kassiererin drin. Man kannte sich in der Bioszene. Gemeinsam stand man auf der richtigen Seite. Cordula Regauer wusste nicht, wie sehr den Kassiererinnen im Biomarkt das Gelaber auf den Senkel ging. Als ob man mit dem überhöhten Preis für die Bananen aus Nicaragua einen Gutschein für zehn Minuten Biosermon an der Kasse erstanden hätte. Immer diese Achtsamkeit, dieses vorsichtige Einpacken in alte Jutetaschen aus der Gründungszeit der grünen Bewegung. Manche Kassiererin wechselte zu ALDI, um endlich Speed an der Kasse zu haben und nicht die Gespräche über den linksdrehenden Joghurt aus Milch von glücklichen Kühen. In Gedanken versunken, stieß Cordula Regauer ihre Tasse mit Biokaffee um, just in dem Moment, als der neue Polizeipräsident unangemeldet in der Tür stand.

DER NEUE PRÄSIDENT

»Krämer, guten Tag, Frau Staatsanwältin.«

»Herr Polizeipräsident, welche Ehre. Heute bereits im Dienst? Nehmen Sie Platz.«

»Danke, Frau Regauer, ich drehe gerade meine informelle Kennenlernrunde.« Er stellte seinen schwarzen Rucksack ab. Aktentaschen trugen nur die pensionsreifen Kollegen. Peter Krämer segelte nah am Zeitgeist.

»Wie aufmerksam von Ihnen. Da schauen Sie kurz vorm verdienten Feierabend bei der Staatsanwaltschaft für Kapitalverbrechen vorbei?«

»Das sind doch die schillerndsten Fälle, oder nicht?«

»Gewiss, gewiss. Bitte, Kaffee? Biokaffee?«

»Danke, ich nehme eher Tee.« Polizeipräsident Peter Krämer, Anfang 50, kurze Haare, runde Intellektuellenbrille wie Bundespräsident Steinmeier, bevor er Bundespräsident wurde, Oberlippenbart, schwarzes Sakko, schwarze Hose, schwarze Schuhe: Er konnte als Architekt durchgehen. Peter Krämer hatte Jura studiert, wechselte unter Alt-Ministerpräsident Jürgen Rüttgers ins NRW-Innenministerium, hatte verschiedene Referate geleitet und war einsetzbar, als der Aachener Polizeipräsident Offenhaus in den Ruhestand verabschiedet wurde. Peter Krämer hatte Transparenz und Offenheit zu seinem Wahlspruch gemacht. Phrasen wie Teamfähigkeit, Bürgernähe, Deeskalation, Zivilgesellschaft, Nachhaltigkeit, Geschlechtergerechtigkeit und Sicherheitsarchitektur flossen über seine Lippen, die stets mit einem Labellostift eingeweicht wurden. Aachen, so sah es Peter Krämer, war eine Etappe auf dem Weg zu höheren Weihen: LKA-Chef, Staatssekretär, Innenminister. Seine Ehefrau Petra freute sich auf die Aufgaben bei den Inner-Wheel-Damen in Aachen, dem Frauenableger der Rotarier, denn natürlich war Peter Krämer rotarischer Freund, eher vegetarisch orientiert, meditierte jeden Morgen gegen 6 Uhr und verbrachte einmal im Jahr vier Tage in Kloster Steinfeld zur inneren Resilienz- und Achtsamkeitsstimulation. Ihn begleitete seine persönliche Reiki-Assistentin Nadja Rosenstrauch-Stecher für die Übungen aus dem Kamasutrarepertoire. Das blieb ihr Kloster-Steinfeld-Geheimnis. Nadja Rosenstrauch-Stecher, Persönlichkeitscoach nach Meister Ursus, hatte Peter Krämer in einem Düsseldorfer Sushi-Restaurant nach der Fortbildung für Führungskräfte im Innenministerium getroffen. Über die Seetangsuppe hinweg wurde ein Band der Zuneigung gezurrt, das alljährlich im Garten der Stille von Kloster Steinfeld leise und im Einkehrzimmer stöhnend erneuert wurde.

»Was macht der Profimord, Frau Kollegin?« Peter Krämer fasste nach.

Cordula Regauer fühlte sich durch die Ansprache geehrt, fuhr mit der rechten Hand durch die schulterlangen, dunkelblonden Haare, sie lächelte Peter Krämer an: »Wir sind dran, das heißt Kollege Fett, Mordkommission. Kommt Montag aus dem Krankenhaus. Bis dahin führt seine Kollegin Conti die Recherchen.«

»Kommunizierbare Ergebnisse?«

»Noch nicht.«

»Wann?«

»Wir warten auf Unterstützung aus Osteuropa.«

»Das kann dauern, Frau Regauer. Machen Sie Dampf über die Oberstaatsanwaltschaft. Ich würde den Fall gerne rasch geklärt wissen. Kein guter Einstand so ein Profimord. Was vermuten Sie?«

»Abrechnung im Milieu, Warnung, Rache, Geheimnisverrat. Er wurde kaltblütig ermordet. Vermutlich sollte er noch ein Geheimnis verraten.«

»Schön. Oder auch nicht schön. Bleiben Sie dran. Ich verlasse mich auf Sie. Bevor ich es vergesse: Ich möchte mehr Pressekonferenzen machen. Sie sollen teilnehmen und, wenn es passt, auch die ermittelnden Kommissare. Wir müssen in die Offensive gehen. Kommunizieren, mitteilen, informieren.« Peter Krämer stand auf und strebte zur Tür. »Ich kann mich doch auf Sie verlassen?«

»Selbstverständlich, Herr Polizeipräsident. Wenn wir was haben.«

»Wie meinen Sie das?«

»Substanz. Wir brauchen substanzielle Informationen oder müssen aus ermittlungstaktischen Gründen schweigen.«

»Überlassen Sie das ruhig mir. Ich habe da Erfahrung. Haben Sie übrigens bereits an einem Diversitätsseminar teilgenommen?«

»Bitte was?«

»Diversity Management. Antirassismus, gendergerechte Sprache. Sie verstehen?«

»Am Rande, Herr Präsident.«

»Am Rand ist nicht genug, Frau Staatsanwältin. Schauen Sie auf die Universitäten, ja sogar auf die Stadtverwaltungen. Überall gendergerechtes Deutsch, überall Integration, Diversität, Identität. Da müssen wir besser werden. Auch die Staatsanwaltschaft, auch das Präsidium.«

»Sie meinen den Quatsch mit den Sternchen?«

»Also bitte! Das möchte ich nicht hören. Nicht von einer Frau. Oder lehnen Sie die Gleichberechtigung ab?«

»Ganz im Gegenteil.«

»Sehen Sie! Suchen Sie schon mal die Taste mit dem Sternchen auf Ihrer Tastatur. Und bitte nie wieder ›Milchmädchenrechnung‹ sagen.«

»Was denn sonst? Milchwesenrechnung?«

»Streichen Sie es aus Ihrem Wortschatz. Einfach streichen.«

»Ist aber drin.«

»Streichen. Tilgen, verstehen Sie?«

»Sprachliche Umerziehung, Herr Präsident?«

»Umerziehung, wie das klingt.«

»Wie in autoritären Staaten. Ganz einfach. Sprache und Sprachverwendung werden von oben vorgeschrieben. Hatten wir doch. Oder nicht? Meinen Sie das? Möchten Sie mir meine Identität rauben? Meine Identität besteht aus meiner Art zu sprechen, Herr Krämer, ich spreche, also bin ich. Das kommt aus der Kindheit, verstehen Sie. Da ändert sich was im Laufe der Zeit. Das ›Fräulein‹ verschwindet, verschwindet von alleine, ohne Druck der sozialpädagogischen Lehrstühle. Ich lasse nicht meine Schreibweise und Sprechweise bestimmen. Soll ich den Genderschluckauf lernen, mit dieser Pause im Wort? Das werden vergnügliche Befragungen von unserer Hauptklientel, wenn wir die gendergerecht ansprechen. Dazu lade ich Sie ein, Herr Präsident.« Cordula Regauer wurde ernst, sehr ernst, was Peter Krämer, schwimmend im Boot des Zeitgeistes, nicht entgangen war. Es fehlten ihm die Argumente, und der Rooibostee vom Frühstück drückte enorm auf die Blase.

»Ein andermal«, hauchte er aus dem Türrahmen.

»Gerne, Herr Präsident.« Cordula Regauer nahm einen merkwürdigen Geruch wahr, er entströmte offenbar dem Rucksack des Präsidenten. Erinnerungen schossen hoch, längst vergessene Erinnerungen aus der Kindheit.

»Krämer reicht. Danke. Auf bald, Frau Regauer, mit Tee.« Er lächelte sein Peter-Krämer-Lächeln, das eine Mischung aus Macht, Überheblichkeit, Männlichkeit sein sollte. »Sie schauen so nachdenklich.« Eigentlich wollte er zur Toilette rennen.

»Ach, nichts. Nur so eine Anmutung, ein kleiner Hauch, etwas mit der Nase.«

»Mein Aftershave? Stammt von *Alnatura*, bio.«

»Nein, eher nicht. Merkwürdig. Erinnert mich an den Hund meiner Kindheit. Jetzt habe ich es: *Frolic*. Es riecht nach frischem *Frolic*.«

»Frau Regauer, Sie haben eine Supernase! Sie könnten die Hundestaffel ersetzen. Habe die letzte Packung für unseren Purzel ergattert. War leider aufgerissen. Fantastische Nase, Frau Regauer, fantastisch.« Er rannte zu den Toiletten, die immer noch nach Frauen und

Männern getrennt waren. Leider war die Herrentoilette frisch gestrichen und das Warnschild von einem Scherzbold entfernt worden. Peter Krämer registrierte es nicht, sein Sakko und sein Rucksack erhielten allerdings eine neue farbliche Note. Inner-Wheel-Ehefrau Petra war am Ende des Tages nicht amüsiert.

Cordula Regauer ließ das Kompliment mit der Hundestaffel sacken, dachte nach über den Präsidenten in schwarzer Kleidung, seine Redewendungen, seinen Stil, der kein Stil war, die Überrumpelung plumper Art, das aufgesetzte Führungsverhalten aus dem Baukasten mittelmäßiger Coaches. Ihre Gedanken wanderten zu Kommissar Fett, mit dem sie lachen konnte. Mittlerweile war der Biokaffee auf ihre Handtasche getropft. Ein Geschenk ihres Tennispartners, ein ehemaliger Nadelfabrikant aus Aachen, der sie sehr mochte, ihr wertvolle Geschenke machte, mehr nicht. Schade, dass Fett nicht Tennis spielt, dachte sie.

FETT UND DIE KLIMAKEULE

Michael Fett verließ das Krankenhaus Düren am Sonntagmorgen, 5. Juli 2020, auf eigenen Wunsch und eigene Verantwortung. Die Tage auf der Station Dubai waren für ihn wie ein Hotelaufenthalt gewesen. Nur das Buffett fehlte. Ärztin Brigitte Zermatt verabschiedete sich persönlich von ihm. Die Gespräche hatten ihr gefallen, der Kommissar auch. Fett versprach, sie über seinen Zustand auf dem Laufenden zu halten. Außerdem müsse er wegen des aktuellen Falls sowieso oft nach Düren. Er dankte dem Personal der Station Dubai, steckte einen Schein in das Sparschwein auf der Theke und wurde von Daniela Conti im Eingang des Krankenhauses erwartet. Sie war mit ihrem Fiat 595 vorgefahren, um den Kollegen, der immer noch keinen Pkw besaß, zum Templergraben nach Aachen zu bringen. Wieder ein heißer Tag. Der lange Sommer des Jahres 2020.

»Extra den Sonntag geopfert für den alten Chef?«

»Recherche in Düren. Kein Urlaub. So weit kommt es.« Sie lachte.

»Schade«, murmelte Fett und blickte hoch auf die neunte Etage.

»Sie hatten ja Urlaub da oben.«

»Kann man so sagen. Was macht unser Fall von der Kläranlage?«

»Regenwasserrückhaltebecken.«

»Sag ich doch.«

»Die Regauer steht uns auf den Füßen. Habe ich gestern verschwiegen. Noch keine Auskünfte über Interpol. Keine verwertbaren Spuren. Niemand hat etwas gesehen.« Daniela Conti fuhr durch den Grüngürtel, vorbei an der Kirche Sankt Antonius, bog auf die Brückenstraße ab und von dort weiter zur Autobahn A4.

Fett blickte in die Eifel, sah den Fernsehturm bei Großhau, den strahlend blauen Himmel. »Die Zeit läuft uns davon. Wir haben immer noch kein Motiv, keine Spur, und es wird wieder heiß heute.«

»Wie in Sizilien.« Conti war einsilbig.

»Klimaveränderung.«

»Immer das Klima.«

»Glauben Sie nicht dran?«

Conti zischte leise. »Mit der Klimakeule soll jetzt alles durchgesetzt werden.«

»Klimakeule? Also wärmer ist es geworden, und Schnee fällt im Winter kaum. Das war in meiner Kindheit anders.«

»In der Kindheit war alles anders. Da gab es italienische Bergmänner wie meinen Vater. Heute werden die Arbeiter bei Rheinbraun und RWE beschimpft. Haben die nicht den Wohlstand mit aufgebaut? Mein Vater kam müde, kaputt, erschöpft jeden Tag aus der Zeche. Er hätte bestimmt lieber in Italien einen Bauernhof geführt. Gab es nicht. Tempi passati. Deutschland rief, die Gastarbeiter kamen.«

Fett dachte an seine ersten Klassenkameraden aus anderen Ländern. In der Volksschule, die Grundschule gab es erst später, der junge Pole namens Manfred Ziel-

onka mit der Kunstlederjacke. Er wurde später Profi-
boxer. Auf dem Gymnasium waren in den 70er-Jahren
kaum Schüler aus den Gastarbeiterländern.

»Stimmt, Frau Conti. Wer sich dem Klimaschutz ver-
pflichtet, der hat die endgültigen Argumente. Alter-
nativlos, sozusagen. Wenn die Polkappen schmelzen,
werden die Niederländer alle nach Deutschland auswan-
dern.« Er versuchte es mit einer scherzhaften Bemerkung, doch die verfing bei seiner Kollegin nicht recht.

»Als ich Bundespräsident Köhler beschützte, bin ich
mit ihm oft in Afrika gewesen«, erzählte Conti. »Am
Abend, nach den offiziellen Terminen, saßen wir manchmal mit ihm und seiner Frau im Hotel zusammen. Köhler hat sich sehr für Afrika und die Entschuldung der
Länder eingesetzt. Er war frustriert darüber, wie wenig
Fortschritte die Länder machten und in welche Abhängigkeit sie vom Westen gedrängt wurden. Ihn ärgerte
auch die Abhängigkeit von den Hilfsorganisationen.
Wer macht sich schon selbst überflüssig? Bundeswehr-
offiziere, die wir oft in den Ländern trafen, erzählten,
dass UN-Organisationen sogar mit den lokalen Regie-
rungen Deals machten. Wenn eine UN-Inspektion aus
New York kam, wurde ein Feuerüberfall inszeniert,
danach erhöhte die UN den Zuschlag vor Ort wegen
Gefährlichkeit. Ganz zu schweigen von der Ausbeutung
der Menschen und den sexuellen Missbrauchsvorfällen
bei OXFAM und den Blauhelmen. Ach, das wird alles
nicht gut enden.«

Fett hatte nachdenklich zugehört.

»Stimmt was nicht, Frau Conti?«

»Gegenwartsfrust. Wir sind die Büttel. Zusammen mit der Bundeswehr. Und mich ärgert, dass wir keine Auskünfte von Interpol bekommen und die Regauer Stress macht. Jemand in einem anderen Land wird diesen jungen Mann vermissen. Wo endet er? In diesem Stinkeloch bei Düren. Kommt eben alles zusammen. Manchmal.«

»Oder auch noch Wasserrohrbruch in der Promenadenstraße?«

»Quatsch. Die Shishabuden nerven und all die Pizzakartons jeden Morgen vor der Haustür. Zwischenzeitlich war ich in der Synagoge. Habe eine Führung mitgemacht. Bin sehr beeindruckt.«

»Manchmal kennt man seine Nachbarschaft zu wenig.« Fett dachte an seine Nachbarin Frau Kleinjohann, die ihm freundlicherweise das Putzen der Treppe abgenommen hatte. Schweigend fuhren sie auf die A4, wo wenig Verkehr herrschte.

Der Reiseverkehr war zusammengebrochen. Dafür brummte es am Wochenende in der Eifel. Simmerath, Heimbach, Woffelsbach, Einruhr, Rurberg, Vogelsang und Kloster Mariawald meldeten Umsatzrekorde, selbstredend auch bei der legendären Erbsensuppe. Der Eifelsteig war voll mit Wanderern aus Belgien, Deutschland und den Niederlanden. Die weiße Flotte der Rurseeschifffahrt schipperte Tausende über den Rursee und den Obersee. Nach dem Lockdown im Frühjahr versuchten Hotels, Pensionen und Campingplätze das Sommergeschäft mitzunehmen. Auf dem Vier-Sterne-Campingplatz in Hetzingen, unterhalb von Nideggen an der Rur gelegen, waren alle Stellplätze ausgebucht. Fett dachte über eine Wanderung in der Eifel nach, während ihn Kollegin Conti nach Aachen fuhr.

»Wie lange bleiben Sie krankgeschrieben?«

»Bis heute Nachmittag.«

»Ah, der letzte Held des Polizeipräsidiums.«

»Ohne mich läuft ja nichts.«

Beide lachten, als sie den Europaplatz erreichten. Von dort aus fuhren sie über die Jülicher Straße bis zum Bushof, dort rechts ab, den Seilgraben hoch und rein in den Templergraben. In der Nähe der Hochschulbibliothek hielt Conti an.

»Lassen Sie uns bei dem Wetter durch den Stadtpark gehen. Ein wenig frische Luft ist die beste Medizin.«

»Nicht mit dem Klapprad? Ich denke, Sie sind fit und benötigen keine Medizin, also auch keinen Spaziergang im Stadtpark.«

»Ich mag Ihr Parfüm, Frau Conti. Da werde ich gerne von Ihnen bis vor die Tür gefahren und spaziere im Schatten Ihres Dufts. Wir treffen uns um 14 Uhr.«

Sie wusste, dass er unbedingt zurück ins Büro wollte, und sie bemerkte, dass er neuerdings lächelte, wenn er sie sah. Er war nicht mehr so mürrisch wie im Regenwasserrückhaltebecken. Daniela Conti hatte sich allerdings geschworen: keine Affären und auch keine intensiven Flirts am Arbeitsplatz. Eine Amour Fou im BKA hatte sie den Job gekostet. Darum war sie in Aachen gelandet. Sie nickte Fett zu und fuhr über Templergraben, Karlsgraben und Frankenberger Viertel hoch zur Trierer Straße ins neue Präsidium, ein paar Infos checken, denn Fett würde sie bestimmt beim Spaziergang löchern.

Frau Hof, die Sekretärin des Kommissariats, hatte Wochenenddienst und blickte auf, als Conti durch die Tür hastete. »Na, lebt Clint Eastwood noch?«

»Sagen wir, Tatort-Kommissar Borowski lebt und fragte nach der Genesungskarte von Ihnen.«

»Genesungskarte?«

»Ach, Sie hatten keine geschrieben. Wie dem auch sei, Frau Hof. Es geht ihm gut und er wird morgen wieder hier sein.«

»Ich wollte ihm gestern eine Karte schicken, hatte leider keine Briefmarke.«

»SMS hätte gereicht.« Conti betrat ihr Büro und schloss die Tür. Die Eifersucht der Frauen. Von wegen Frauensolidarität. Sie fuhr den PC hoch und checkte die Mails. Keine Neuigkeiten. Nichts von Interpol. Nur eine Mail der Staatsanwältin. »Wo bleiben die Ergebnisse?« Leck mich, dachte Daniela Conti.

SONNTAGS IM STADTPARK

Fett und Conti trafen sich im Stadtpark an der Musikmuschel, die seit Jahren dahindämmerte; Fett wollte Conti stärker an Aachen binden. Sie zog ihn an, sie hatte viel gesehen, er war in Aachen hängen geblieben.

Beide nahmen den Weg zum Neuen Aachener Kunstverein, der durch einen Brand schwer mitgenommen war.

»Glauben Sie, dass wir im Herbst von Corona befreit sind?«, fragte Daniela Conti ihren Chef.

»Nein.«

»Klare Antwort. Gibt es Gründe?«

»Si, signora. Ich bin nur ein Laie, der ab und an versucht, zwei und zwei zusammenzuzählen. Wenn es stimmt, was ich lese und höre, wird der Virus sich verändern, anpassen, wie ein Chamäleon um die Welt ziehen. Ob das alles mit einer Impfung ausgelöscht werden kann, bezweifle ich. Darum komme ich zu dem Schluss, dass sich viele Veränderungen halten werden, dass wir nie mehr zu dem Zustand vor Corona zurückkehren werden, dass Luft- und Reiseverkehr, Tourismus, Kunst und Kultur, Gastronomie, Hotellerie einen Einbruch erleben werden, den wir uns nicht vorstellen können. Die Innenstädte werden aussterben, denn die Mieten kann ein Geschäftsmann, der keinen Umsatz macht, nicht zahlen. Der Online-Handel wird explodieren. Wenn ich an die zusammengebrochenen Liefer-

ketten denke, vor allem den Bankrott in den Zuliefer-
ländern, wird mir schwummerig. Vielleicht haben wir
im Herbst einen Breitbandimpfstoff gegen alle Varia-
tionen von Corona. Danach könnte die Party wieder
losgehen.«

»Fett, der Zyniker.«

»Zynisch? Ist es nicht zynisch, den Klimanotstand
auszurufen und trotzdem jeden Samstag eine Völker-
wanderung zu den Fußballstadien zu veranlassen, rie-
sige Konzerte abzuhalten, Weihnachtsmärkte, wo um
die Zahl der ankommenden Busse gekämpft wird, und
zudem auf der Autobahn freie Fahrt mit Tempo 250 zu
ermöglichen?«

»Etwas viel zusammengemischt.« Sie spazierten auf
die Carolus-Therme zu.

»Inkonsequente Betroffenheitspolitik nenne ich das.«

»Gehen Sie doch in die Politik, Chef.«

»Mir fehlt die Zeit, die Geduld, das Talent fürs Strippenziehen.«

»Strippenziehen?«

»Ja, Sie müssen überall präsent sein, über Witze
lachen, die so blöde sind, dass kein Esel darüber lachen
würde. Ist anstrengend. Manchmal juckt es mich, aber
ich freue mich mehr über ein neues Buch, einen guten
Film, eine Theaterpremiere.«

»Gutes Buch? Was empfiehlt der Kommissar?«

»Joseph Roth. Lesen Sie Joseph Roth.«

»Was?«

»Fangen Sie mit den Erzählungen an. Beschafft Ihnen
jede Buchhandlung.«

Daniela Conti wunderte sich über Michael Fett, in dem es köchelte.

»Schade, dass die Carolus-Therme geschlossen ist. Ich würde Sie gerne zu einem Eiskaffee einladen.«

»Eiskaffee klingt gut. Geschlossen ist schlecht. Purtroppo, wird nichts an diesem heißen Sonntag mit einer Abkühlung. Außerdem müssen Sie sich schonen!«

»Wir könnten zum Hangweiher fahren und Sie schwimmen eine Runde.«

»Ach, Chef, wenn Sie als Kind oft im Meer geschwommen sind, gehen Sie nicht mehr in ein Freibad. Mir fehlt das Mittelmeer, die Toskana, die Lebensfreude.«

»Lebensfreude in Italien heute?«

»Si, si. Ich weiß. So schlimm war es abgesehen von Krieg und Nachkriegszeit noch nie. Trotzdem spüren Sie eine Leichtigkeit des Daseins im Alltag, das Essen, das Lachen, der Vino, die Luft, das Licht. Ist schon schön in Italien.«

»Wollten Sie nie nach Italien ziehen?«

»Nein. Ich bin die Tedesca, die Deutsche. Bin hier aufgewachsen, Abitur, Polizei. Jetzt ist es zu spät. Außerdem mag ich den Beruf. Trotz der Tiefschläge. Ich habe viel gesehen als Personenschützerin. Ein abwechslungsreiches Leben.«

»Keine Familie, keine Kinder. Trotzdem abwechslungsreich?«

»Immer sofort den wunden Punkt, Chef. Ja, ich kann mit mir alleine sein. Nicht immer. Im Alter immer mehr. Früher nicht. Da brauchte ich die Feiern, das Ausgehen, die Abenteuer.« Fett bemerkte einen melancholischen

Zug um ihre Augen, als sie in die Ferne schaute, über die Häuser hinweg zum Lousberg. Der Blick reichte weit in die Ferne und zog ein Leben hinter sich her, das so anders verlaufen war als sein eigenes.

»Lassen Sie uns zur Pontstraße gehen. Einen Café frappé trinken. Die Griechen machen den ausgezeichnet. Der weckt alle Lebensgeister. Habe ich durch die griechischen Freunde in Aachen entdeckt. Davon werden alle Götter im Olymp wach.« Sie lachte und war froh, dass Fett sie in diesem ersten Jahr in Aachen begleitete. Ihre Wohnung in der Promenadenstraße hatte sie lieb gewonnen. Sie besuchte oft die Synagoge, man kannte sie dort, und bei der Einlasskontrolle wurde sie durchgewunken. Hin und wieder aß sie gegenüber ihrer Wohnung im Restaurant *Justus K.*, wenn Corona es ermöglichte. Morgens grüßte sie die Kollegen im Streifenwagen, der täglich am Synagogenplatz stand. Sie waren freundlicher zu ihr als manche Kollegin im Kriminalkommissariat. Daniela Conti war langsam in Aachen angekommen, hatte mit ihrem Fiat 595 die Stadt und die Region entdeckt, den Nationalpark Eifel, das Mergelland, den Aachener Stadtwald. Fehlte noch Lüttich. Fett schwärmte von der Stadt, sprach fließend Französisch und kannte dort Kollegen. Ein Gefühl der Vertrautheit hatte sich bei ihr eingestellt, das sie so nicht in Wiesbaden, Berlin und Düsseldorf gespürt hatte.

Als Fett sich mehrmals an die Narbe am Bauch fasste, wurde Daniela Conti erstens wütend, zweitens ärgerte sie sich, dass sie ihren Chef abgeholt hatte.

»Finito, Chef. Ab nach Hause. Schlafen Sie. Kommen Sie morgen mit dem Taxi; nicht vor Mittag! Verstanden? Übrigens ist es uns gelungen, mal nicht vom Fall zu sprechen.«

Fett grummelte etwas. Er spürte, dass er nicht mehr 30 war. »Stimmt. Aber er verfolgt mich. Ich habe von dem jungen Mann geträumt. Kein gutes Zeichen. Er wird gewusst haben, dass er nicht mehr lebend rauskommt. Hinter dem Fall steckt ein Geheimnis, etwas, für das so kaltblütig gemordet wird. Wir sehen uns morgen.« Sie brachte ihn bis zu seiner Haustür.

»Nicht übernehmen. Schonen Sie sich. A domani.«

»A domani, bis morgen, Frau Kollegin. Ach, noch etwas zu unserem Toten aus dem Rückhaltebecken.« Er zögerte einen Moment. »Alle Toten haben eine eigene Geschichte, und dahinter steckt wieder eine Geschichte. Wie bei den russischen Puppen, den Matroschkas. Ciao.« Er schleppte sich die Treppen hoch, vorbei an der Wohnung seiner betagten Nachbarin Frau Kleinjohann. Fett sollte recht behalten.

RÜCKBLICK: BRUNO SCHULZ RENNT
1942 UM SEIN LEBEN

Bruno Schulz hetzte durch die Straßen von Drohobycz. Pfützen, Schlamm, Dreck, Schüsse peitschten. Die
»Donnerstags-Aktion« erreichte ihren blutigen Höhe-
punkt. 19. November 1942, elf Tage nach der Landung
der Amerikaner und Briten unter Führung von Eisen-
hower in Marokko und Algerien, wodurch die Niederlage des Afrikakorps von Generalfeldmarschall Rommel besiegelt wurde.

SS-Scharführer Karl Günther erwischte Bruno Schulz
am späten Vormittag an der Ecke Czacki- und Mickiewicz-Straße. Ausgerechnet Mickiewicz-Straße, benannt
nach dem polnischen Goethe, dem Verfasser von *Pan
Tadeusz*. War es eine Luger, eine Walther PPK oder
eine russische Beutewaffe? Vermutlich eine Walther
PPK. Karl Günther hielt Schulz einen Revolver an den
Kopf. Also doch keine Dienstwaffe. Revolver waren
keine Dienstwaffen der SS. Bruno Schulz war ihm in die
Arme gelaufen. Schulz, Landaus Schulz, warte, du Saujude, jetzt räch ich mich für meinen Juden, den mir der
Landau abgeknallt hat. Günther schoss Bruno Schulz
in den Hinterkopf und ließ den Autor der *Zimtläden*
tot auf der Straße liegen. Auf der Mickiewicz-Straße,
benannt nach Adam Mickiewicz, dem polnischen Goethe. Das sagte ich bereits. Über 100 Juden wurden an

diesem Donnerstag, dem 19. November 1942 erschossen, erschlagen, ermordet, lagen in der Gosse, auf der Straße, in den Hauseingängen, vor den Kellertüren, den Fenstern für Kohle, auf dem Marktplatz vor dem Rathaus, vor der Ortskommandantur. Von den 15.000 Juden, die vor 1939 in Drohobycz lebten, waren 1945 noch 400 in der Stadt. Bruno Schulz, der Jude, starb in seiner Geburtsstadt, wo er für den Gestapo-Beschützer Felix Landau Szenen aus Grimms Märchen an die Wände der Zimmer von Landaus Kindern gemalt hatte. Außerdem hatte er im Auftrag Landaus die Wände der Reitschule und des Kasinos der Gestapo mit Fresken verschönert. So lebte und starb Bruno Schulz, Autor der *Zimtläden*, und konnte keine Hoffnung schöpfen aus dem 19. November 1942, dem Tag, an dem die Rote Armee die 6. Armee der Wehrmacht in Stalingrad einkesselte. Durch die am Morgen des 19. November 1942 begonnene *Operation Uranus* wurden die Truppen der Wehrmacht von sowjetischen Streitkräften der Donfront unter Rokossowski und der Südwestfront unter Watutin, die durch die Linien der rumänischen 3. Armee durchgebrochen waren, innerhalb von fünf Tagen eingeschlossen.

Das ahnte in Berlin niemand. Der Führer hatte die Einnahme von Stalingrad beschlossen, geradezu bestellt. Schließlich war er der Führer, der Größte Feldherr aller Zeiten, abgekürzt Gröfaz. Am 1. Oktober 1942 hatte er vor den versammelten Reichs- und Gauleitern die Einnahme Stalingrads verkündet: »Es kann sich nur noch um eine gewisse Zeit handeln; an der Tatsache selber ist nicht mehr zu rütteln.«

Bruno Schulz erfuhr nichts mehr von der Wende des Kriegsglücks, das bereits mit dem Rückzug vor Moskau im Winter 1941 den größten Feldherrn verlassen hatte. Oder hatte der Führer selbst es vergeigt? Jedenfalls wunderten sich die Deutschen im Winter 1941, dass sie für die Väter, Brüder, Ehemänner, Cousins, Freunde und Liebhaber Winterkleidung spenden sollten. Außerdem waren die Briefe von der Ostfront nicht mehr so optimistisch wie beim sommerlichen Vormarsch und Vernichtungskrieg in der Ukraine.

Bruno Schulz war tot. Der Wehrmachtsbericht und die Wochenschau berichteten nicht über ihn, auch nicht über die Einkesselung der 6. Armee. SS-Scharführer Karl Günther hatte es diesem Gestapo-Arschloch Felix Landau heimgezahlt, denn der hatte ihm seinen Zahnarztjuden weggeschossen, so wie Landau manchmal aus reiner Willkür Juden erschoss. Recht so, sagte sich der SS-Scharführer und trank. Was trank er nach der Erschießung von Bruno Schulz? Bier, Wodka, Wein? Gesoffen wurde ständig bei den Mordgesellen. Sie leisteten in der Etappe ihren Dienst für Führer und Vaterland. Das Ritterkreuz war unendlich fern. Aber Ordnung musste sein, selbst in der Etappe. Prost, Kamerad! Der Versetzungsantrag lief. Karl Günther wollte zur Waffen-SS. Raus aus diesem Kaff. Weg von den Etappenschweinen. Frontbewährung, EK 1 und Nahkampfspange. Ihn kotzte die Etappe an. Günther hatte zunächst in Krakau gedient, beim alten Kameraden Hans Frank, dem Generalgouverneur, einem Spezi von Hitler. Er war Frank direkt zugeordnet gewesen, musste zumeist Frau Frank beschützen, begleiten, beim Einkauf ihre Taschen tragen. Im Wawel in Krakau, dem ehemaligen Sitz der polnischen Könige, beim Generalgouverneur, herrschte Selbstbereicherung. Die Franks horteten alles, schickten es zu ihrem Bauernhof ins Reich, stellten ihre Verwandten ein, Nepotismus ohne Ende. Karl Günther war ein Pelz von Frau Frank abhandengekommen. Blöde Kuh, saublöde. Besaß doch über ein Dutzend. Günther musste für die Frau des Generalgouverneurs im Ghetto Seidenwäsche und Pelze bei den Juden abholen. Da verschwand eben ein Pelz und der Saujude gleich mit. Keine Zeugen. Der Pelz war bereits auf dem Weg nach Köln-Nippes, zu Lina, seiner Lina. Die würde Augen machen. Und erst die Nachbarn. Die saublöde und habsüchtige Frank kontrollierte alles. Ein Pelz war weg. Ja, Scheiße, ein Pelz und ein Jude weniger. Am nächsten Tag erhielt Karl Günther den Marschbefehl nach Drohobycz am Arsch der Welt: Sauferei und Juden abknallen. Karl Günther wollte raus aus diesem Loch, an die Front, den Sieg mitfeiern, belobigt werden und Beute machen, noch mehr Beute. Es kam anders.

BABA JAGA

»Wenn es dich so ankotzt, geh zur Wahrsagerin, dann siehste, was auf dich zukommt.« SS-Rottenführer Radek lachte, zog an der Zigarette und blies den Rauch zur Decke. »Die Alte kann was. Und alt ist die nicht. Sag ich dir. Lass die Finger von der Zigeunerin. Sogar die Offiziere latschen zu der Alten. Wie man hört, trifft alles ein, was sie prophezeit. Nur nicht immer so, wie man es gerne hätte.« Er lachte im SS-Unteroffizierscasino sein rachitisches Lachen, eine Mischung aus grüner Galle und Schadenfreude.

»Dem Hauptsturmführer Rauschberger hat sie Nachwuchs vorhergesagt. Der kam prompt. Blöd, dass Rauschberger zwölf Monate nicht mehr bei seiner Alten war.« Er schlug mit der Hand auf den Tisch, die Flasche machte einen Satz, Radek hielt sich lachend den Bauch, auf dem das Koppelschloss der SS hüpfte und darauf der Spruch: »Meine Ehre heißt Treue«.

Karl Günther dachte nach. Baba Jaga. Warum nicht? Diese Langeweile, diese entsetzliche Langeweile in dem Drecksnest. »Wo wohnt die Alte? Wenigstens Zeitvertreib.« Radek beschrieb ihm den Weg, und zwei Tage nach der Judenaktion klopfte Günther hart gegen die Wohnungstür im ersten Stock eines unscheinbaren Hauses, nicht weit entfernt von der Stelle, wo er Bruno Schulz abgeknallt hatte. Er hörte »Ja, bitte!«, öffnete die Tür und stand in einem dunklen Flur, von dem aus links und rechts weitere Türen abgingen. Günther wusste nicht, aus welchem Zimmer die Stimme zu hören gewesen war. Seine Souveränität, eben noch durch das harte Anklopfen bewiesen, schwand dahin. Er rief: »Hallo, ist da jemand?« Aus dem Zimmer am Ende des Flurs drang eine Frauenstimme. »Ich habe auf Sie gewartet, SS-Mann Günther.« Karl Günther war irritiert. Woher wusste sie seinen Namen? Seine Nervosität stieg. Er öffnete die Tür. In einem düsteren Raum saß die Frau, die alle Baba Jaga nannten, deren richtigen Namen niemand kannte. Ihre Augen funkelten wie Diamanten im Vollmondlicht, große rote Lippen, eine sanfte Stimme, fast aktzentfreies Deutsch.

»Nimm Platz. Du möchtest wissen, was aus dir wird.«

Günther nickte. »Das wollen wir alle wissen …« Sie hob ihre Hand und machte ein Zeichen, um ihm Schweigen zu gebieten.

»Alle kommen zu mir. Sogar die Generäle der Waffen-SS. Ich sage dir das, damit du nicht auf dumme Gedanken kommst, wenn die Zukunft nicht so rosig wird, wie du hoffst.«

Günther griff sich an den Kragen der eng sitzenden Uniform. Seine Kameraden hatten von Offizieren gesprochen. Er wusste von den Gerüchten um Heinrich Himmler und Göring, die angeblich mit Wunderheilern und Wahrsagern in Kontakt standen.

»Ich werde dir die Karten legen, junger Mann. Du schweigst. Keine Fragen, sonst störst du dein Schicksal. Es wird dann einen anderen Verlauf nehmen. Leg deine Mitbringsel am Ende hinter der linken Tür des Flurs ab und verschwinde so schnell wie möglich. Ich werde nach der Prophezeiung eine andere sein. Das könnte für dich tödlich enden.«

Karl Günther fühlte sich unwohl in seiner Haut. Eine Kerze flackerte, schwere Teppiche auf dem Boden dämpften jede Fußbewegung in den Knobelbechern, der Tisch, an dem Baba Jaga saß, schien aus einer anderen Zeit zu stammen. Bisher hatte er sich lustig darüber gemacht, wenn Kameraden zu Baba Jaga gegangen waren. Nie hatten sie von ihrer Prophezeiung erzählt. Nur die Geschichte von Rauschberger war rausgekommen. Den erwischte es kurz nach der Geburt des Kindes, dessen Vater er nicht war, bei einem Partisaneneinsatz in den Wäldern vor Leningrad. Er trat auf eine Mine im sumpfigen Wald, die ihn in Stücke riss.

»Gib mir deine rechte Hand!«

SS-Mann Günther legte seine Rechte auf den Tisch. Sie studierte die Linien.

»Nun die linke Hand!«

Wieder blickte sie auf Günthers Handinnenfläche. »Genug!«, befahl sie und zog einen Schleier über die Augen, bevor sie anfing, die Karten zu legen.

Baba Jaga deckte die erste Karte auf. Karl Günther konnte sie nicht erkennen. Er blickte auf die Kerze. Im Raum herrschte Stille, nur das Legen der Karten war zu hören.

»Jemand wird kommen und dich anfordern, Soldat Günther. Du wirst reisen. Weit reisen. Ich sehe Hitze, Sand, Meer. Du wirst schwitzen. Dir wird unendlich heiß sein. Und du kehrst zurück nach Deutschland. Du wirst viel erleben, Schätze sehen und Schätze erobern. Heiß, es wird heiß, unendlich heiß. Wasser. Ich sehe viel Wasser. Du kommst zurück nach Deutschland. Du wirst fahren, reisen, leben …«

»Das reicht mir, genug, Baba Jaga!«

Sie blies die Kerze aus. Es war dunkel im Zimmer.

»Das darfst du nie wieder machen, Soldat Günther. Geh! Ich war nicht fertig. Geh sofort. Schnell! Schnell!«

Er sprang auf, griff das in Packpapier eingeschlagene Paket mit Zigaretten, Schnaps, Kognak und stürzte in den Flur, öffnete die besagte Tür und sah Pelze, Flaschen, Bilder, Leuchter, Spiegel, Gemälde. Er war überrascht, legte rasch sein Paket auf einen Beistelltisch, zog mit einem Ruck die Tür zu und lief die Treppe hinunter. Ich werde leben, hat sie gesagt. Alles in Butter.

Als er gegangen war, deckte Baba Jaga die letzte Karte auf: der Sensenmann. Baba Jaga lachte, sie lachte schallend, sogar die Nachbarn hörten es und wussten, sie lachte wieder einen deutschen Soldaten in den Tod. Wenn Baba Jaga so lachte, siegte der Tod.

AFRIKA JUDENFREI!

Die Prophezeiung von Baba Jaga traf zu. Walther Rauff erschien im Leben von Karl Günther: Naziverbrecher, Überzeugungstäter, später BND-Spion. SS-Standartenführer Rauff, der Erfinder der tödlichen Gaswagen, in denen die Einsatzgruppen Juden vergasten: Frauen, Kinder, Greise. Rauff erhielt am 17. November 1942 den Marschbefehl nach Tunis, zwei Tage vor der Offensive der Roten Armee und nach dem Zusammenbruch von Rommels Offensive vor El-Alamein, der Bahnstation, 100 Kilometer vor Alexandria in Ägypten. Die Panik in der jüdischen Bevölkerung Ägyptens und Palästinas endete. Der *Ash Wednesday*, der 1. Juli 1942, geriet in Vergessenheit. Damals lagen Rauchschwaden über Kairo, Papierschnipsel regneten vom Himmel, denn die Briten verbrannten hastig alle Dokumente, weil sie den Fall der ägyptischen Hauptstadt befürchteten. Nun musste der Wüstenfuchs den Rückzug antreten. Die Front hielt nicht mehr. Montgomery setzte nach. Am 8. November 1942 waren Amerikaner und Briten in Casablanca, Oran und Algier gelandet, mithin in Rommels Rücken. Ihr Ziel: Tunesien. Das trübte nicht den Glauben der Nazis an den Endsieg und an die Mission, die Walther Rauff zu erfüllen hatte. Er war bereits im Juli in Afrika gewesen. Damals siegte Rommel unaufhörlich, der Fall von Kairo, die Eroberung des Suez-Kanals schienen in greifbarer Nähe. Rauff hätte sofort mit der Judendeportation beginnen sollen. Aber vor El-Alamein ging es nicht weiter. Die Truppe war erschöpft, bekam keinen Nachschub, die Briten hielten stand. So entging die jüdische Bevölkerung in Ägypten und Palästina dem Holocaust.

Walther Rauff benötigte für seine zweite Mission in Afrika rücksichtslose und kaltblütige Männer. Sein Auftrag aus dem RSHA, dem Reichssicherheitshauptamt, lautete: Aufbau von Sicherheitspolizei, Geheimdienst, Gestapo und Vorbereitung der Deportation aller Juden in den vom Afrikakorps besetzten Gebieten, wenn Rommel wieder die Initiative zum Vormarsch ergreift. Rauff, der Vollstrecker des Judenmords in Afrika. Rauff suchte zuverlässige Männer. Karl Günther war zuverlässig und kaltblütig. Karl Günther sollte Afrika sehen und Beute machen.

Im Februar 1943 lief Karl Günther die Zeit weg. Die Front war zusammengebrochen. Die Reste des Afrikakorps und der italienischen Streitkräfte konzentrierten sich auf Tunesien. Von Osten stießen die Briten unter Montgomery, von Westen die Amerikaner mit Panzergeneral Patton vor.

Samstag, 13. Februar 1943, Insel Djerba

»Schneller, schneller, ihr Lahmärsche.« Karl Günther schoss mit der MP 40 in den blauen Himmel vor der Al-Ghriba-Synagoge auf der Insel Djerba. Der Motor des Lastkraftwagens heulte auf. Seine Männer rannten mit schweren Kisten zum Lkw. Schweiß strömte in den Nacken von Karl Günther. Die SS-Uniform war nicht für Afrika gemacht. Er blickte auf die Uhr. Das Schnellboot würde in zehn Minuten ablegen. Rauffs Männer hatten der Jüdischen Gemeinde von Djerba zwei Stunden Zeit gegeben. Zehn Millionen Franc oder Deportation und Erschießungen. 43 Kilogramm Gold kamen zusammen. Die Kisten waren voll. Dazu die Kontributionen der Juden von Tunis. Eine Zwangsabgabe in Höhe von 50 Millionen Franc. Karl Günther schaffte es. Er erreichte pünktlich das Schnellboot, mit dem die Kisten zu einem vor der Küste aufgetauchten U-Boot gebracht wurden, um über Korsika weiter nach Italien oder Frankreich verschifft zu werden. Stolz kehrte Karl Günther, der Mörder von Bruno Schulz, zurück nach Tunis und meldete »Befehl ausgeführt! Heil Hitler!«. Rauff stieß mit ihm und den SS-Hauptsturmführern Theodor Saevecke und Friederich Pohl auf den Erfolg an. Saevecke, lange für tot geglaubt, fand nach dem Krieg Verwendung beim Bundeskriminalamt. In Tunis trieb er mit seinem Kollegen Pohl bei den jüdischen Gemeinden Zwangsabgaben ein und rekrutierte jüdische Zwangsarbeiter. Führerbefehl ausgeführt. Auf den Erfolg! Mit Kognak, mit Rotwein oder mit Schnaps? Egal, sie stießen an: Rauff, Günther, Saevecke und Pohl. Pohl, von dem man nicht weiß, ob er verwandt war mit Oswald Ludwig Pohl, dem SS-Obergruppenführer und General der Waffen-SS. Oswald Pohl war als Leiter des SS-Wirtschafts-Verwaltungshauptamtes maßgeblich am Holocaust beteiligt und wurde 1951 hingerichtet. Es gab viele Pohls, auch in Afrika, auch in Tunis. Nun war Schluss mit Afrika. Zwar hatten sie mehrere Hundert Juden in Lagern zusammengetrieben und Panzergräben ausheben lassen, jedoch hatte es mit dem Abtransport in die Vernichtungslager nicht funktioniert. Wenigstens Schutzgeld, Diamanten, Gold, Schmuck, wertvolle sakrale Gegenstände wurden erbeutet. Für den Führer, für Bormann, für Himmler. Devisen für die Kriegsmaschine, für die Rüstungsindustrie, für die Reichsbahn, für Eisenerz und Erdöl, für Kautschuk und Kohle – so hieß es offiziell. Rauff war fanatisch. Der Endsieg für ihn bloß eine Frage von Monaten. Der Führer werde das Ruder herumreißen. Rauff, der bereits in Polen und Russland Juden umgebracht hatte, war Herr über Leben und Tod in der sengenden Hitze Afrikas, Todesengel, Alleinherrscher, nur Reichsführer-SS Heinrich Himmler und dem Führer Rechenschaft schuldig.

RÜCKBLICK: DEIN REICH KOMME. DEIN WILLE GESCHEHE.

Ende September 1943 war U 67 von Korsika kommend im bretonischen Saint-Nazaire eingelaufen. An Bord sechs verschweißte Metallkisten, die am Hafen vom schwer bewaffneten SS-Kommando Eicke übernommen wurden. Günther war dabei, um die Kisten zu identifizieren. Sie wurden in einen Sonderzug eingeladen. Führerbefehl, von Martin Bormann, dem Sekretär des Führers, persönlich abgezeichnet: Paris, Brüssel, Aachen, Berlin. Übergabe an Bormann. Die Reise wurde durch Fliegerangriffe und Anschläge des französischen Widerstands immer wieder unterbrochen. Nun, Anfang Oktober 1943, waren sie im Reich, die Kisten und die Wachmannschaft. Auf nach Berlin.

Das Signal wechselte: freie Fahrt. Die schwarze Reichsbahndampflok der Baureihe 52 schob langsam voran, qualmte, zischte, rumpelte über die Gleise, Metall auf Metall kreischte, Dampf schoss aus den Zylindern der Steuerung, viel zu feuchtes Birkenholz im Kessel zischte und verpuffte, trockenes war Mangelware. Ächzend schob sich der Zug über die Schienen. Der Lokführer blickte mit rußschwarzem Gesicht auf die Weichen, der Heizer, fast pechschwarz, lehnte auf der anderen Seite am Fenster, Ringe unter den Augen, total übermüdet. Sie hatten die Waggons in Brüssel übernommen. Führerbefehl: so rasch wie möglich nach Berlin. Die Strecke über Düsseldorf war durch einen Bombenangriff zerstört. Nun sollten sie in Düren Kohlen fassen, Wasser auffüllen, die Lok schmieren. Mehrere Fliegerangriffe unterwegs. Am nächsten Tag sollte es weitergehen. Die Wachmannschaft im letzten Waggon erfreute sich an Kognak, Käse und Baguette. Ein Zug SS-Soldaten, junge Burschen, wenige mit Fronterfahrung, sie glaubten weiter an den Endsieg. Oskar Schneider, der

Lokführer, und Erich Strüver, der Heizer, wollten überleben in dieser Nacht des 9. Oktober 1943 am Vorbahnhof in Düren.

»Auf unseren treuen Heinrich und den Führer! Sieg Heil! Sieg Heil! Sieg Heil!« Karl Günther dröhnte durch den Personenwaggon. Die Kognakflaschen stießen aneinander, fleckige Uniformen, unrasierte Gesichter nach langer Fahrt, Schlafentzug. Fanatismus spiegelte sich in den Gesichtern der jungen Männer, enthoben aller zivilisatorischen Schranken, waffentragend, das Recht des Stärkeren verkörpernd.

»Woher hat denn der Oberscharführer den guten Tropfen?« SS-Untersturmführer Eicke fragte mit geröteten Augen und blinzelte wissend.

»Melde gehorsamst. Konfisziert! Und den Franzmann gleich mit!« Die Truppe johlte, Hände klatschten auf Schenkel. Dieser Schweinehund Günther. Immer für eine Überraschung gut.

»Sehr gut, Oberscharführer! Dafür Nahkampfspange und Eisernes Kreuz Erster Klasse!«

»Zu Befehl, Untersturmführer! Ladenbesitzer wegen Widerstand und Feindbegünstigung erschossen, Kognak konfisziert. Sieg Heil!«

»Hervorragend! Sieg Heil, Kameraden! Ein Lied!« Eicke stemmte die Hände in die Hüften.

»Lili Marleen!«, dröhnte SS-Mann Carminckel.

»Vor der Kaserne bei dem großen Tor
Stand eine Laterne und steht sie noch davor
So wollen wir uns da wieder seh'n

Bei der Laterne wollen wir steh'n
Wie einst, Lili Marleen.«

Alle stimmten ein. Der Klassiker. Trotz Kognak oder
wegen Kognak wurde mancher Blick wehmütig. Erinnerungen kamen hoch. Freundin, Vater, Mutter in Pom-
mern, Thüringen, Bayern, Mecklenburg, Elsass.

»Aus! Aus! Diese defätistische Scheiße könnt ihr im
SS-Sonderregiment Dirlewanger schmettern. Das Lied
singt der Volksfeind. Wer noch einmal diese Schnulze
anstimmt, kommt vor das Kriegsgericht. Verstanden?«
SS-Untersturmführer Eicke schäumte, der Alkohol
hatte seine Reaktion verzögert. »Das singt auch der
Feind! Schluss damit!«

»Die Fahne hoch! Die Reihen fest geschlossen!« SS-
Mann Hagestolz brüllte das Lied mit hochrotem Kopf
durch den Waggon.

»Scheiße, Hagestolz! Klappe halten! Das Lied vom
warmen Röhm kommt mir nicht über die Lippen. Verstanden?« Eicke war in seinem Element. Er würde dieser Truppe Zunder geben, die nicht das komplette Lie-
derbuch der SS auswendig kannte. »Der Gott, der Eisen
wachsen ließ« hatte er im Sinn. Doch da dröhnte bereits
SS-Mann Brecher, und alle stimmten ein:

»Wenn die Soldaten
Durch die Stadt marschieren,
Öffnen die Mädchen
Die Fenster und die Türen.

Ei warum? Ei darum!
Ei warum? Ei darum!
Ei bloß wegen dem
Schingderassa,
Bumderassasa!
Ei bloß wegen dem
Schingderassa,
Bumderassasa!«

Das Bumderassasa über der Luftverteidigungszone
West bei Hillesheim hörten sie nicht. 8,8-Zentimeter-
Fliegerabwehrgeschütze jagten Granaten in den Himmel, Zwei-Zentimeter-Vierlingsflakdrehtürme schickten Leuchtspurmunition zu den Bombern der Royal
Air Force. Die SS-Männer im Zug lachten, rauchten
ohne Ende und wussten nicht, ob sie irgendwo hinter Aachen, vor Köln oder in Düren waren. Hauptsache Kognak und gerade mal keine Frontverwendung
im Osten, wo bereits Kesselschlachten tobten und das
Unternehmen Zitadelle, die Schlacht von Kursk im September 1943, in die Hose gegangen war. Von den Kameraden der SS-Division *Das Reich* hatten sie Gerüchte
gehört. Über 50.000 Mann Verluste. Dann lieber Kognak saufen und Begleitschutz für diese Scheißmetall-
kisten von Martin Bormann.

Im Schritttempo fuhr die Dampflok auf den Kohle-
bunker und den Wasserkran am Vorbahnhof zu. Gut
getarnt waren: ein Lokschuppen mit 26 Gleisen und vor-
liegender Drehscheibe, zweigleisige Lokreparaturhalle,
Ausbesserungshalle für Güterwagen, ein Verwaltungs-

gebäude und ein Wasserturm. Das fauchende Ungetüm stoppte, Funken flogen, aus der Dunkelheit tauchten verdreckte Gesichter auf, Taschenlampen leuchteten. Reichsbahnmitarbeiter und Zwangsarbeiter aus Russland, der Ukraine und Polen koppelten die Lokomotive von den Waggons ab. Die Lok fuhr langsam zur Drehscheibe, um dort Kohlen und Wasser aufzunehmen. Dunkelheit, laute Rufe, russische und polnische Stimmen, dazwischen das Bewachungspersonal: »Dawai! Dawai! Los, ihr Schweinehunde!« Die Zwangsarbeiter und Kriegsgefangenen aus dem Lager am Vorbahnhof mussten nach den Bombenangriffen die Schienen reparieren, die Blindgänger aus der Erde buddeln, die Splitter beseitigen, neuen Schotter ins Gleisbett werfen. Bis sie zusammenbrachen. Bis sie vor Erschöpfung starben und in der Merzenicher Heide in ein Massengrab geworfen wurden.

Ein Lautsprecher knackte, es ertönte die Durchsage: »Fliegeralarm! Fliegeralarm!« Eine Sirene heulte auf und ab. Die SS-Wachmannschaft sprang aus dem Personenwaggon. Kognakflaschen knallten auf die Gleise, *Hennesy* und *Martell* versickerten in den Schottersteinen zwischen den Bahnschwellen, Flüche, Schreie. Karabiner und Maschinenpistolen schlugen metallisch an die Waggons. Die Soldaten und die Reichsbahnarbeiter rannten zum Bunker.

»Gruppe Günther bleibt am Waggon! Das ist ein Befehl!« Die Stimme von Eicke übertönte das Chaos. Günther und seine sieben Mann kehrten um, rannten zum versiegelten Waggon Nummer vier, direkt vor dem

Personenwaggon, und postierten sich an allen Ecken. Günther hatte kein gutes Gefühl.

Die russischen Kriegsgefangenen und polnischen Zwangsarbeiter wurden vom Wachpersonal in die Baracken gepresst. Schutzlos mussten sie dort bis zur Entwarnung warten oder sterben. Das tiefe Brummen der britischen Avro Lancaster B I näherte sich aus der Eifel. Flakbatterien bei Düren eröffneten das Feuer. Die viermotorigen Bomber flogen in Formation, die vier Rolls-Royce Merlin Propellertriebwerke mit je 1.280 PS brummten dunkel. Jede Maschine trug rund sechs Tonnen Bomben. Die sieben Männer der Besatzung standen unter Hochspannung. Flakgranaten explodierten. Leuchtspurmunition zog glänzende Fäden in den Himmel. Wieder ein Nachtangriff der Royal Air Force. Noch nicht tagsüber. Das würde bald beginnen. Deutschland versank in Schutt und Asche. Die Fliegerabwehrgranaten platzten zwischen den Bombern. Keine Suchscheinwerfer. Keine Nachtjäger. Das Brummen wurde lauter. Köln? Das Ruhrgebiet? Sie kamen immer von Südengland über den Kanal, steuerten die Südeifel an, um die deutschen Radar- und Flakbatterien abzulenken, drehten über Hillesheim ab Richtung Nordeifel und Ardennen. Dort änderten sie die Route zumeist nach Osten zur Köln-Aachener Bucht und flogen dann ins Ruhrgebiet zu den Panzerschmieden. An diesem Tag war es anders. Vielleicht mussten einige Bomber ihre tödliche Fracht zu früh abwerfen? Das Geschwader des Royal Air Force Flugplatzes Elsham Wolds hatte während des Flugs ein neues Abwurfziel erhalten. Über dem Ruhrgebiet kreis-

ten Ju 88-Nachtjäger des Nachtjagdgeschwaders 2 unter
der Führung von Major Heinrich-Prinz zu Sayn-Witt-
genstein. Der 27-jährige Ritterkreuzträger aus adligem
Hause war versessen auf Abschüsse, und die Briten
hatten keinen Geleitschutz durch Abfangjäger. Darum
Abwurf der Bombenlast über Ziel B, Eisenbahnlinie und
Vorbahnhof Düren, die zentrale Ost-West-Schienenver-
bindung vom Reich aus nach Belgien und Frankreich.
Heulen, es heulte, die Bomben heulten. Ein ohrenbetäu-
bendes Heulen setzte ein. Keine Flak direkt am Vorbahnhof, keine Suchscheinwerfer. Erste Erschütterungen, die
Erde bebte, wackelte, ein Bombenteppich auf den Orts-
rand von Düren, auf die Gleise, auf die West-Ostverbin-
dung. Pfeifend und heulend jagten die 250 Kilogramm
schweren Bomben auf Grüngürtel, Hauptbahnhof, Vorbahnhof zu. Die Einschläge waren nur wenige Sekunden
vom Vorbahnhof entfernt. Leben und Tod. Herr über
Leben und Tod bist du: Bomber-Harris, Luftmarschall
Harris. Hatte er das Ziel befohlen? Lauter, immer lauter. Wummern. Erste Einschläge. Immer schneller. Die
Bomben rasten auf den Vorbahnhof zu. Auf manchen
stand mit Kreide geschrieben »Für Adolf!« oder »Fuck
Hitler!«. Gebenedeit bist du, Jungfrau Maria. Vater unser
im Himmel. Kein Vater im Himmel, allein Metall, Dyna-
mit, Zünder, Aufschlagzünder. Luftminen, Brandbomben, Bomben mit Verzögerungszünder, sie gruben sich
in die Erde ein und explodierten erst nach Sekunden.
Luftminen zerrissen wenige Meter über der Erde die
Lungen; Brandbomben mit Phosphor waren schwer
zu löschen. Gebenedeit unter den Frauen. Dein Reich

komme, dein Wille geschehe. Zu wem beteten die polnischen Zwangsarbeiter und die russischen Kriegsgefangenen, die im Lager des Vorbahnhofs gefangen gehalten wurden? Zur Schwarzen Madonna von Tschenstochau? Beteten die Russen oder dachten sie an Väterchen Stalin oder an ihre Mutter, ihre Kinder, ihre Schwester, ihren Vater, den Sommer an der Wolga, Liebesnächte in der Taiga? Dachten sie, zitterten sie? Wumms, Explosionen, Feuer, keine Luft, erste Waggons wurden wie von einer großen Hand durch die Luft gewirbelt. Der Personenwaggon der SS-Wachmannschaft existierte nicht mehr. Volltreffer. Blitze, Schreie. Neben der Lok explodierte eine Luftmine, kippte das schwarze Ungeheuer aus den Gleisen, tausende Metallsplitter rasten in alle Himmelsrichtungen. Nacht über Düren. Eine Luftmine traf den Bunker der Reichsbahnarbeiter, die mit der SS-Mannschaft und einigen Flaschen Kognak auf das Ende des Luftangriffs warteten. Alle tot. Eine 250 Kilo Luftmine näherte sich dem Waggon mit den sechs Metallkisten. Daneben raste eine 250 Kilo Bombe auf die Erde zu. Rumms. Die SS-Männer wurden zerfetzt, pulverisiert. Unter ihnen Karl Günther, der Mörder von Bruno Schulz, der Landsknecht, das Monster. Nichts blieb von ihm übrig. Karl Günther wurde entmaterialisiert. Es gab ihn nicht mehr. Er war aus Afrika nach Deutschland zurückgekehrt, um zu sterben. Ob er im letzten Augenblick an Baba Jaga gedacht hatte?

Der Waggon löste sich auf. Die Kisten flogen in den nahen Wald, rasten durch Ginster- und Dornbüsche, knallten gegen Kiefern und Birken, zerquetschten Mäuse und Ratten, waren heiß. Sie blieben verschlossen. Der Reichsadler auf dem Deckel bekam Schrammen ab. Verschmutzt, verschmiert und dampfend lagen sie im Dreck. Schreie? Hörte man Schreie? Nein. Noch nicht. Der SS-Zug von Untersturmführer Eicke existierte nicht mehr. Alle tot. Nur die Zwangsarbeiter hatten überlebt und einige Reichsbahner, die mit ihnen in die Baracken geflüchtet waren. Mateusz aus Ustrzyki Górne hatte überlebt, der polnische Zwangsarbeiter, ein Bursche von 16 Jahren, der auf dem Markt von Lesko verhaftet, in einen Eisenbahnwaggon gesteckt und nach Düren verfrachtet worden war. Er kroch durch die Trümmer und sah das Chaos, die Leichenteile, die dampfenden Waggons, die Bombentrichter. Er ahnte, dass der SS-Zug nicht Juden transportiert hatte, sondern eine andere Fracht. Mateusz Nowak rannte zu Waggon Nummer vier, stolperte über qualmende Trümmer und Leichenreste. Er fand die erste Metallkiste mit dem zerbeulten Reichsadler zwischen Ginsterbüschen. Er pfiff dreimal kurz. Ivan und Wladimir kamen zu ihm. Sie schnappten die Kisten, blickten sich an und rannten in den Wald hinter dem Lokschuppen, dorthin, wo sie Nahrungsmittel versteckt hatten für den Tag, auf den sie seit ihrer Verschleppung nach Deutschland warteten. Den Tag der Befreiung, den Tag der Rache. Mateusz, Ivan und Wladimir schleppten in dem Chaos alle Kisten in das Versteck hinter dem Ringlokschuppen. Sechs schwere Kisten für den Führer, verschleppt von zwei Russen und einem Polen. Plötzlich ertönten Pfiffe. Aus Merzenich rasten Feuerwehr und ein Zug Wachmannschaft heran. »Dawai, ihr Schweinehunde! Antreten und abzählen. Los, dalli, dalli!« Ivan und Wladimir wollten flüchten, raus aus dem Lager Merzenich, weg vom Vorbahnhof. Mateusz schaute sie entgeistert an. Er wusste, dass sie hier, tief im Westen, kaum eine Chance haben würden. »Njet!« Sie hörten nicht auf ihn und rannten nach Osten durch den Wald, nah bei den Gleisen. Mateusz trat rechtzeitig zum Appell hinter der großen Drehscheibe an. Überall Feuer, Schreie, Gebrüll. Trotzdem der Appell. »Melde gehorsamst: zwei Abgänge, Herr Stabsfeldwebel!« Der Obergefreite, einarmig seit einer Minenexplosion im Fort Eben Emael, schaute müde auf den ordensgeilen Stabsfeldwebel, einen ehemaligen SA-Mann. »So, zwei Mann weg und alle Kameraden tot. Dann wollen wir mal. Macht die Hunde los! Richtung Osten! Und für den Rest vom Sauhaufen halbe Ration für die nächste Woche. Wer abhaut, ist erledigt und seine Kameraden baden das aus. Verstanden!« Ivan und Wladimir wurden in den Morgenstunden von den Schäferhunden der Feldgendarmerie bei Sindorf in einer Scheune aufgespürt. Sie wurden an Ort und Stelle erschossen. Jetzt wusste alleine Mateusz Nowak, wo die sechs Metallkisten im Wald hinter dem Ringlokschuppen versteckt waren: in einem alten Unterstand, nicht weit von den Bahngleisen entfernt, der irgendwann vor dem Weltkrieg ausgegraben worden war. Auf einem Stück Butterbrotpapier zeichnete er mit einem Bleistiftstummel eine Skizze.

Das Schicksal der Metallkisten geriet in Vergessenheit bei all dem Grauen an der Front und in der Heimat. Rückzüge, überall Frontbegradigungen, Bombenangriffe auf Berlin; Martin Bormann hatte im Herbst 1943 andere Sorgen, als am Vorbahnhof von Düren nach diesen verdammten Metallkisten suchen zu lassen. Im Juli 1943 waren amerikanische und britische Truppen auf Sizilien gelandet, am 8. September kapitulierte die Badoglio-Regierung in Italien, und Mussolini wurde in einem Sporthotel auf dem Gran Sasso festgesetzt. Am 6. November eroberte die Rote Armee Kiew, und Deutschland versank in Schutt und Asche. Den Silvesterabend 1943 verbrachte Bormann mit Hitler im Bunker in der *Wolfsschanze*. Die Metallkisten, Rommels Gold, waren kein Thema.

CORONA IN DEN VORKARPATEN

Die polnischen Vorkarpaten im Bieszczady-Nationalpark wurden verspätet im Frühjahr 2020 von der Corona-Pandemie heimgesucht. Auch in Ustrzyki Dolne, dem kleinen Städtchen am Fuße der Vorkarpaten, herrschte Stress im Provinzkrankenhaus. Reiserückkehrer und Skiurlauber hatten das Virus eingeschleppt. Die Ambulanzen rasten von Ort zu Ort über die Serpentinen im Gebirgszug der Karpaten in der Woiwodschaft Karpatenvorland.

Jurek Nowak aus Ustrzyki Górne, dem Bergdorf am Fuße des Tarnica, mit 1.346 Metern der höchste Berg der Vorkarpaten, konnte nirgendwo auftreten, nicht unterrichten. Der begnadete Akkordeonmusiker griff auf Erspartes zurück, so wie alle seine befreundeten Musiker. Auf dem bewachten Parkplatz von Wołosate dirigierte er die Autos, half beim Einparken, bevor sich die Besitzer, mal in Bergschuhen, andere in Badelatschen, auf den Weg zum Tarnica machten. An manchen Tagen führte er Warschauer zum Gipfelkreuz seines Berges. Er kannte den Weg im Schlaf. Den hart getretenen Trampelpfad hinauf, zuletzt die Stufen, der schmale Weg zum Gipfel mit dem weiten Blick in die Ukraine, in die Slowakei und in die polnischen Vorkarpaten. Eine wundervolle Weitsicht, die die Corona-Misere für einen Moment vergessen machte.

Jurek Nowak spielte Akkordeon so virtuos wie der Alpenkünstler Andreas Gabalier. Jureks Schüler himmelten ihn an, wenn sie denn Unterricht erhalten durften. Jetzt war er Parkplatzwächter und Bergführer.

Großvater Mateusz, mittlerweile 93 Jahre alt, rief eines Abends im Juni 2020 den Enkel zu sich, den er liebevoll »Söhnchen« nannte, und flüsterte ihm etwas ins Ohr, was er als Geheimnis über 70 Jahre verwahrt hatte. Nun war es an der Zeit, denn seine Zeit lief ab. Er schickte das »Söhnchen« hinaus in den Stall, dort, wo die Anlage für den selbst gebrannten Wodka stand, sein Spezialbimber, wie er ihn nannte. Er schilderte Jurek, wo er im Stall eine Bodenplatte öffnen müsse. Darin sei eine Blechflasche, die er dem Großvater bringen möge. Jurek tat wie befohlen und kehrte nach 20 Minuten mit dem alten Behältnis zurück, das sich bei genauer Betrachtung als eine Feldflasche der Wehrmacht entpuppte. Viel wusste Jurek nicht über das, was Großväterchen im Zweiten Weltkrieg erlebt hatte. Von Zwangsarbeit in Deutschland war hinter vorgehaltener Hand die Rede gewesen, denn im Kommunismus galten Zwangsarbeiter und Kriegsgefangene als Vaterlandsverräter. Nur gefallene und siegende Soldaten waren gute Soldaten gewesen. Darum schwieg der Großvater über seine Zeit im Dürener Vorbahnhof. Und so behielt Mateusz Nowak sein Geheimnis und seine Feldflasche bis zu diesem Junitag im Jahre 2020, dem Jahr der Corona-Pandemie. Der Großvater spürte und sah, wie sein Enkel unter Geldmangel litt, wie er Jobs suchte und Hilfe brauchte. Mateusz Nowak wollte ihm etwas Hoffnung geben und eine Karte, die er auf dem langen Weg im Sommer und Herbst 1945 von Deutschland mit in die südöstlichste Ecke von Polen gebracht hatte.

»Mach den Filz ab von der Flasche«, sagte er mit brüchiger Stimme seinem Enkel, der ihn fragend anschaute und rätselte, was sein Großvater nun wieder vorhatte. Dass der Großvater ein begnadeter Schnapsbrenner war, wussten alle in Ustrzyki Górne. Diese Geheimnistuerei war Jurek neu. Er knöpfte die Filzummantelung auf – und ein Blatt Papier segelte auf die Holzdiele.

»Heb auf, mach!« Ungeduldig schaute der Großvater aus seinen funkelnden Augen und kratzte sein stoppeliges Kinn.

»Was ist das?«

»Was wohl? Stell dich nicht dumm. Eine Karte, 77 Jahre alt.«

Jurek nahm das Stück Papier, auf dem per Hand eine Karte gezeichnet war. Was sollte das sein? Bahnlinien, Straßen, ein Kreisverkehr, Wälder, Gebüsch und dazu ein Kreuz dicht bei dem, was er als Schienen interpretierte.

»Nimm die Karte. Und nimm zwei Freunde, denen du vertraust.«

»Was ist das denn?«

»Es ist deine Absicherung für schlechte Zeiten. Ich sehe doch, dass du keine Arbeit hast. Du spielst nirgendwo, fährst nicht zu Konzerten. Wovon willst du leben? Wodka brennt jeder, das ist kein Geschäft mehr, und deine Hände taugen nicht für den Bauernhof. Du hast Musik studiert und jetzt gehst du hier vor die Hunde.«

»Ich verstehe nicht, Großvater.«

»Hör zu und behalt es für dich. Ich war im Krieg Zwangsarbeiter in Deutschland auf einem Vorbahnhof bei Düren, das ist ein Ort im Westen von Deutschland. 1943 kam ein besonderer Zug, schwer bewacht von SS. Wir sollten die Lok mit neuem Wasser und Kohlen beladen. Ein Bombenangriff überraschte uns. Alle SS-Männer starben. Der Zug wurde zerstört. Was haben sie bewacht? Sechs Metallkisten. Die flogen in den Wald.

Mit zwei Kameraden habe ich sie geborgen und versteckt. Sie sind vielleicht nie gefunden worden und liegen immer noch dort, wo das Kreuz auf der Karte ist.«

»Und was ist in den Kisten?«

»Was ist in Kisten, die von 30 SS-Männern bewacht werden, die verschweißt sind, in denen es rappelt und die schwer sind? Da sind keine Akten drin. Da ist deine Lebensversicherung drin, Junge.«

»Großvater, das wird längst gefunden sein. Das ist vergeblich.«

»Geh mir weg mit deinem Pessimismus. Nimm zwei Freunde und fahre zu diesem verdammten Vorbahnhof. Ich konnte es während des Kalten Kriegs nicht. Danach ging es aufwärts mit uns. Polen wurde unabhängig, wir haben ein gutes Leben gehabt hier oben am Fuß vom Tarnica – und nun soll wegen dieser verdammten Epidemie alles vorbei sein? Versuch es. Zwei russische Kameraden von mir sind erschossen worden, weil sie von dem Ort des Verstecks getürmt sind. Sie wurden gefasst. Mach es auch für sie. Da liegt ein Schatz in der Erde, genau an der Stelle, wo das Kreuz ist. Wenn du lange überlegst, nehme ich dir die Karte ab und verbrenne sie. Du musst dich entscheiden. Verstehst du? Wenn diese Epidemie lange dauert, sind die Grenzen zu und alles war umsonst. Jetzt ist die Zeit dafür.«

Jurek Nowak blickte aus dem Fenster und dachte über die Worte seines Großvaters nach. In der Tat drohte die Sperrung der Grenzen. Er wunderte sich über die Weitsicht des Alten. Der graue Regen der Vorkarpaten holte ihn in die Realität des Alltags zurück.

Der Hof war eine einzige Matschlandschaft, denn es hatte seit mehreren Tagen ohne Unterlass geregnet. Seit Wochen half er Vater und Mutter mit den Kühen, den Hühnern, den Schweinen. Das Geld floss davon wie der Regen in den Wäldern. Keine Auftritte, kein Unterricht, keine Schüler. So ähnlich lebten zahlreiche Musiklehrer in Lesko, Ustrzyki Dolne und Sanok. Er hatte keine Kontakte in den Westen und hörte von Freunden, die nach Deutschland und Frankreich gereist waren, um dort Geld zu verdienen.

»Ich werde es versuchen, Großvater.«

»Sei kein Heiliger, Jurek. Mach es verdammt noch mal für dich und deine Eltern. Ihr habt heute all das Zeug auf dem Computer, mit dem ihr Städte und Karten ansehen könnt. Wenn an der Stelle heute eine Autobahn ist, kannst du es vergessen. Wenn dort Wald ist, brauchst du einen Spaten und Kraft. Du hast keine Frau, keine Kinder. Also los.«

Jurek überlegte, mit wem er die abenteuerliche Aktion riskieren könnte. Ihm kam Adam Sobetzko in den Sinn, genannt der Król, der König der Bieszczady. Und er dachte an Bartosz. Der Król war einst Oberbootsmann auf einer Fregatte der Gdynischen Kampfschiffdivision, später Kampfschwimmer der Ostseeflotte in der polnischen Marine gewesen. Adam, der Spezialist für Sprengstoff, hatte mehrfach die Meisterschaft im Schwergewicht der Ostseeflotte gewonnen und zahlreichen Gegnern oder Konkurrenten das Nasenbein gerichtet. Nun führte er einen blühenden Handel mit Zigaretten, Autos, Goldschmuck, Alkohol und besaß mehrere Häuser mit roter Laterne. Befreundet war er mit Amelia, einer Pianistin und Kollegin von Jurek. Dadurch kannte Jurek den Król. Auf Bartosz, der acht Instrumente und etwas Deutsch beherrschte, konnte er sich verlassen. Sie waren während der Studentenzeit gemeinsam aufgetreten. Bartosz war wie Jurek unverheiratet. Amelia wurde von Adam ausgehalten, der seit fünf Jahren in Scheidung lebte, sich jedoch immer noch nicht von seiner Frau getrennt hatte. Adam war der Einzige, der bisher gut durch die Corona-Krise gekommen war. Er unterstützte die Freunde seiner Freundin, dafür spielten sie bei allen seinen festlichen Anlässen auf. Wenn Adam rief, kamen Bürgermeister, Polizeioffiziere, Generäle, Künstler, Minister. Adam, dachte Jurek, Adam müsste Interesse an dieser Reise nach Deutschland haben. Adam muss informiert werden. Ohne Adam kann ich nicht aufbrechen. Wenn er davon erfährt, ist die Hölle los. Und Adam liebt Abenteuer und Risiko. Adam ist unsere Lebensversicherung. Jurek faltete die Karte sorgfältig und schaute seinem Großvater lange in die Augen. Dann reichte er ihm die Hand. Er überwand seine Ängstlichkeit, die ihn seit Kindsbeinen blockierte, vor der er in die Musik geflüchtet war.

»Danke, Großvater. Ich werde es versuchen. Gemeinsam mit guten Freunden. Hier haben wir nichts zu verlieren. Es sind schwierige Zeiten für unser geliebtes Land.«

ADAM UND DER SÜNDENFALL

Adam Sobetzko sprühte vor Begeisterung. Als Amelia ihn gebeten hatte, ein Gespräch mit Jurek zu führen, war er zunächst skeptisch. Immer diese freien Künstler, diese Hungerkünstler, Bittsteller. Zwar ahnte er ihre Virtuosität, aber reich wurde niemand von Amelias Freunden. Wahrscheinlich wieder Geldsorgen oder Probleme mit einem Schuldschein, dachte er und ließ Jurek in seinem Anwesen hinter Lesko antanzen. Adam lebte in seiner Villa mit Pool, Schäferhund und Privatkino, durch eine Mauer und modernste Technik gesichert. Ein Smart Home. Alles elektronisch und goldfarben. Als Jurek ihm die Geschichte seines Großvaters erzählte und die Karte auspackte, hellte sich Adams Gesicht auf. Endlich Abwechslung in diesem eintönigen Corona-Leben. Schatzsuche in Deutschland; seine Augen funkelten. Adam hatte alles erreicht: Geld, Macht, Frauen, Reisen. Ihm fehlte allerdings der Nervenkitzel früherer Jahre, die Verfolgungsjagden mit der Grenzpolizei, die Saufgelage mit der ukrainischen Mafia in Lemberg, die geheimnisvollen Treffen in Odessa, bei denen Dollar gegen Gold getauscht wurden. Er lachte, tätschelte liebevoll seinen Schäferhund Szarik. Die Flasche Wodka aus Łancut blieb nicht lange unangetastet auf dem Eichenholztisch stehen.

»Auf die Schatzsuche, Jurek. Bartosz spricht etwas Deutsch, den brauchen wir. Und wir nehmen Amelia mit. Die Kleine muss raus aus den Wäldern. Keine Widerrede! Auf den Schatz der Nazis!« An Widerrede hatte Jurek nicht gedacht. Amelia war ihm nicht in den Sinn gekommen. Auch sie unterrichtete nicht mehr, alle Konzerte abgesagt. Sie zog sich immer mehr zurück, und die Abhängigkeit von König Adam lag ihr auf der Seele.

»Wir brauchen Geld, um nach Deutschland zu fahren«, sagte Jurek etwas beklommen.

»Stell keine albanischen Fragen, verstanden!« Adam hob das Glas, schaute Jurek in die Augen, und mit einem großen Schluck verschwand der Wodka in der Speiseröhre von Adam Sobetzko.

Albanische Fragen? Amelia sprach bei einer Feier darüber. Fragen, die man dem Król nicht stellt: Wovon lebst du? Was für Geschäfte machst du? Wo bist du? Wer arbeitet für dich? Wer ist dein Auftraggeber? Albanische Fragen. Besser nicht stellen.

»Pass auf, mein kleiner Akkordeonist. Wenn die Kisten das enthalten, was dein Großvater glaubt, ist es wertvoll. Ich bekomme die Hälfte, den Rest teilt ihr drei. Wir fahren dahin, und du fragst nicht mehr nach den Investitionen. Kapiert? Wenn da nur Futter für Hitlers Schäferhund drin ist, haben wir Pech gehabt und einen Ausflug gemacht. Also. Klappe halten. Wir fahren in fünf Tagen.« Adam hatte das letzte Wort.

Jurek nickte. Sie stießen an, und Jurek erhielt den Auftrag, Bartosz einzuordnen. Um Amelia kümmerte sich der Król selbst. So eine Überraschung würde ihre Stimmung heben und die Bereitschaft für ein schönes Schäferstündchen in ihrer Wohnung in Lutowiska. Adam holte frischen ukrainischen Speck aus dem Kühlschrank und zwei eiskalte Flaschen Bier der Marke *Tatra*. Jurek leistete ihm Gesellschaft. Adams Ehefrau vergnügte sich auf irgendeinem Opernabend in Rzeszow und würde erst am Wochenende zurückkommen. Ein langer Abend. Die Flasche Wodka und ein halber Kasten Bier leerten sich wie von Geisterhand. Reichlich betrunken wankte Jurek zu Adams Auto. Der Chauffeur und Leibwächter Leopold fuhr ihn nach Hause. Jurek wohnte mit Eltern und Großvater unter einem Dach. Am Morgen musste er auf dem Parkplatz von Wołosate Autos einweisen, am Nachmittag eine Führung zum Tarnica leiten. Die Karte des Großvaters hatte der Król kopiert. Jurek behielt das Original. Adam überließ die Karte Damian, einem IT-Spezialisten. Der würde Näheres über die heutige Topografie rausbekommen, ob an dem Ort Schienen waren oder ein Baggersee oder ein Hochhaus. Adams Gehirn arbeitete, er schmiedete Pläne. Wie in alten Zeiten.

Als er im Bett lag, dachte Adam an die Vergangenheit. Sein Großvater wurde von den Nationalisten der UPA 1942 mit einer Mistgabel aufgespießt, sein Vater konnte fliehen und meldete sich freiwillig zur polnischen Heimatarmee. Adam wollte bloß weg aus dieser Mischung aus Hass, Völkermord, Nationalismus, Chauvinismus, Faschismus und Kommunismus. Seine Familie stammte aus dem Dreiländereck Polen, Slowakei, Ukraine. Sie hatte erlebt, wie die Ukrainische Aufständische Armee (UPA) von 1942 bis 1943 mit den deutschen Besatzern kooperiert und polnische Dörfer massakriert hatte. Tausende wurden bestialisch ermordet, so auch Adams Großvater. Adam wollte raus aus den Wäldern und den Bergen. Darum meldete er sich zur Marine. Nach seinem Dienst kehrte er heim in die Bieszczady und wurde der König der Wälder, Król Adam. Er kannte die grüne Grenze zur Ukraine wie seine Westentasche. Er begann den »Import«, den Schmuggel unter den Brüdervölkern des Warschauer Pakts in diesem Dreiländereck, dessen Erde von Blut getränkt war, von Abschied und Vertreibung. Am 29. April 1947 vertrieb die polnische Armee alle UPA-Angehörigen und die Volksgruppen der Bojken und Lemken. Sie wurden nach Schlesien verfrachtet, wo die Deutschen vertrieben worden waren und das nun zu Polen gehörte.

Adam beschaffte zu kommunistischen Zeiten aus der Ukraine, die damals zur Sowjetunion gehörte, alles, was in Polen fehlte. Zunächst vergrub er auf dem jüdischen Friedhof von Lesko die Bestellungen für die kommunistische Nomenklatura. Wenn die Zeit gekommen war, wurden nachts die Gräber geöffnet. Krimsekt, Goldschmuck, Nerze und Drogen fanden ihren Weg zu den Parteisekretären in Sanok, Krosno, Rzeszow, Przemyśl. Adams schwarzer Volvo, den er über irgendwelche Kanäle aus der DDR beschafft hatte, parkte mit Fahrer im absoluten Halteverbot. Adam trat in Schlangenlederschuhen, Ledermantel, *Stetson* und mit einer Flasche *Johnny Walker* in die Büros der verdienten Parteimitglieder. Alle kannten seinen Spruch, wenn er die Tür öffnete: »Die Müllabfuhr wünscht fröhliche Weihnachten.« Er öffnete seinen *Samsonite*-Aktenkoffer, und die Ware wechselte den Besitzer. Er organisierte Bärenjagden für die Parteispitze aus Warschau. Die dafür zuständigen kommunistischen Förster lagen betrunken in ihren Betten, meldeten sich krank. Stattdessen bot Adam sich als Bärenführer für Minister und Staatssekretäre an. Wenn ein Minister zu besoffen war, um auf einen Bären anzulegen, erschoss Adam aus dem Hintergrund Meister Petz, während in der Büchse des wankenden Kommunisten Platzpatronen steckten. So baute Adam Kontakte nach Warschau, Krakau, Lodz und Stettin auf. Adam war der Mann für alle Fälle, der Geheimtipp, der dort unten in Südostpolen sein Reich aufgebaut hatte und von Warschau geschützt wurde. Adam war der Schattenmann der Vorkarpaten, der Król, der König. Król Adam – König Adam. Er bezahlte seine Mitarbeiter – alle waren ehemalige Soldaten der polnischen Armee – in bar und mit freiem Eintritt in seine Bordelle. Als 1989 der Ostblock implodierte, hatte Adam den richtigen Riecher. Er eröffnete in den Vorkarpaten ein Kantor nach dem anderen: Wechselstuben, Geldwechselstuben. Adam ahnte, dass die Polen nun ins Ausland gehen würden, um dort zu arbeiten. Dafür benötigten sie Devisen. Wenn sie im Urlaub heimkehrten, wurde wieder gewechselt von Dollar, Franc, Lire, D-Mark in Złoty. Ab 2002 vor allem von Euro in Złoty. Adam besaß das Monopol. Das hatten ihm seine Abnehmer schriftlich übertragen, ebenso mehrere Grundstücke, Mietshäuser und Waldstücke. So konnte er seine Amüsierbetriebe aufziehen, an deren Eingang eine rote Laterne blinkte und Freuden der körperlichen Liebe versprachen.

Adam erwähnte bei seinen Kunden gerne, dass sein Vorname nun einmal eine Verpflichtung zum Sündenfall sei. Da könne er nichts dafür; er trank ein Glas Whisky und verschwand, während seine Männer, je nach Auftrag, die Müllabfuhr besorgten. Sie waren Dienstleister für Aufräumarbeiten unter ehemaligen Kommunisten. Wer zahlte, wurde bedient. »Müll ist Müll«, pflegte Adam zu sagen. »Wir räumen auf.« Ab und an trieb eine Wasserleiche im San, geriet jemand in die Turbinen des Wasserkraftwerks von Solina, wurde ein Skelett in den Wäldern gefunden, an dem die Bären und Wölfe nicht viel übrig gelassen hatten. Król Adam besorgte die Müllabfuhr. Nach 1989 tauchte er in den demokratischen Gremien derselben Orte auf, in denen er schon zu kommunistischen Zeiten seinen Spruch aufgesagt hatte. Kaum jemand war so sauber, dass er nicht die Angebote der Müllabfuhr wahrnahm. Vor den Parteizentralen, den Datschen, den noblen Wohnblocks von Adams Kunden stand in der Regel Adams Range Rover Vogue Geländewagen, schwarze Scheiben, übergroße Reifen. Adam kam persönlich vorbei mit einer eleganten *Tumi*-Tasche.

Adam kannte die Berge, die Wege, die Pfade. In Cisna, Wetlina, Lutowiska und Baligród lagen seine Depots mit Schmuggelware, nachdem der Friedhof von Lesko zu klein geworden war für die Menge der Bestellungen. Geliefert wurde aus der Ukraine über Lemberg via Sambir und den Grenzübergang Krościenko.

Am Ende seiner nächtlichen Erinnerungstour verspürte er Freude auf die Reise in den Westen. Er brauchte nicht mehr als zwei halbautomatische Pistolen vom Typ Makarov mit Schalldämpfer, 50 Schuss Munition, dazu einige Tausend Euro, ein Paket Semtex-Sprengstoff und einen Metalldetektor. Er war bereit und plante die Fahrt und das Vorgehen. Einen Plan sollte man haben, das wusste er aus all den Jahren als Król im Dreiländereck Polen, Ukraine, Slowakei. Und Adam hatte einen Plan, den er weder Amelia noch Jurek oder Bartosz verriet. Er schlief lächelnd ein.

RÜCKBLICK: HERRN GOLDSTEINS GEHEIMNIS

»Herr Goldstein, wir haben ein Geschenk für Sie.« Die Stimme am Telefon kam Samuel Goldstein bekannt vor.

Er ruhte mit dem Roman *Morphin* von Szczepan Twardoch auf der Chaiselongue, kalter Zitronentee stand auf dem Beistelltisch. In Lüttich war es so heiß wie überall in Europa Ende Juni 2020. Der weiße Bart, die leuchtenden Äuglein, alles an ihm erinnerte an Vader Abraham, der vor Jahrzehnten mit seinem Lied der Schlümpfe vor allem die Deutschen in eine kindliche Freude katapultiert hatte. Samuel Goldstein war nicht Vader Abraham. Den Namen Abraham benutzte er hin und wieder.

»Ach, jetzt noch, in meinem Alter?« Die Stimme des Anrufers erkannte Samuel Goldstein. Der Roman rutschte auf den Boden, als er den Hörer näher ans Ohr hielt. Der Gesprächsauftakt erinnerte ihn an vergangene Zeiten. Er war überrascht, dass er, der alte Goldstein, aus dem Schlaf aufgeweckt werden sollte.

»Herr Goldstein, es geht um ein Geschenk von David. Sie wissen, was ich meine?«

»Ach, um David. Gut, da werde ich sehen, wie ich es annehmen kann.« Das war es. Er legte den Hörer beiseite, stemmte sich mit einem leichten Stöhnen und knackenden Gelenken in die Höhe, hob den Roman auf, der ihn aufgewühlt hatte; Samuel Goldstein schlurfte in die Küche und dachte nach.

Samuel Goldstein hatte am Johannistag, Mittwoch, 24. Juni 2020, diesen Anruf erhalten, mit dem ihm, nach langer Zeit, das Codewort »David« übermittelt worden war. Als er aufbrach, wusste er, was er tun musste. Samuel Goldstein zog seinen Sommerausgehanzug an, nahm den Spazierstock und verließ kurz vor 18 Uhr seine großbürgerliche, recht kühle Wohnung am Place Cockerill, unweit der Buchhandlung *Pax* gelegen, wo er samstags in der Abteilung für Philosophie und Religion aushalf. Er benutzte die Fußgängerbrücke Passerelle Saucy über die Maas, hielt in der Mitte auf der Brücke einen Moment inne, stützte sich auf den silbernen Knauf seines Spazierstocks, schaute hoch zur Zitadelle von Lüttich, drehte sich um in Richtung Calatrava-Bahnhof und stellte fest, dass ihm niemand gefolgt war. Er setzte seinen Weg fort in das Viertel Outremeuse. Vor manchem Schaufenster blieb er stehen; er betrachtete nicht die Auslagen, sondern nahm in der sanften Spiegelung der Schaufensterscheiben wahr, ob ihn jemand von der anderen Straßenseite beobachtete. Vom Boulevard Saucy bog er links ab in die Rue Saint Eloi, von dort aus nochmals nach links in die Chaussée des Prés, bis er vor dem Restaurant *Le Mechoui chez Rabah* stand. Er passierte unterwegs die Auslagen der arabischen und afrikanischen Geschäfte, lächelte den spielenden Kindern zu, staunte über die Vielfalt von Obst und Gemüse. Samuel Goldstein betrat das Restaurant und wurde mit einem dezenten Kopfnicken von Ahmed begrüßt. Goldstein ging in den Nebenraum, von dort aus zur Theke, wo Ismael, ein Stammgast, auf ihn wartete. Ismael reichte Samuel Goldstein die Speisekarte, in der ein Umschlag enthalten war. Samuel Goldstein faltete den Umschlag und steckte ihn in seine lederne Herrentasche, die er am linken Handgelenk trug. »Wie immer«, sagte er zum Kellner und freute sich auf Couscous und einen halben Liter Sidi Brahim.

Samuel Goldstein stammte aus der heutigen Ukraine, wurde dort 1935 geboren und überlebte das Konzentrationslager Sobibor wie durch ein Wunder. Seine Verwandten waren alle umgebracht und verbrannt worden:

seine drei Schwestern, Vater, Mutter, Oma, Opa, Cousinen und Cousins. Einfach alle. So zog Samuel Goldstein, in dessen Familie wie selbstverständlich Französisch, Deutsch, Polnisch und Russisch gesprochen worden war, mit überlebenden belgischen Jugendlichen nach Lüttich. Ihm war zu Ohren gekommen, dass viele Belgier den Juden geholfen hatten, und so beschloss er, dort zu bleiben, versuchte, die Erinnerungen abzustreifen, begann ein neues Leben, wurde von den wenigen Mitgliedern der Gemeinde gefördert, machte das Abitur, studierte Allgemeine und Vergleichende Literaturwissenschaft und erhielt ein Stipendium für die Universität von Tel Aviv. Als er zurückkehrte, unterrichtete er an der Universität von Lüttich und erzählte niemandem, mit wem er sich in Israel getroffen hatte.

Samuel Goldstein war vom israelischen Auslandsgeheimdienst Mossad angeworben worden. Seine Sprachkenntnisse, die Nähe seines Wohnortes Lüttich zu Deutschland, seine Einsamkeit, sein Überlebenswille – das alles hatte ihn für den Geheimdienst interessant gemacht. Samuel Goldstein, er hatte nie geheiratet, weil er nie mehr im Leben jemanden verlieren wollte, war nicht operativ tätig. Er gab Informationen weiter, hörte sich in der Grenzregion um, half mit, den ein oder anderen früheren SS-Mann zu enttarnen, gab Informationen über belgische Kollaborateure weiter, und so, wie es schien, hatte er Fakten über den ehemaligen Rektor der RWTH Aachen im Jahr 1995 an entscheidende Stellen adressiert. Der Mann an der Spitze der Universität war im Zweiten Weltkrieg Hauptsturmführer der SS in der Unterorganisation Amt Ahnenerbe gewesen. Er war für Belgien und die Niederlande zuständig, hatte sich nach dem Krieg eine neue Identität zugelegt, seine Ehefrau erneut geheiratet, wurde liberaler Hochschullehrer und schließlich Rektor der RWTH Aachen unter dem sozialdemokratischen Ministerpräsidenten Kühn. Johannes Rau war als Wissenschaftsminister sein Vorgesetzter. Der Fall Schwerte, so hieß der Rektor, war Samuel Goldsteins größter Coup.

Nach dem ersten Glas Sidi Brahim öffnete Samuel Goldstein das Kuvert. Er saß mit dem Rücken zur Wand, niemand konnte über seine Schulter schauen. Die Anweisungen waren knapp und präzise wie in früheren Zeiten. Das Ziel war deutlich benannt: Auffinden des jüdischen Goldschatzes von Djerba aus dem Jahre 1943. Er sollte einen gewissen Adam Sobetzko, der aus Südostpolen stammte, in Aachen kontaktieren und zur Zusammenarbeit gewinnen. Dieser Sobetzko sei im Besitz von Unterlagen über das Versteck von sechs Metallkisten, in denen Gold, Schmuck und wertvolle sakrale Objekte der Jüdischen Gemeinde von Djerba und der Jüdischen Gemeinde von Tunis vermutet wurden. Sobetzko sei mit drei Begleitern im Aachener Hotel *Aquis Grana* angemeldet. Er werde am Samstag, dem 27. Juni 2020, in Aachen eintreffen. Die Kontaktaufnahme sei dringend, da die 'Ndrangheta seit Jahren interessiert sei und in Aachen Wind von der Suchaktion bekommen könnte. Er habe freie Hand. Die jüdische Gemeinde in Tunesien setze ihr gesamtes Vertrauen auf ihn und sein diplomatisches Geschick. Verwicklungen mit deutschen Diensten seien zu vermeiden, da die Entscheidung für den Kauf der israelischen Drohnen im Bundestag zur Diskussion stehe. Deshalb dränge die Zeit sehr. Wenn der israelische Geheimdienst gerade jetzt in Deutschland aktiv würde, dann stünden mehrere Geheimabkommen auf der Kippe. Die Bundeswehr wolle unbedingt die israelischen Drohnen anschaffen. Dagegen rege sich seit Jahren beim Koalitionspartner SPD Widerstand. Die Soldaten würden zwar auch von der SPD in Kriegs- und Krisengebiete geschickt, die notwendige Ausrüstung würde ihnen aber verweigert, weil es nach sieben Jahren noch weitere drei Jahre breite Diskussionen geben müsse.

Nachdem Samuel Goldstein den Auftrag gelesen hatte, behielt er einen Schluck des tunesischen Rotweins lange im Mund. Er entfaltete sich auf der Zunge, im Gaumen, in den Wangen. Samuel Goldstein schloss die Augen. Alles war wieder da, wieder die Vergangenheit, die ihn nie verlassen hatte. In welcher Sprache dachte Samuel Goldstein? Auf Hebräisch, Französisch, Polnisch, Russisch? Er entschied sich für Polnisch. Samuel Goldstein dachte in polnischer Sprache über den Auftrag nach, sprach in Gedanken mit diesem Adam Sobetzko. Als der Kellner Walid ihn fragte, ob alles in Ordnung sei, antwortete Samuel Goldstein auf Polnisch mit »Tak, tak!«. Er schaute in das fragende Gesicht von Walid, lächelnd schob er »Oui, mais oui« hinterher.

Die Mafia? Was hatte das zu bedeuten? Samuel Goldstein beendete das maghrebinische Abendessen mit Orangeneis und Tee. Er tippte ungelenk einige Suchbegriffe in sein Handy und wurde rasch fündig: »Rommels Gold«. Angeblich seien die sechs verschweißten Metallkisten vor der Küste Korsikas am 15. September 1943 von einem Schiff aus ins Meer versenkt worden, als amerikanische Kampfflugzeuge das Schiff unter Beschuss nahmen. Alle Versuche, die Metallkisten zu bergen, seien bisher fehlgeschlagen. Nun also Deutschland.

Samuel Goldstein spürte den Schmerz, den Schmerz von Sobibor, so nannte er diesen Schmerz, über den er nie mit einem Arzt gesprochen hatte. Ein tiefer Schmerz, eine schwarze Wunde, ein dunkles Loch, dort, wo andere die Seele vermuteten. Die Beschäftigung mit der Weltliteratur hatte diesen Schmerz nicht betäuben können. Als in den 90er-Jahren die Genderlehrstühle eingerichtet wurden, die Literaturwissenschaft sich den Postcolonial Studies widmete, verließ Samuel Goldstein kampflos die Universität. Er war ein Überlebender des Holocaust. Der wurde zunehmend relativiert, Israel weiter isoliert; im akademischen, intellektuellen und kulturellen Bereich dominierte die Solidarität mit Palästina.

In Sekundenschnelle, wie Blitze stiegen die Erinnerungen und Gedanken empor. Er würde David helfen, er würde den jüdischen Gemeinden helfen, er würde diesen Sobetzko kontaktieren, denn er, Samuel Goldstein, war ein Überlebender, der den Toten diesen Dienst erweisen würde.

Samuel Goldstein wusste, was zu tun war. Er zahlte, gab wie immer ein üppiges Trinkgeld und verschwand kurz zur Toilette, zerriss das Kuvert, zündete die zerrissenen Blätter an, warf sie in die Kloschüssel und betätigte den Abzug. Er nahm einen anderen Weg als den Hinweg, und im Selbstgespräch wechselte er zwischen Französisch und Polnisch.

RÜCKBLICK: SIEBENSCHLÄFER UND VIER IM ROTEN KREIS

Adam Sobetzko fuhr am 26. Juni 2020 bei Rzeszow auf die polnische Autobahn A4. Amelia saß verträumt auf dem Beifahrersitz, Jurek und Bartosz auf den Rücksitzen. Adam hielt sich nicht an die Geschwindigkeitsbegrenzung. Er hatte gute Kontakte zur Polizeiführung in der Woiwodschaft Vorkarpaten. Einen ersten Kaffeestopp machten sie an der Bar *Taurus* vor Krakau. Hühnersuppe, Platzki und Piroggi für alle. Anschließend rauschten sie mit schneller Fahrt an Krakau vorbei nach Kattowitz, von dort über Breslau nach Görlitz, Dresden, Eisenach, Gießener Kreuz, A45 bis Olpe-Süd und von dort nach Köln und weiter nach Aachen.

»Wo werden wir absteigen?«, fragte Jurek kurz hinter Köln.

»Da, wo der Kaiser zu Hause war!« Adam lachte. »Karola Wilkiego. Karl der Große.«

»Aachen«, sagte Bartosz im Halbschlaf.

»Warum?«, fragte Amelia übermüdet.

»Warum nicht. Eine große Stadt ist besser als ein Pipidówka Kuhdorf. Außerdem liegt Aachen direkt an der Grenze zu Belgien und den Niederlanden. Luxemburg ist nicht weit. Wenn wir uns schnell verpissen müssen, sind wir in ein paar Minuten weg über die Grenze.«

»Haben wir ein Hotel?«, fragte Jurek.

»Na klar. Meinst du, wir machen Camping? Haben meine Jungs reserviert. Die reißen sich in Aachen um uns. Wir kommen als Touristen. Amelia ist meine Frau, ihr seid meine Cousins. Ausflug nach Aachen. Eigentlich wollten wir Anfang Juni zum Reitturnier. Das ist abgeblasen worden. Jetzt machen wir zehn Tage Sightseeing. Danach muss der Fisch geputzt sein. Verstanden?«

Jurek staunte über Adams Vorbereitungen. Langsam dämmerte ihm, warum Adam erfolgreich in seinen speziellen Geschäften war. Zugleich suchte ihn seine Ängstlichkeit heim. Adam war ihnen allen überlegen. Würde er mit ihnen teilen? Oder würde er sie in Deutschland verschwinden lassen? Adam hatte sie alle in der Hand, und Adam war kaltblütig.

Bartosz erinnerte sich an Jagoda, die schöne Jagoda mit den grünen Augen und den rötlichen Haaren, die Schwester seines Freundes Bogdan aus Sanok, mit dem er zusammen Musik studiert hatte. Sie war zum Studium nach Aachen gegangen. Na, er würde sie einfach vom Hotel aus kontaktieren. Adam musste nicht alles wissen. Zudem hatte der Abwechslung mit Amelia. Vielleicht würde sich die Gelegenheit zur Auffrischung einer alten Liebelei bieten. Bartosz freute sich auf Aachen und zog den Gürtel seiner grauen Hose enger, die er auf dem Basar von Sanok bei einem ukrainischen Textilhändler gekauft hatte.

Gegen 9 Uhr am 27. Juni, Siebenschläfer 2020, parkte Adam Sobetzko seinen Range Rover Vogue vor dem Hotel *Aquis Grana City* in der Innenstadt von Aachen. Sie wurden erwartet. Der Manager, Herr Petridis, ein polyglotter Grieche, empfing sie herzlich, so, wie er seit Jahren alle Gäste zum Karlspreis, zum Reitturnier, zum Orden wider den tierischen Ernst empfing. Adam regelte alles an der Rezeption. Er nahm mit Amelia eine Suite. Jurek und Bartosz bekamen Einzelzimmer zugeteilt. Alles war perfekt organisiert. Der Range Rover Vogue passte so gerade in die Tiefgarage. Die Pistolen steckten in einer Sporttasche unter Handtüchern verborgen. Den Sprengstoff trug Adam in einem alten *Samsonite*-Aktenkoffer ins Zimmer. Das Kilo passte in den Safe. Auch die beiden Makarov mit der Munition und den Ersatzmagazinen. Er verstaute alles, programmierte den Polnischen Unabhängigkeitstag als Safe-Code, während Amelia in der Dusche ihren Astralkörper von der Fahrt erfrischte. Sie hatte keine Ahnung, dass sie eine entscheidende Rolle spielen sollte. Allerdings wusste sie, dass Adam gleich einsatzbereit im Bett liegen würde.

So war es und so kam es, wie es immer kam, wenn sie mit ihm irgendwo übernachtete. Sie kannte seine Vorlieben und Schwächen. Was Adam sehr schätzte. Adam hatte sich erst für 14 Uhr mit den beiden Musikern verabredet. Das Doppelbett war groß genug für Liebesspiele im Schatten des Aachener Doms. Danach schliefen beide eng aneinandergeschmiegt, bis Adam vor Hunger erwachte, Rührei mit Speck und eine Kanne Kaffee aufs Zimmer bestellte. Amelia spürte seinen Blick auf ihrem knackigen Po, ihren langen blonden Haaren, als sie zur Dusche verschwand und der Roomservice klopfte. Noch brauchte Adam keine Makarov unter der Decke verschwinden zu lassen. Noch wusste niemand, dass sie in Aachen auf der Suche nach sechs Metallkisten waren, einst bestimmt für Martin Bormann. Adam fragte sich, warum damals keine Suchaktion stattgefunden hatte. Er glaubte Jurek und dessen Großvater Mateusz. So eine Geschichte konnte man nicht erfinden, sagte er sich. Warum aber hatten die Nazis nicht nach den Kisten gefahndet? Ohne dass die anderen etwas ahnten, hatte er den Computerspezialisten Damian aus Zagórz gebeten, sowohl die Position auf der Zeichnung ausfindig zu machen als auch im Netz nach diesem Schatz zu recherchieren. Damian hatte über Google Earth und weiß der Teufel was für Satellitenprogramme herausgefunden, auf welche Stelle an der Bahnlinie Aachen-Köln bei Düren das Kreuz auf der Karte von Jurek zeigte. Er hatte einen Umkreis von fünf Metern markiert. Dort war kein Baggersee, keine Autobahn, keine Eisenbahnlinie, sondern nur Wald, Gestrüpp und Unterholz. Über den merkwürdigen Transport, den Adam ihm gegenüber erwähnt hatte, fand Damian wenig. Er entdeckte alte Protokolle über den Bombenangriff auf den Vorbahnhof, über die Zerstörungen und den Hinweis auf einen Sonderzug, der beim Bombenangriff angeblich vernichtet worden war. Dieser Sonderzug sei, von Frankreich aus kommend, auf dem Weg nach Berlin gewesen. Über alte Fahrdienstpläne und Streckenpläne hatte Damian den Weg rekonstruiert. Der Zug kam vom Hafen Saint-Nazaire, einem U-Boot-Stützpunkt der Kriegsmarine an der französischen Atlantikküste. Er habe dort von einem eingelaufenen U-Boot Fracht übernommen und sei im Anschluss mit der Bewachung durch Frankreich gefahren und über Belgien nach Deutschland. Damian gab, ohne dass Adam es wusste, Suchbefehle mit den Stichwörtern »Schatz«, »Nazi-Schatz«, »Goldschatz« ein. In Kombination mit »Schatz« tauchte Rommel auf. Einen Beweis für die Übereinstimmung mit dem Sonderzug und dem Transport von Rommels Gold fand Damian nicht. Den Standort hatte er Adam per Mail mitgeteilt. Das Geheimnis von Rommels Gold behielt er für sich, nicht ahnend, dass durch seine Suchbefehle bestimmte Stellen in Israel auf ihn aufmerksam geworden waren.

Um 14 Uhr trafen sich die vier Schatzsucher im Foyer des Hotels, bestellten starken Kaffee, Tee und schmiedeten Pläne.

»Bartosz, du bleibst in Aachen und schaust den Dom an. Jurek, Amelia und ich fahren nach Düren. Wir schauen uns um. Mit einer Frau ist das unverdächtiger. Verstanden?« Adam wollte nicht, dass sofort alle vier wussten, wo er den Schatz vermutete. Eine Vorsichts-maßnahme, sowohl für ihn als auch für die anderen.

Jurek bewunderte den Scharfsinn von Adam Sobetzko. Sie schauten durch das Fenster des Frühstücksraums auf Passanten, die zum Markt eilten, auf die Kehrmännchen, die sogar samstags die Mülleimer reinigten. Der Kaffee war stark, für Amelia gab es Tee.

»Das Metallsuchgerät nimmst du, Jurek, du hast die Karte. Ich habe die Daten auf einem GPS-Navigations-gerät für Wanderer.«

DER SCHATZ, DER TRAFO, DIE MOTORSÄGE

Adam war der Chef. Mit dem schwarzen Range Rover Vogue Geländewagen fuhren Adam, Jurek und Amelia am Samstagnachmittag nach Düren, einer Stadt, deren Namen sie vorher nie gehört hatten. Sie bogen, als sie die Eisenbahnbrücke an der Schoellerstraße überquert hatten, links in den Grüngürtel auf die Brückenstraße und fuhren in Richtung Merzenich. An der neu gebauten Kreuzung Brückenstraße/Distelrather Straße mussten sie sich kurz orientieren. Das Navi zeigte die Kreuzung nicht. Sie hielten sich links. Ehemalige Eisenbahnerhäuser tauchten vor ihnen auf. Adam fuhr langsam, Jurek hatte das Navi im Blick, und Amelia schaute auf Schilder, die ihr nichts sagten: Wegführungen zu einem Hundeübungsplatz und einem Eisenbahnerschießverein.

»Fahr langsam, Adam. Gleich muss die Einfahrt zum Gelände kommen.« Adam stoppte vor einem Metalltor und schaute auf die schwere Kette mit mehreren Schlössern. »Unfallgefahr. Bahnanlage«, buchstabierte er. Das Schild war neu, das verrostete Metalltor alt. Rechts neben dem Tor lag der Zaun platt getreten auf dem Boden. Adam schaute in Rück- und die Seitenspiegel. War ihm jemand gefolgt? Er entdeckte niemanden.

»Gehen wir. Amelia, du bleibst im Auto. Wenn jemand kommt, sage irgendwas mit Hund und spazieren gehen. Das verstehen die Deutschen. Die lieben ihre Hunde mehr als die Kinder. Ich brauche Jurek.« Und zu Jurek: »Den Plan kannst du stecken lassen, ich habe alle Koordinaten auf meinem Handy. Hättest du nicht gedacht, was?« Adam lächelte über seine Klugheit. Beide stolperten los. Die Sonne kroch am südwestlichen Himmel entlang und beobachtete die beiden Abenteurer, die sich wie Schatzsucher vorkamen. Mücken flogen umher, der Birkenbestand dieses verlorenen Platzes bot hier und da etwas Schatten. Adam ging mit dem Mobiltelefon in der Hand voraus. Jurek wunderte sich bei ihm über nichts mehr. Er hatte ihm eine Kopie der Karte seines Großvaters gegeben, das Original trug er in seiner Brieftasche. Die Vorstellung, dass sein Großvater hier im Jahre 1943 einen Bombenangriff überlebt hatte, ließ ihn frösteln. Adam folgte dem Handy wie ein Wünschelrutengeher seinem Stock. Er stolperte über dornige Sträucher, knickte in Erdlöchern um, doch der Seemann fiel nicht hin.

»Weiter, Jurek. Hier lang!« Sie waren vielleicht zehn Minuten durch die ungepflegte Wildnis gewankt, als Adam die linke Hand hob. »Da vorne muss es sein, ungefähr 20 Meter vor uns.« Beide schauten durch die Ginstersträucher. Ihr Blick endete an einer Waschbetonmauer. »Kurwa! Das gibt es nicht! Da steht so eine beschissene Bude. Komm, Jurek.« Sie brachen durch das Unterholz, rissen sich Löcher in die Hosenbeine und standen vor einem mit Graffiti beschmierten Betonkasten, der unschwer als eine Art Trafostation zu identifizieren war. »Hier muss es sein. Irgendwo hier im Umkreis von fünf Metern. Gib den Metalldetektor her!« Es war 17 Uhr, der ICE Frankfurt am Main – Brüssel raste aus Köln kommend wenige Meter entfernt auf einem der fünf Gleise nach Aachen. Wenige Sekunden später donnerte der ICE Brüssel – Frankfurt am Main aus der Gegenrichtung kommend in Fahrtrichtung Köln an diesem trostlosen Stück Land vorbei.

Jurek packte den Metalldetektor aus dem Rucksack, steckte die Haltestangen zusammen, schaltete den Akku ein. Er setzte die Kopfhörer auf und begann den Boden abzuscannen wie ein Minensucher der OSZE im Donbass. Adam mahlte verärgert mit seinen Zähnen, hielt frustriert den Mund und schaute prüfend um sich. Jurek tastete sich konzentriert in kleinen Schritten voran und schwenkte den Detektor dabei sanft über das von der Sonne verbrannte Gras. Je näher er an die Transformatorenstation kam, umso stärker wurden die Geräusche. War es das Metall in der Trafostation oder waren es die sechs Metallkisten für Martin Bormann?

Adams Handy klingelte im Ton der polnischen Nationalhymne. »Nicht jetzt!«

»Da kommt ein Auto mit zwei Männern. Sehen aus wie Waldarbeiter«, meldete Amelia. Sie hatte indessen den Wagen ein Stück vorgefahren, den Weg frei gemacht und irgendetwas von Wauwau und Pippi gebrabbelt. Die beiden Männer in karierten Hemden, abgetragenen Breitcordhosen und alten Arbeitsjoppen hatten der schönen Polin zugenickt und sich nicht weiter gewundert. Die Holzaktion von Klaus Fettelschoß und Ferdinand Strauch, beide Mitte 50, war alles andere als legal. Die gepflegte *Stihl*-Motorsäge ruhte unter einer Decke im Laderaum, vollgetankt und einsatzbereit. Heute sägen, morgen holen, so lautete das Motto der beiden Hobbywaldarbeiter, die mit einem kleinen Schluck aus dem Flachmann von Fettelschoß bereits Betriebstemperatur erreicht hatten. Ferdinand Strauch steckte den nachgemachten Schlüssel in das Schloss am Tor und schob es auf.

»Okay. Wir brechen ab.« Adam tippte Jurek auf die Schulter, machte ein Zeichen, worauf Jurek den Detektor auseinandernahm und im Rucksack verstaute. Sie passierten die beiden Holzarbeiter, die ihre Qualitätsmotorsäge nicht zum Laufen bekamen, nickten kurz und nahmen den direkten Weg zum Wagen, in dem Amelia wartete.

»Die hatten gar keinen Wauwau«, sagte Klaus Fettelschoß, als er eine halbe Stunde später und nach einem gefällten Baum aufstoßen musste. Als ob er mit dem Fall der Birke Weisheit inhaliert hätte, dabei war nur Doppelkorn im Flachmann, von Weisheit keine Spur.

»Kein Wauwau«, wiederholte Ferdi leicht benebelt, denn während Klaus sägte, hatte Ferdi den Rest des Flachmanns vor der Verdunstung gerettet. »Kein Wauwau. Stimmt.«

»Zwei Mann, ein Ladykracher, eine dicke Kiste mit polnischem Kennzeichen. Merkwürdig«, sagte Klaus, der Säger und rieb sich den Schweiß aus den Augen. Er schmiss die *Stihl*-Motorsäge erneut an und sägte wie ein Weltmeister den Stamm in handliche Stücke für den Holzofen im Wohnzimmer.

»Der Detektor hat direkt vor der Waschbetonbude angeschlagen.« Jurek saß verschwitzt auf dem Beifahrersitz, Amelia nun auf dem Rücksitz, und Adam blickte durch das geöffnete Fahrerfenster in die Richtung, aus der sie gekommen waren.

»Wir werden dort graben. Spaten, Hacke, Schaufel. Besorgen wir in Holland in einem Baumarkt. Montagmorgen. Am Montagmittag graben wir beide, Bartosz bleibt im Auto, der kann besser Deutsch, wenn wieder diese Holzfäller anrücken. Amelia bleibt bei uns, um vor Spaziergängern zu warnen. Für alle Fälle nehme ich die Artillerie mit, nicht erschrecken.«

»Was machen wir mit den Kisten, wenn wir sie finden? Einfach ins Auto laden und nach Polen fahren?«

»Ah, der liebe Jurek bekommt langsam eine kriminelle Spürnase. Nicht nur Akkordeon und den Mädchen schöne Augen machen.« Adam lächelte verschmitzt zu Jurek auf dem Beifahrersitz, während er von der Brückenstraße auf die Schoellerstraße einbog, um zurück auf die Autobahn zu gelangen.

»Gute Frage, mein Lieber. Erstens müssen wir schauen, ob die Schatzkisten einen Schatz enthalten. Wenn der Schatz drin ist, entscheiden wir, wie wertvoll er sein könnte. Davon hängt ab, wie wir mit der Ware umgehen. Lass mich machen. Adam hat überall Verbindungen und Leute, die ihm etwas schulden. Den Klumpatsch einfach ins Auto zu laden und zurück in die Vorkarpaten zu düsen, ist reichlich naiv.«

»Könnten wir das Zeug nicht sofort hier verkaufen? Ich meine, dann sind wir die Ware los und kehren mit Bargeld zurück.«

»Mein kleiner Musikant. Du wirst immer besser.« Adam beendete das Gespräch, wobei ihm die Idee recht gut gefiel. Warum die heiße Fracht quer durch Europa transportieren, wenn sie hier in der Nähe rasch zu Geld gemacht werden könnte? Er dachte an Antwerpen, die Hauptstadt des Diamantenhandels.

EINE MYSTERIÖSE BOTSCHAFT

Gegen 18 Uhr kehrten die Schatzsucher nach Aachen zurück. Bartosz schrieb ihnen eine WhatsApp. Er sei in der Stadt, schaue sich um, komme später. Adam, Amelia und Jurek erfrischten sich im Hotel, was bei Adam und Amelia aus Gründen, die Jurek sich lebhaft ausmalte, länger dauerte. Abends trafen sie sich in der Lobby des Hotels und gingen zum Restaurant *Elisenbrunnen*. Menschen genossen auf den Caféterrassen die letzten Sonnenstrahlen. Alle hofften auf das Ende der Pandemie. Nach dem Lockdown vom Frühjahr keimte Hoffnung auf wie bei einem Wüstenwanderer, der in der Ferne eine Oase entdeckt. Die Restaurants waren voll, Studenten bevölkerten den Park. Ein wenig Normalität breitete sich aus, auch wenn das Reisen in viele Länder nicht möglich war. Die Warnungen vor einer zweiten Welle verhallten im milden Sommerwind, der seit März Deutschland in eine mediterrane Zone verwandelt hatte. Sie bestellten Rinderkraftbrühe und original Wiener Schnitzel mit Bratkartoffeln, dazu Weizenbier und für Amelia einen trockenen Rotwein.

Adam Sobetzko dachte über Jureks Worte nach, während sich Jurek angeregt mit Amelia über den Aachener Dom, die Straßenmusikanten und den magischen Zauber der Altstadt Aachens unterhielt. Adam fand die Idee gut, die Ware rasch zu versilbern. Über Kontakte könnte er versuchen, einen Hehler in Antwerpen oder in Brüssel zu finden. Ein, zwei Anrufe in Warschau würden genügen. Kostete Provision, und die Zahl der Mitwisser erhöhte sich, aber dafür hätten sie einen einfachen Bargeldtransport nach Lesko. Eine gute Idee.

Gegen 21.30 Uhr brummte Adams Handy. Er vermutete eine SMS seiner Ehefrau. Als er die Nachricht las, setzte er das Glas Weizenbier ab, ohne davon getrunken zu haben. »Aachen ist schön. Rufen Sie mich um 22 Uhr unter dieser Nummer an. Der Schatz ist es wert.«

Adam schluckte. Es war genau das passiert, was er hatte vermeiden wollen: Aufmerksamkeit. Was tun? Wusste jemand, dass Adam in Deutschland war, um einen Schatz auszugraben, der 1943 nach einem Bombenhagel von Mateusz Nowak versteckt worden war? Vielleicht wurden sie alle drei gerade beobachtet. Warum Kontakt? Weil der Absender das Versteck des Schatzes nicht kannte? Das Handy wegwerfen? Der Absender wusste, dass Adam in Aachen untergekommen war. Er hatte in fehlerfreiem Polnisch die Nachricht verfasst. Seine Konkurrenten aus Polen hätten sich anders ausgedrückt; Schimpfwörter und Drohungen wären auf ihn niedergeprasselt. Adam, der alte Ganove und Seemann, ahnte, dass im Hintergrund eine Macht wirkte, der er sich stellen musste.

»Was ist los, Adam?« Jurek unterbrach die Plauderei mit Amelia. Adams Gesichtsausdruck sprach Bände.

»Nichts. Ich muss gleich telefonieren. Und schau, dass Bartosz morgen fit ist. Der treibt sich etwas lange in Aachen herum. Ich mache ein paar Schritte zum Dom. Wenn wir schon hier sind. Wartet mit dem Nachtisch auf mich. Den Kaiserschmarrn habe ich zuletzt in Krakau gegessen. Mal sehen, wo er besser schmeckt. Bei Kaiser Karl oder in unserer Königsstadt.«

Jurek ahnte, dass irgendetwas Adam belastete. Wieder stieg die anerzogene Ängstlichkeit in Jurek auf. Die Unbeschwertheit des Abends kippte um. All die neuen Eindrücke wandelten sich in eine Bedrohung, eine Bedrohung, die er, Jurek, verursacht hatte, indem er auf den Vorschlag des Großvaters eingegangen war.

Adam stand auf, passierte die archäologische Vitrine, den Münsterplatz, die Ungarnkapelle und betrat den Domhof. Zu viele Menschen. Er ging die Annastraße hinunter, in der Nähe des Sparkassen-Parkhaus wurde es ruhiger. Es war 22 Uhr. Adam wählte die angegebene Nummer.

»Sie rufen pünktlich an, Herr Sobetzko.« Die Stimme eines älteren Herrn, der perfekt das Polnisch der Oberschicht Polens sprach. Adam zuckte zusammen. Er musste nach Worten suchen, um angemessen zu reagieren. Mit seiner Mischung aus Räuberjargon und Seemannssprache würde er gegen eine Wand laufen.

»Sie wünschen?«, sagte Adam und biss sich auf die Unterlippe.

»Herr Sobetzko, Sie sind nicht wegen des Doms nach Aachen gekommen.«

»Der Dom ist beeindruckend. Ich bin nicht weit entfernt.«

»Wie schön. Zünden Sie eine Kerze in der Antoniuskapelle des Doms an, damit alles gut geht.«

»Was alles?«

»Ihre Suche und unsere Vereinbarung.«

»Welche Suche? Welche Vereinbarung?«

»Herr Sobetzko, kommen Sie morgen Abend nach Lüttich, alleine, ohne Ihre drei Begleiter. Café *Randaxhe*, Chaussée des Prés 61, Lüttich, 20 Uhr. Ich werde draußen sitzen bei einem Glas Rotwein, einem Mineralwasser und einem Kaffee. Sie finden mich.«

»Warum sollte ich das tun?«

»Das wissen Sie sehr genau, Herr Sobetzko. Sonst müsste ich nach Aachen pendeln. Das ist mir zu beschwerlich. Ich würde nicht alleine kommen. Dafür bin ich zu alt. Und Sie sind ein höflicher Mann, Herr Sobetzko, mit einem schönen Haus in Lesko, mit vielen Immobilien und einem Hund namens Szarik, den Sie sehr lieben. Nicht wahr. Das alles soll doch unversehrt bleiben.«

Adam Sobetzko biss die Zähne zusammen. Der Mann wusste zu viel. Es machte keinen Sinn, aggressiv zu werden. Hier zog ein Sturm auf. Er musste sich sorgsamer vorbereiten. Am besten die Energie aufnehmen, statt Widerstand leisten.

»Wie darf ich Sie nennen?«, fragte Adam Sobetzko.

»Eine höfliche Frage. Ich hatte sie früher erwartet. Nennen Sie mich einfach Abraham. Abraham, wie der aus dem Alten Testament. Bis morgen Abend, Herr Sobetzko.« Damit endete das Gespräch.

Adam starrte einige Sekunden auf das Handy. Er schaute nachdenklich zum Parkhaus hinüber. Ihm war klar, dass er nach Lüttich fahren musste. Dieser Abraham, wer auch immer es war, besaß Detailwissen. Abraham, das war kein Tarnname von Ganoven. Ihm schwante, dass eine größere Macht hinter diesem Mann steckte. Er dachte an seinen Schäferhund Szarik und spürte, wie ihm die Drohung an die Nieren ging. Irgendwo gab es eine undichte Stelle. Seit der alte Nowak die kleine Kartenskizze herausgerückt hatte, lief einiges schief in seinem Plan. Jetzt hockten sie in Aachen, hatten am Vorbahnhof in Düren herumgestöbert, und nun bedrohte ihn dieser alte Sack. Er unterdrückte seine Wut. Es machte keinen Sinn, auf einen Sturm wütend zu sein. Das vernebelte den Blick für notwendige Maßnahmen. Warum erst morgen Abend? Warum nicht morgen früh? Wenn sie morgen den Schatz finden würden, könnten sie abhauen, weg, über alle Berge. Der Alte war sich seiner Sache sehr sicher gewesen. Adam kehrte nachdenklich zurück zum Restaurant *Elisenbrunnen*. Amelia sah ihm die Verstimmung an. Jurek hatte seine Aufmerksamkeit durch mehrere Gläser Bier eingebüßt.

»Alles in Ordnung?« Amelia schaute in Adams Augen, deren Rehbräune seine Nachdenklichkeit widerspiegelten.

»Alles in Ordnung«, wiederholte er mechanisch, versuchte ein Lächeln, das misslang. Amelia wusste, dass sie nicht weiter nachfragen durfte. Sie kannte dieses Lächeln, das er immer dann ausprobierte, wenn ein Geschäft nicht funktionierte, wenn die Sonderstaatsanwaltschaft aus Warschau, spezialisiert auf Organisierte Kriminalität, ihre Spürhunde in die Vorkarpaten schickte. Dann trug Adam Sobetzko diesen Ausdruck durch seine Wohnung in Lesko, schickte seine Frau zur Kur nach Krynica-Zdrój. Amelia kam zu ihm ins Haus und kochte ihm seine Lieblingsgerichte, bürgerliche Küche aus Polen: Bigos, Pieroggi, Barszcz, Kapusta, Rosół. Das beruhigte seine Nerven. Der Heckmeck seiner Ehefrau mit vegetarischer, italienischer, spanischer, französischer Küche zerrte an seinen Nerven. Ihre Nerven litten ebenfalls, denn sie sehnte sich nach großer Welt, Oper, Theater, Golfspiel, Reisen nach Mauritius, Südafrika, Dominikanische Republik und Seychellen. Es bot sich leider nur Krynica, der mondäne Kurort, für eine nervenschonende und persönliche Behandlung durch Doktor Ziobro an. Außerdem bemerkte Adam, dass Szarik Amelia viel lieber als seine Ehefrau Renata mochte, die den Hund zu einem vegetarischen Vierbeiner erziehen wollte. Amelia brachte ihm Krakauer mit, dafür liebte Szarik sie abgöttisch.

»Wir müssen morgen konzentriert an die Arbeit. Ich möchte, dass wir uns genau einprägen, wie wir am Montag vorgehen. Lasst uns ins Hotel gehen. Jurek, sag Bartosz Bescheid. Ich brauche euch morgen alle ausgeschlafen und mit klarem Kopf.« Er gab der Kellnerin ein Zeichen, die an diesem Abend von den sparsamen deutschen Gästen kein so großes Trinkgeld gesehen hatte.

PADRE PADRONE – MEIN VATER,
MEIN HERR

Bartosz strahlte vor Glück. Kurz nach der Ankunft in Aachen hatte er Bogdan in Sanok angerufen und Adresse und Arbeitsplatz von Jagoda erhalten. Sie jobbte in der Pizzeria *Padre Padrone* auf der unteren Pontstraße, die ab 17 Uhr öffnete. Jagoda war apart, flink und immer noch nicht mit dem Studium fertig. Manche Studentinnen verloren sich in Jobs, die die Nacht zum Tag machten. Ein Seminar wurde geschwänzt, eine Vorlesung nicht besucht, ein Teilnahmeschein fehlte, am Abend wieder easy living, schneller Euro, zum Feierabend Prosecco. Jagoda hatte nicht die Kurve gekriegt. Ihren Eltern und ihrem Bruder tischte sie neue Geschichten auf. Mal war der Professor krank, oder sie sollte direkt an der Promotion arbeiten, ohne vorher Magistra zu machen. Der Lügenturm wurde so groß wie ihre Schulden. Pippo, der Inhaber der Pizzeria, lieh ihr gerne Geld. Zu seinem Zinssatz, denn er mochte die schöne Jagoda mit den grünen Augen.

Um 17 Uhr an Siebenschläfer stand Bartosz im Eingang der Pizzeria und strahlte wie die Spätnachmittagssonne im Westen. Seinen Freunden im Hotel hatte er vor deren Fahrt nach Düren gesagt, dass er einen kleinen Kontrollgang machen würde, um seine Deutschkenntnisse zu testen. Nun bewunderte er Jagoda, die mit einer Lasagne in der linken und einem Teller Tortellini in der rechten Hand durch die dicht gedrängt stehenden Tische rannte. Bartosz konnte seinen Blick nicht abwenden.

Pippo, genannt Pippo la bocca, weil er eine große Klappe hatte, besaß in Aachen, Würselen, Düren, Kerpen und Horrem Pizzerien, die mit Spezialitäten aus Kalabrien versorgt wurden. Dazu zählten Tomaten, Schinken, Salami, Sardellen, Thunfisch. Mit mancher Lieferung tauchte ein junger Mann auf, der in Deutschland abtauchen musste. Pippo war Ende der 60er-Jahre als Gastarbeiter aus Kalabrien nach Deutschland umgesiedelt. Schnell stellte er fest, dass die Arbeit in der Zeche Sophia-Jacoba in Hückelhoven nichts für ihn war. Kohlestaub, unter Tage, Lärm und abends kaputt. Pippo lieh sich Geld und kaufte einen Milchwagen. Damit fuhr er durch Baesweiler, Oidtweiler, Merkstein, Herzogenrath und Würselen, verkaufte frische Milch, die damals in Metallkannen abgefüllt wurde, und Eiskonfekt. Bald besaß er einen zweiten Wagen, einen umgebauten Ford Transit, und ließ die Pippo-Milch-Glocke sogar in den Randbezirken von Aachen erklingen. Pippo war stets tadellos gekleidet, lächelte mit seinen Goldzähnen das Lächeln einer kleinen Raubkatze. Pippo hatte zwar eine große Klappe, bei seiner Körpergröße hatte der liebe Gott jedoch eine Pause gemacht. Das interessierte die 'Ndrangheta nicht, sondern sie interessierte Pippos Geschäftssinn und Organisationstalent. Bald fuhr er nicht nur Milch durch die Region. Er bekam das Startkapital für die erste Pizzeria, die Umschlagort für Drogen und Schwarzgeld im Dreiländereck wurde. Aachen bot sich als Standort an, und Pippo träumte davon, einmal Capo locale zu werden, Mafiachef der Region.

Pippo machte sich an seine neue Kellnerin Jagoda ran, er, der Seniorchef, der stets in seinen Filialen Kontrollgänge durchführte und seinen Kellnerinnen und Kellnern jovial in die Backen kniff – das hatte er bei Napoleon abgeschaut. Ihm gefielen Jagodas grüne Augen und die rötlichen Haare, die ihn an seine Jugendliebe in Kalabrien erinnerten, seine Jugendliebe, die mit einem Mafioso verheiratet wurde und ansehen musste, wie ihr Mann vom verfeindeten Clan hingerichtet wurde. Natürlich hatte Pippo bemerkt, dass Jagodas Studium für die Katz war. Er steckte ihr zu Beginn manches Extra-Scheinchen zu. Später lieh er ihr Geld, und sie bereitete ihm dafür in seiner Wohnung in der Kaiser-Friedrich-Allee die eine oder andere zärtliche Überraschung, wenn seine Ehefrau zur Kur in Abano Terme weilte. In seinem schwarzen Notizbuch hatte Pippo den Schuldenstand von Jagoda notiert, so, wie er Ausgaben und Einnahmen aus den anderen Geschäften akribisch festhielt. Jagoda schuldete ihm viel, sehr viel.

Als Jagoda Bartosz in der Tür stehen sah, wäre ihr fast die Lasagne aus der Hand gefallen. Sie lächelte ihn an, wies ihm einen Platz zu und gab ihm drei Wangenküsse, als sie ihre Hände frei hatte. Die Zeit flog dahin, Bartosz blieb den ganzen Abend an einem Tisch, aß eine Pizza und trank zwei Liter Mineralwasser. Als in der Pizzeria um 22 Uhr die Küche dichtmachte, zogen Jagoda und Bartosz zum Aachener Markt, um im Café

Extra-Blatt endlich miteinander zu sprechen. Der Wein floss, die Stimmung wurde ausgelassen, alte Erinnerungen aufgefrischt. Natürlich wollte Jagoda wissen, was um alles in der Welt Bartosz in Aachen zu suchen habe. Die Vertrautheit wuchs, Bartosz wurde weich, der Wein floss in den leeren Magen, schließlich packte er aus, auch, um ein wenig anzugeben. Kurzum, am Samstagabend gab es eine weitere Mitwisserin. Jagoda hatte aufmerksam zugehört. Noch in der Nacht überzeugte sie Pippo, ihr die Schulden zu erlassen. Sie könne ihm einen richtig heißen Tipp geben. Es gehe um einen Schatz der Nazis bei Düren, sie habe Vorbahnhof oder so ähnlich verstanden.

»Allora, Täubchen, du mir geben Tipp. Ich überprüfe. Wenn gut, dann nix mehr Schulden. Capisce! Wo sind deine Freund und die andere? Welches Hotel?«

Jagoda plauderte alles aus, was Bartosz ihr im Vertrauen gesagt hatte. Pippo la bocca dachte kurz nach: eine große Schatz, viele Millionen Euro, das würde die Onkels in Kalabrien beeindrucken, sogar die großen Onkels und bestimmt den Crimine von Polsi, den Chef der Chefs, den obersten Capo in Kalabrien. Sie würden ihn befördern, aufnehmen in den Kreis, in Düsseldorf und Essen und Köln. Warum nicht? Nur wollte er saubere Hände behalten, mani pulite. Hatte ihm sein Vater beigebracht: »Pippo! Sempre mani pulite!« Immer saubere Hände.

HUNDERT MANN UND EIN BEFEHL

Pippo la bocca bestellte am Sonntagmorgen seinen Pizzeria-Capo ein, Toto das Messer, der erstaunlicherweise nicht im Trainingsanzug aufkreuzte. Toto war so etwas wie ein One Trick Pony; er konnte mit dem Messer jonglieren, werfen und die Pizza so schnell aufteilen, dass die Oliven und Pilze den Schnitt gar nicht bemerkten. Diese Fähigkeit setzte er ebenso dort ein, wo er als Inkasso-Toto auftrat. Meistens wurde nach einer Messervorführung die Schuld sofort beglichen. Wenn nicht gezahlt wurde, blieben beim Schuldner Narben übrig.

Pippo erzählte Toto bei einem Rundgang durch seinen Garten hinter dem Wohnhaus in der Kaiser-Friedrich-Allee von dem Schatz. Er schaute in den blauen Himmel und auf die von seiner Ehefrau gepflanzten roten Rosen der Sorte *Grande Amore*: »Nix fratelli. Näme Krapoll. Nix Kontakte zu Pippo. Capisce!« Toto das Messer kapierte, fasste sich in den Schritt und bestellte Krapohl am Sonntagmittag in den Stadtpark unweit der Therme, um ihm dort den Auftrag zur Beschattung von Bartosz und drei weiteren Polen zu erteilen. Alle vier seien im Hotel *Aquis Grana* abgestiegen. Wenn er den Schatz finde, soll das nicht zu seinem Schaden sein. So ähnlich brabbelte Toto das Messer, hatte er von Pippo abgehört. Krapohl verstand nur Schaden und machte das berühmte Zeichen mit Daumen und Zeigefinger: Knete, Zaster, Pinkepinke?

»Höre gut zu, Krapoll! Wenn du findest Schatz, du bekommen cento mille, 100.000 auf Kralle. Musst du machen, was wir wollen. Schatz finden, ausgraben, nach Italia senden.«

»Wie, nach Italien senden? Mit der Post, oder was?« Krapohl stutzte.

»Nein, nicht Posta. Sei nicht blöd, Krapoll. Schatz geht auf sichere Weg nach Italia. Wir alles kontrollieren. Null Problema. Alles gut, Krapoll.« Toto gab ihm ein Zettelchen. Darauf waren in krakeliger Schrift die Namen »Bartosz« und »Hotel Aquis Grana« notiert. »Mach lucki, lucki auf die Mann. Dann kommst du auf Versteck von Schatz. Ist mit zwei Polacki und eine Frau in Hotel. Kleine Fische, Krapoll. Klaro?«

Krapohl nickte. Diese Spaghetti, dachte er. 100.000 kann ich gebrauchen. Ausgraben werde ich die Scheiße nicht. Lass ich Papesch und Eisenbahnsiggi machen. Für jeden zehn Riesen und 80 für mich.

»Hier Krapoll, bekommst du Anzahlung von uns. 30.000, alte Scheine. Wenn du hast Information, komm zu *Padre Padrone*. Sag Toto, soll Onkel Krapoll anrufen. Klaro?«

Krapohl zählte die Scheine und nickte beiläufig. 20 steckte er ein, mit je 5.000 würde er Papesch und Eisenbahnsiggi ködern: Polen verfolgen, Schatz finden, Schatz übernehmen und ab nach Italien mit dem Käse. Einfacher Job. Er fuhr schnurstracks zur *Hopfenklause*, wo er, welch ein Wunder, Hotte Papesch und Eisenbahnsiggi antraf. Sie füllten gerade die dicke Hanni ab und ekelten jeden Gast raus, dessen Nase ihnen nicht passte. Nur Franky saß unbehelligt wie immer in der Ecke, heute mit *Aachener Nachrichten*, *Bildzeitung* und einem Herrengedeck. Daneben lag ein Krimi von Micky Spillane, den er bestimmt zum fünften Mal las. Lange würde es nicht mehr dauern und Franky würde einen Bestseller schreiben, dachte er. Leider hatte er die Menüleiste am PC weggedrückt und nicht mehr gefunden. Er verputzte den Klaren, nahm einen Schluck Bier. Die Menüleiste würde sich irgendwann finden und er sofort loslegen und Fitzek anfangen zu zittern. Klarer Fall.

»Schluss mit der Sauferei!« Krapohl donnerte den Schnaps von der Theke, Siggi und Papesch dröhnten kurz »Öhj. Wat soll der Scheiß?« Krapohl schnappte sich je ein Ohr von Papesch und eins von Eisenbahnsiggi, zog die Köpfe auf die Theke runter. Er sagte leise und bestimmt: »Arbeit. Und du, Toni, du legst ›100 Mann und ein Befehl‹ auf. Verstanden! Marschieren, los, los, los!«

Toni huschte zur Wurlitzer, drückte auf Freddy Quinn. Papesch und Eisenbahnsiggi nahmen Aufstellung, legten die Hand zum Gruß an die Stirn. Sie marschierten los, während die dicke Hanni auf dem für sie zu kleinen Hocker Haltung annahm und Krapohl, mit der Faust auf der Theke die Melodie klopfend, sang:

»Irgendwo im fremden Land
Ziehen wir durch Stein und Sand
Fern von zuhaus und vogelfrei
Hundert Mann und ich bin dabei

Hundert Mann und ein Befehl
Und ein Weg den keiner will
Tagein tagaus, wer weiß wohin
Verbranntes Land und was ist der Sinn«

»Schluss jetzt. Abmarsch. Hier, Toni, der Fuffi muss reichen. Wir sehen uns. Und gib dem Franky ein paar Buletten, sonst fällt der vom Hocker!« Er zog Papesch und Eisenbahnsiggi raus ins Tageslicht, sie blickten mit trüben Augen auf den Hansemannplatz. Krapohl schob sie auf die engen Rücksitze in seinem Ford Mustang, ließ den 5,0-Liter-V8-Motor aufheulen und raste auf der Peterstraße los zum Hotel *Aquis Grana*. Das Parkhaus *Büchel* war bereits geschlossen. Irgendwas mit Wohnen und Wiese oder so ähnlich sollte da entstehen. Krapohl parkte am Einrichtungshaus *Mathes*, warf den beiden Trunkenbolden auf dem Rücksitz eine Flasche Mineralwasser rüber und verschwand in der Tiefgarage des Hotels. Dort fand er keinen Wagen mit polnischem Kennzeichen. Mist, fluchte er, die Kerle waren unterwegs. An der Rezeption fragte er nach dem polnischen Wagen, es könne sein, dass er ihn gestern bei der Einfahrt in die Tiefgarage touchiert habe, er sei sich nicht sicher, wolle sich als guter Bürger einfach melden. Darauf erfuhr er den Wagentyp, einen Range Rover Vogue, schwarze Farbe, acht Zylinder. Die Herrschaften seien unterwegs. Krapohl könne eine Telefonnummer hinterlassen. Er werde sich melden, sagte Krapohl und verschwand.

»Schwarzer Range Rover Vogue. In Düren am Vorbahnhof die Glotzer aufmachen. Verstanden. Fünf Riesen für jeden heute, fünf Riesen am Ende.«

»Hoho, Riesentag heute, oder was. Vorbahnhof, da kenne ich mich aus«, lallte Eisenbahnsiggi. Krapohl bereute es, ihn mitgenommen zu haben. Aber Papesch würde alleine kein Loch buddeln können. Eisenbahnsiggi konnte was wegschaffen, wenn er nüchtern war. Krapohl startete sein Triebwerk. Der dunkelblaue Ford Mustang bog in die Kleinkölnstraße, von dort auf den Seilgraben, Peterstraße und ab zum Europaplatz. Krapohl drückte aufs Gas, denn er wusste nicht, ob die gesuchten Polen zur Schatzsuche unterwegs waren.

WARTEN WILL GELERNT SEIN

Adam schaute immer wieder in den Rückspiegel. Amelia bemerkte es. Sie saß auf dem Beifahrersitz, Jurek und Bartosz hinten. Spannung lag in der Luft. Bartosz versuchte, die Stimmung aufzuheitern, er erzählte über seine Erlebnisse bei der Tour durch Aachen, wobei er seiner Fantasie freien Lauf ließ, schließlich hatte er die meiste Zeit des gestrigen Abends in der Pizzeria *Padre Padrone* verbracht, danach ein Stelldichein mit Jagoda. Er war aufgekratzt und realisierte die Nervosität nicht, bis Adam ihm mit sonorer Stimme eine Ansage machte: »Halt einfach die Klappe. Okay.« Bartosz schluckte und schaute auf die Felder zwischen Arnoldsweiler und Düren. Adam fuhr auf der A4 bis zur Ausfahrt Merzenich. Er nahm einen anderen Weg als am Samstag. Schließlich gelangten sie wieder zum Eingangstor für das Areal des ehemaligen Vorbahnhofs. Adam hielt kurz an, dann fuhr er weiter. In Richtung Merzenich parkte er in einer kleinen Haltebucht und schaltete den Motor aus.

»Was machen wir hier?«, fragte Jurek.

»Warten, einfach warten und schauen, wer hier am Sonntagmittag so alles vorbeikommt. Lasst die Fenster etwas runter. Amelia, du gehst mit Jurek spazieren, Bartosz, du kontrollierst im Seitenspiegel, was hinten vor sich geht. Ich behalte die Straße vorn im Blick. Ihr beiden Verliebten kommt in einer Stunde zurück. Pflückt ein paar Blumen oder so. Kommt nicht mit leeren Händen. Nehmt die Funkgeräte mit, die sind hinten auf der Ablage. Einschalten und nur benutzen, wenn es erforderlich ist. Handys aus. Hatte ich schon in Aachen gesagt. Niemand soll uns orten. Abflug.«

Jurek und Amelia stiegen aus und suchten einen Weg in das Unterholz des zugewachsenen Geländes. Die Sonne stand hoch im Süden und brannte. Beide zogen

Sonnenbrillen an und tasteten sich vorwärts. Eine grobe Orientierung war möglich. Merzenich lag in südöstlicher Richtung. Der Kirchturm war zu sehen. Sie hörten die Züge, die auf der Bahntrasse Köln – Aachen vorbeidonnerten.

Adam und Bartosz hielten Ausschau aus dem Wagen. Spaziergänger, Hundefreunde, einige Kinder mit Mountainbikes. Alles schien in Ordnung zu sein. Doch seit dem Anruf am Samstagabend war Adam beunruhigt. Ihm gingen die Worte und der Ton der Stimme durch den Kopf. Heute würden sie kaum den Schatz finden können. Ohne Werkzeug keine Chance, darum auch keine Flucht mit dem Schatz. Er sah keine andere Möglichkeit, als heute Abend nach Lüttich zu fahren. Den anderen sagte er nichts davon. Würde er sich in Gefahr begeben? Würde er gekidnappt werden? Adam entschloss sich, einen treuen Begleiter mitzunehmen: eine Makarov mit Schalldämpfer. Für alle Fälle.

»Wird langweilig«, meinte sein Kumpel vom hinteren Sitz aus. Es strengte ihn an, mit dem Kopf auf den Beifahrersitz gelehnt in den Seitenspiegel zu starren.

»Warten, Bartosz, das Leben besteht aus warten. Bis die Gelegenheit kommt.«

»Wie meinst du das?«

»Wir haben bei der Kriegsmarine viel gewartet, sind über die Ostsee gefahren, haben Krieg gespielt. Im Grunde mussten wir jeden Tag warten: auf Befehle, auf besseres Wetter, auf Ablösung, auf Essen. Die Tage waren so zäh wie der Käse aus Zakopane. Abwechslung brachten Manöver.«

»Ich bin zu ungeduldig, warten nervt mich.«

»Sieh dir die Raubvögel in den Bäumen oder in der Luft an. Was tun sie?«

»Sie schauen, schlafen.«

»Sie warten auf Beute. Ruhig und gelassen. Um genau im richtigen Moment zuzuschlagen. Dann ist es aus mit der Maus. Ich habe gelernt zu warten. Bis der richtige Moment kommt. In der Marine und in den Vorkarpaten.«

»Hoffen wir mal auf den richtigen Moment hier am Arsch der Welt. Glaubst du, dass dieser Schatz wertvoll ist?«

»Ich zähle die Dinge zusammen, die ich weiß, und komme zu einem Ergebnis. Es lohnt sich, Bartosz, glaub mir. Du kannst die Corona-Pause danach verlängern. Vielleicht für mehrere Jahre. Verstehst du?«

»Dann würde sich das Warten lohnen.« Bartosz lächelte, und Adam sah sein Lächeln im Rückspiegel. Ein guter Junge, dachte er, der durch diesen verdammten Virus um sein Einkommen gebracht wird. Schöne Scheiße. Es gibt ein Problem, Bartosz ist naiv und kein Profi. Ich hätte Profis mitnehmen sollen. Das war ein Fehler. Ein richtig blöder Fehler. Diese Vermischung aus Job und Ausflug nach Deutschland war schwachsinnig. Andererseits kam der Tipp von Jurek, der mit Amelia zusammen musizierte. Ich bin zu gutmütig gewesen, dachte Adam. Mehr und mehr erkannte er die Gefahr, in der sie alle steckten. Die langen Schatten der Vergangenheit waren entdeckt worden, nicht alleine von ihm.

KRAPOHL UND DIE ORIENTIERUNG

Während Adam und Bartosz warteten, bog Oskar Krapohl in Arnoldsweiler rechts ab nach Düren. Die Durchfahrt-verboten-Schilder ignorierte er. Er verfolgte den Plan, sich von Düren aus dem Vorbahnhofsgelände zu nähern. Er beschleunigte und stand plötzlich auf dem Arnoldsweilerweg vor einer Straßensperre.

»Scheiße!« Papesch und Eisenbahnsiggi zuckten auf dem Rücksitz zusammen. Von außen konnten sie hinter den dunklen Scheiben nicht erkannt werden. Niemand sollte sehen, mit wem Krapohl unterwegs war.

Krapohl drehte den Wagen, bog in einen Feldweg ab und hielt auf einer mit Kieselsteinen bedeckten Fläche an.

»Ihr Nasen bleibt sitzen. Ich schau mich um.« Krapohl stampfte in der Hitze des Tages los. Er registrierte die Bahnlinie Köln – Aachen, das dahinterliegende Birkenwäldchen. Salzige Schweißtropfen trübten seinen Blick. Da vorne, das musste das ehemalige Vorbahnhofsgelände sein, von dem Toto das Messer gesprochen hatte. Rechts ging ein befahrbarer Weg ab. Krapohl stolperte, fing sich und stand nach wenigen Metern vor dem Regenwasserrückhaltebecken, das von Gestrüpp überwuchert wurde. Ein idealer Platz, um jemanden verschwinden zu lassen, dachte er. Er kehrte zum Ford Mustang zurück, sagte den beiden Schnarchkappen auf dem Rücksitz nichts und bretterte mit Vollgas zurück nach Arnoldsweiler. Dort bog er nach rechts ab zur Autobahnauffahrt Merzenich, passierte die Sankt Arnoldus-Kirche, kurz hinter dem Ortsausgang Arnoldsweiler nahm er einen asphaltierten Feldweg in Richtung Bahnlinie. Zwar war der Weg für den Pkw-Verkehr gesperrt, wurde aber von Anwohnern und der Landwirtschaft genutzt. Krapohl unterquerte die Bahnlinie, bog nach rechts ab und fuhr am ehemaligen Vorbahnhofsgelände vorbei auf die Eisenbahnersiedlung zu. Eine einsame Hütte stand links des Weges. In der alten Einfahrt zu dem Areal entdeckte Krapohl einen schwarzen Range Rover Vogue.

»Da sind ja die Polacken«, zischte Krapohl durch die Zähne. »Ihr bleibt schön unten, Schnauze halten, wir fahren vorbei und sehen uns das alles an.« Krapohl passierte Adams Wagen. Er warf einen kurzen Blick auf einen Mann mit Sonnenbrille auf dem Fahrersitz. Er fuhr bis zu der Abzweigung zur Hundeschule und parkte auf dem Gelände des Eisenbahnerschießvereins.

»Raus, ihr Schnarchkappen. Schwarzer Range Rover Vogue. Habt ihr den gesehen? Wir schauen uns auf dem Gelände um. Benehmt euch anständig. Muss niemand erkennen, dass wir hier ein Ding drehen.«

»Haste nix zu trinken, Krapohl?« Der leicht übergewichtige Papesch maulte.

»Vielleicht ein Champagner am Gleis? Noch so eine Bemerkung und du bist raus.«

Sie zogen los und trafen nach kurzer Zeit an dem Tor zum Bahngelände ein, an dem man rechter Hand bequem in die Wildnis gelangen konnte. Sie schlichen vorsichtig den Weg entlang, auf dem am Tag zuvor Adam und Jurek den Schatz gesucht hatten.

ICH RIECHE GEFAHR

»Das waren sie.« Adam schaute im Seitenspiegel dem Ford Mustang nach. Er konnte vom Kennzeichen »AC OK 1« aufschnappen.

»Wer?«, fragte Bartosz.

»Die, die ebenfalls den Schatz suchen und uns folgen.«

»Wer folgt uns?«, fragte Bartosz mit besorgter Stimme.

»Weiß ich nicht. Jedenfalls sind sie selbstbewusst genug, um so ein auffälliges Auto zu benutzen. Auf diesem geteerten Feldweg fährt sonntags kein Ford Mustang einfach so rum. Der dreht seine Runden in Köln oder in Aachen, nicht hier am Arsch der Welt.«

»Könnte Zufall sein.« Bartosz wurde nervös.

»Ich rieche Gefahr. Sonst wäre ich nicht der König der Vorkarpaten, mein lieber Musikant; hier stinkt es so, dass wir unsere beiden Turteltäubchen aus dem Wald holen sollten.« Adam Sobetzko griff zum Funkgerät und rief Jurek und Amelia an. Zurückkommen, nicht rennen, befahl er. Ein Gedanke schoss ihm in den Kopf: Das ist nicht der Anrufer, der mich nach Lüttich bestellt hat.

»Es macht keinen Sinn, Jurek und Amelia hinterherzulaufen. Wer weiß, wo die gerade stecken. Wenn sie im Auto sitzen, düsen wir los«, sagte er.

Bartosz war verwirrt. Aus der Abenteuerreise mit seinen Freunden war etwas anderes geworden. So, wie Adam Sobetzko sprach, ging es plötzlich um Leben und Tod.

Krapohl, Papesch und Eisenbahnsiggi sprachen unterdessen kein Wort. Sie spähten in alle Richtungen, Vögel fiepten, ein Regionalexpress rauschte vorbei, gefolgt von einem ratternden Güterzug mit Containern und Kesselwagen. Hin und wieder peitschten Schüsse vom Schießverein durch den Wald. Krapohl konnte das Kaliber identifizieren. Er trug seine Schnellfeuerpistole in einem speziellen Holster an der linken Seite seines Oberkörpers.

»Irgendwo suchen die Polacken den Schatz, die müssen irgendwo stecken.«

»Und dann?«, fragte Papesch.

»Situationsabhängig. Entweder sie haben das Zeug bereits ausgebuddelt – dann bitten wir freundlich um Übergabe, und die Schatzräuber können in das Loch springen. Oder sie graben gerade. Wir warten ab und brauchen uns die Hände nicht schmutzig zu machen.«

»Ob die noch suchen?«

»Hör auf mit deinen Scheißfragen! Mach die Glotzer auf. Mir wird was einfallen.« Krapohl, alter Choleriker, hasste diese ewige Fragerei von Papesch. War ihm früher nicht so auf den Senkel gegangen. Aber jetzt. Ausgerechnet jetzt musste die dumme Sau anfangen, seinen Plan zu diskutieren. Wenn die Polen Profis sind, haben sie uns bemerkt, dachte Krapohl. Dann wissen die, dass sie Gas geben müssen, und wir können abwarten, bis sie den alten Schrott ausgegraben haben. Wenn es keine Profis sind, könnte es sein, dass sie kalte Füße bekommen und abzischen. Krapohl dachte an den Range Rover Vogue mit dunklen Scheiben. Den fährt kein Amateur von Polen bis zu diesem Scheißvorbahnhof. Profis aus Polen. Das brauche ich meinen beiden Schwachmaten nicht zu verklickern, dachte er. Die sollen nicht so viel denken, sondern die Augen aufreißen, diese alten Säufer.

»Da vorne.« Eisenbahnsiggi deutete zur Lichtung, wo zwei Gestalten sich einen Weg durchs Unterholz bahnten.

»Ja, ein Mann und eine Frau. Vielleicht haben die eine Nummer geschoben. Lust hätte ich auch.« Papesch gab seinen Senf dazu.

»Klar. Die haben hier zwischen Mücken und Moos gevögelt, und nun gehen sie gut gelaunt nach Hause.« Krapohl nervte das Gelaber tierisch. »Du gehst mir auf den Sack mit deinem Geschwafel. Die gehören zu dem Range. Klare Sache. Die haben abgewartet, ob ihnen jemand gefolgt ist. Also haben wir es mindestens mit drei Leuten zu tun.« Er dachte an Toto, der von vier Personen gesprochen hatte, so, wie es Jagoda Pippo la bocca erzählt hatte.

»Und nu?«, fragte Eisenbahnsiggi.

»Klappe halten. Zähl deine Loks oder Vögel, meinetwegen die Schienen. Wir müssen dranbleiben. Sichtbar unsichtbar.«

»Was'n das für'n Scheiß?«, maulte Eisenbahnsiggi.

»Zähl die Loks und die Waggons, habe ich gesagt. Fürs Denken habe ich dich nicht mitgenommen.« Krapohl zweifelte, ob er die richtigen Kaliber eingestellt hatte.

»Abflug zum Mustang, ihr Nasen!«

Sie trabten durch das Gestrüpp, wobei Papesch sich mehrfach die Beine aufriss und fluchte. »Das gibt Gefahrenzulage, Krapohl!«, maulte er im Auto und verzog das Gesicht.

»Schnauze. Wir düsen zurück nach Aachen und wechseln uns beim Beobachten der Truppe ab. Jedenfalls steht fest, dass der Tipp richtig war.«

»Von wem haste denn den Tipp?«, fragte Eisenbahnsiggi.

»Vom Dompropst, du Rindvieh!« Krapohl startete den Achtzylinder, die Schüsse auf dem Schießstand wurden vom Brüllen des Motors verschluckt. Der Wagen machte einen Satz und war nach wenigen Sekunden in der Brückenstraße des Grüngürtels. Die drei Profis donnerten nach Aachen, wobei Krapohl mehrfach an das Regenwasserrückhaltebecken dachte. Sicherer Ort für eine Leiche, überlegte er grinsend.

Als Amelia und Jurek in den Range Rover eingestiegen waren, startete Adam wortlos. Er nahm den Weg, auf dem Krapohl gekommen war, und fuhr in Merzenich auf die Autobahnauffahrt der A4. Kurz hinter der Kläranlage von Düren sagte er ruhig und bestimmt: »Wir müssen aufpassen. Jemand hat uns im Blick. Womöglich sollen wir ihn zum Schatz führen. Ich denke mir was aus. Jedenfalls drängt die Zeit. Stellt keine Fragen, bleibt heute Abend im Hotel. Ich habe einen Termin in Lüttich. Es geht um die Ware. Keine Fragen. Verstanden?« Alle hatten verstanden und alle schwiegen. Aus dem Urlaubstripp mit Schatzsuche war ein lebensgefährliches Unternehmen geworden.

DAS AUGE DAVIDS IN LÜTTICH

Adam Sobetzko fuhr am Sonntagabend aus der Tiefgarage des Hotels an der Antoniusstraße vorbei in die Kleinkölnstraße. Von dort aus über den Seilgraben auf die Peterstraße, Jülicher Straße und über den Europaplatz und die A544 auf die Abzweigung nach Lüttich. Er hatte nicht viel Zeit gehabt, um sich frisch zu machen. Eine Makarov trug er links unter dem Sakko. Im Navi hatte er die Adresse vom Café *Randaxhe* eingegeben, Ankunftszeit 19.30 Uhr.

Er glitt mit dem Range Rover in der vorgeschriebenen Höchstgeschwindigkeit über die Autobahn, nahm die Abfahrt Liège-Centre und war überrascht von den Spuren der Vergangenheit entlang des Ufers der Maas. Die Geschichte von Kohle und Stahl konnte Lüttich nicht leugnen: alte Hallen, Abraumhalden. Im Abendlicht der aus dem Westen leuchtenden Sonne wirkte das Industriegebiet unwirklich.

Adam fuhr vorsichtig auf das Ziel zu. In der Nähe der Kirche Saint Pholien suchte er einen Parkplatz, um in Ruhe die Umgebung des Cafés zu überprüfen. Er war in einer fremden Welt gelandet. Nichts erinnerte ihn an Aachen, wo er vor knapp 45 Minuten aufgebrochen war. Die Vielfalt der Menschen, arabische Geschäfte, afrikanische Shops, dazwischen eine Boulangerie, ein Halal-Metzger, ein Couscous-Restaurant. So bunt war es in keiner Stadt in Südostpolen. In Lüttich war es heiß, der sonntägliche Abend wurde in das Rot der langsam im Westen dahinziehenden Sonne getaucht. Der Montag streckte seine Fühler aus, die Menschen in den Cafés und an den Obstständen versuchten, die Leichtigkeit des freien Tages in den Abend zu retten. Sie wussten, dass morgen ein neuer Arbeitstag bevorstand, für die einen von Corona geprägt, für andere wie immer.

Adam Sobetzko fühlte sich unbehaglich, tastete nach der Makarov unter seinem Sakko. Ein kleiner Umweg führte ihn zum Denkmal von Tchantchès, dem Lütticher Original, der Stockpuppe, die hier, im Viertel

Outremeuse, der Sage nach zwischen den Pflastersteinen geboren wurde. Ein Schnaps trinkender Geselle, der den Lüttichern den Spiegel vorhält. Adam Sobetzko sprach kein Französisch und verstand nicht, was auf der Bronzeplatte am Denkmal geschrieben stand. Er blickte auf das Café *Randaxhe* und all die Gäste, die draußen in der Abendhitze saßen, ein Bier, einen Schnaps oder ein Glas Rotwein tranken, auf die beiden Kellner, die zwischen den Tischen umherwieselten, hier ein Schälchen Nüsse abstellten, dort einige Oliven mit Käse und natürlich Getränke.

Samuel Goldstein saß im Schatten mit Blick nach Osten und dem Rücken zur Scheibe des Cafés gekehrt. Die Kirchturmuhr von Saint Pholien schlug 8 Uhr. Aus Richtung Tchantchès-Denkmal näherte sich ein kräftiger Mann, schaute sich bedächtig um und kam auf Samuel Goldstein zu. Vor Samuel standen ein Glas Rotwein, eine Tasse Kaffee und ein Mineralwasser. Adam Sobetzko nickte kurz. Samuel Goldstein wies mit der rechten Hand auf den freien Platz an seinem Bistrotisch. Er begrüßte Adam Sobetzko auf Polnisch.

»Danke, dass Sie pünktlich sind, Herr Sobetzko, das weiß ich sehr zu schätzen«, eröffnete Samuel Goldstein das Gespräch. »Was darf ich für Sie bestellen? Bier, Wein, Wasser, Kaffee?«

»Kaffee. Mit Milch und Zucker, bitte.« Adam nahm Platz und stellte fest, dass er von seinem Stuhl aus die Umgebung nicht im Blick behalten konnte. Der Alte hatte den besseren Sitzplatz für sich gewählt. Mit seinem grauen Bart, Anzug, Brille erinnerte er ihn an eine

Person der Weltgeschichte. Die Augen lächelten, konnten aber blitzschnell hart und kalt werden. Adam suchte nach dem Vorbild. Er kam nicht drauf, was ihn ablenkte und ärgerte. Der Name lag ihm auf der Zunge, wollte ihm aber partout nicht einfallen.

Samuel Goldstein bestellte den Kaffee und widmete sich seinem Auftrag.

»Wie finden Sie Lüttich?«

»Etwas fremd. Alte Industrie, an der ich eben vorbeigekommen bin. Erinnert mich an Schlesien.«

»Da gibt es Gemeinsamkeiten, Herr Sobetzko.«

»Sie leben hier in Lüttich, Herr Abraham?« Adam wollte die Initiative ergreifen.

»Seit der Befreiung lebe ich in Lüttich. Lange her. Ich war in Sobibor als Kind. Belgische Jugendliche haben mich mitgenommen nach Lüttich. Ich hatte niemanden mehr. So war das, Herr Sobetzko. Nun kommt ein Stück dieser Geschichte wieder auf uns zu.«

Bei dem Wort Sobibor ahnte Adam, dass der alte Herr vor ihm von einer größeren Macht beschützt wurde.

»Herr Sobetzko, lassen Sie uns rasch die Situation klären. Sie werden die Pistole unter dem Sakko nicht benötigen. Sie sehen, ich sitze hier mit meinem Spazierstock, völlig unbewaffnet und freue mich auf das Gespräch mit Ihnen. Sie ahnen, dass ich nicht alleine unterwegs bin. Falls Sie auf die törichte Idee kommen sollten, mir in irgendeiner Form schaden zu wollen, wäre das schlecht für Sie. Es gibt einige Personen, die mich stets beschützen, und in deren Visier befindet sich während unseres Gesprächs Ihr Hinterkopf. Vielleicht würde es demnächst aber auch einen lauten Knall geben, wenn Sie Ihren Wagen an der Kirche Saint Pholien starten, um zu Ihren Freunden zurückzukehren. Lassen wir diese kleinen Hinweise zur Lage, in der wir uns hier draußen befinden.«

Der Kellner kam. Adam nahm den Kaffee dankend entgegen, murmelte ein »Merci« und fragte sich, in was für einer Scheiße er gelandet war.

»Ich schlage Ihnen ein Geschäft vor, Herr Sobetzko. Sie finden das, was Sie suchen und bringen es mir nach Lüttich. Der Finderlohn wird Sie und Ihre Freunde entschädigen. Sie können zurück nach Polen in die wunderschöne Landschaft der Vorkarpaten fahren, brauchen sich nicht mit Hehlern und korrupten Juwelieren herumzuschlagen, sondern können die Belohnung sofort investieren oder verjubeln. Ganz nach Ihrem Geschmack.« Samuel Goldstein nahm einen Schluck Rotwein, danach griff er zum Wasser.

»Herr Abraham, warum sind Sie an dieser Sache so interessiert?«

»Eine gute Frage, Herr Sobetzko. Lassen wir nun die Spielereien. Reden wir Klartext. Der jüdischen Gemeinde in Tunesien wurde dieser Schatz am Ende des Afrikafeldzugs von der SS geraubt. Sie erpresste verschiedene Gemeinden, so auch auf der Insel Djerba. Gold, Schmuck und vor allem wertvolle Ritualgegenstände wurden in Metallkisten gepackt und sollten Martin Bormann übergeben werden, der im Vorzimmer von Hitler den Zugang zum Führer regelte. Die Kisten sind nie in Berlin angekommen. Es heißt, sie seien vor Korsika versenkt worden, als das Schiff, auf dem sie transportiert wurden, von amerikanischen Jagdflugzeugen angegriffen wurde. Alle Versuche, die Kisten zu finden, sind fehlgeschlagen. Es gab einen Zeugen, der behauptete, die richtigen Metallkisten seien mit einem U-Boot nach Frankreich und von dort mit der Reichsbahn nach Deutschland gebracht worden. Der Mann, ein ehemaliger SS-Soldat, starb kurz nach der Aussage. Nun vermuten wir, ich betone wir, dass dieser Schatz dort liegen könnte, wo Sie ihn suchen. Ein Geheimnis, das nach 77 Jahren gelüftet werden könnte. Die jüdische Gemeinde in Tunesien ist über Ihre Pläne informiert und stellt Ihnen als Finderlohn eine Million Złoty in Aussicht.«

Samuel Goldstein machte eine Pause. Viele Informationen für Adam Sobetzko, der kurz an seinem Kaffee nippte. Sobetzko atmete tief durch. Langsam erkannte er die Dimension des gesamten Unternehmens. Wenn die jüdische Gemeinde in Tunesien von dem Projekt wusste, wusste auch der Mossad davon. Herzlichen Glückwunsch. Er war sicher, dass Herr Abraham ein alter Agent war.

»Warum graben Sie und Ihre Helfer nicht selbst, Herr Abraham?«

»Sehen Sie, Herr Sobetzko, Sie haben den Plan, Sie sind bereit. Wir möchten nicht in Deutschland aktiv werden. Das könnte zu diplomatischen Verwicklungen führen. Sie graben die Kisten aus, bringen sie nach Lüttich, erhalten den Finderlohn und alles ist vorbei. Für Sie und für uns. Ein Kapitel im Buch der Geschichte kann geschlossen werden. Wunden verheilen. Wir alle tun etwas Gutes.«

»Und wenn in den Kisten nur Schrott steckt? Wenn es gar nicht die Kisten für diesen Bormann sind?«

»Machen Sie sich keine Sorgen. Wenn es sechs Kisten sind, sind es die Kisten, die in Zusammenhang mit dem Raub stehen. Nun hören Sie genau zu: Wenn in den Kisten Schrott ist, wie Sie sagen, selbst dann erhalten Sie eine Million, denn wir können einen Haken hinter dieser Spur machen. Verstehen Sie, was ich Ihnen gerade gesagt habe?«

Adam Sobetzko nahm einen großen Schluck Kaffee und musste husten. Das war ein Wort.

»Gibt es dafür eine Sicherheit, Herr Abraham?«

»Das Wort eines alten Juden, der Sobibor überlebt hat und der genau weiß, was der liebe Herr Sobetzko alles in Polen angestellt hat. Sollten Sie versuchen, mit den Kisten zu verschwinden, werden wir Sie finden. Was dann passiert, wissen Sie. Keine Tricks, Herr Sobetzko. Wir überwachen Ihre Schritte.«

»Das habe ich bemerkt.«

»Wie meinen Sie das?«

»Na, der blaue Ford Mustang ist auffällig genug.«

»Der ist nicht von uns«, sagte Samuel Goldstein ernst, klar, hart und bestimmt.

»Sie haben Konkurrenz, Herr Abraham.«

»Also gut. Es besteht die Möglichkeit, dass die Mafia hinter dem Schatz her ist. Sie sucht seit Jahren auf dem Meeresgrund. Aber wie kommen die gerade jetzt auf Sie, Herr Sobetzko? Wir sind es nicht. Sie haben eine

undichte Stelle im Team. Passen Sie gut auf. Wir überprüfen das. Sie hören von mir. Unternehmen Sie morgen
nichts. Sie erhalten von mir Informationen und Hilfe.
Diese Hilfe wird professionell sein. Das werden Sie als
Profi bemerken, Herr Sobetzko. Seien Sie vorsichtig,
wir wollen nicht so kurz vor der Lösung eines Geheim-
nisses alles verspielen.«

»Das gibt zu denken. Es wird gefährlicher.«

»Bevor Sie über eine Preiserhöhung nachdenken, vergessen Sie es. Ganz schnell. Wir haben Mittel und Wege,
Sie aus dem Verkehr zu ziehen, für immer, hier und in
Polen. Der König der Vorkarpaten soll nicht als Wasserleiche in Solina enden, oder?«

Adam Sobetzko presste die Finger aufeinander und
lächelte so, wie er damals zu Beginn seiner Karriere als
König der Vorkarpaten lächelte, wenn er mit dem Chef
der Geheimpolizei zusammentraf, der genau wusste, auf
welchem Friedhof Adam seine Schmuggelware versteckt
hatte. Ertappt. Herr Abraham war eine Nummer zu groß.

»Herr Sobetzko, Sie sind mit der polnischen
Geschichte bestens vertraut. Ich schlage Ihnen vor, Sie
bereiten das Modell *Wawel-Drache* vor. Sie wissen, was
gemeint ist.«

»*Wawel-Drache*«, wiederholte Adam Sobetzko,
dachte an die Legende von diesem Drachen am Weich-
sel-Ufer unterhalb der Königsburg von Krakau, die
ihm in der Kindheit oft erzählt worden war. Er schwieg
einige Sekunden, schaute an Herrn Abraham vorbei in
das Innere des Cafés. »Eine passende Antwort. Ja, der
Wawel-Drache, der könnte es sein.«

»Sie erhalten heute Abend weitere Instruktionen, Herr Sobetzko. Passen Sie auf sich und Ihr Team auf. Schauen Sie sich morgen Aachen an. Fahren Sie nicht zu diesem Vorbahnhof. Am Dienstag sehen wir weiter.« Samuel Goldstein nahm das Rotweinglas, hielt es einen Moment in der Luft, nickte Adam Sobetzko zu und trank den letzten Schluck. »Seien Sie unbesorgt, Herr Sobetzko. Sie sind nicht allein mit Ihren Gefährten. Nun sollten Sie nach Aachen zurückkehren. Sie wissen zu schweigen, sonst wären Sie nicht der König der Vorkarpaten. Also: Au revoir.« Samuel Goldstein winkte dem Kellner. Adam Sobetzko nickte und sagte: »Do widzenia. Auf Wiedersehen.« Er stand auf und ging zur Kirche Saint Pholien.

Samuel Goldstein blieb eine Weile sitzen, dachte über Adam Sobetzko nach, prüfte seine Menschenkenntnis, das, was er in einigen Kursen in der Nähe von Tel Aviv über Gesprächsführung gelernt hatte. Es war lange her. Er dachte an Iris, die mit ihm den Kurs besucht hatte, deren Vorfahren aus Rumänien nach Israel ausgewandert waren, deren Augen wie Sterne funkelten, die bei der Geländeübung mit ihm in einem Unterstand lag. Fast wäre es passiert. Das gehörte zur Übung: das Aushalten der Spannung körperlicher Nähe. Beide hatten den Kurs bestanden. Samuel Goldstein war nach Belgien zurückgekehrt, Iris, deren Nachname er nie erfahren hatte, angeblich nach Bukarest, um in der Endphase der Diktatur von Nicolae Ceauşescu Informationen nach Tel Aviv zu übermitteln. Er glaubte, sie auf einem Video von der Verhaftung des Diktators erkannt zu haben.

Das war das letzte Lebenszeichen. Sein Handy meldete sich. David bat um Rückruf. Er stand auf, winkte dem Kellner, das Geld lag auf dem Tisch. Er nahm den Weg zurück über die Passerelle auf die andere Seite zum Place Cockerill. Niemand war ihm gefolgt. Der Abendhimmel war wolkenlos, tiefes Blau, tiefer als die Nationalfarbe von Israel. Samuel Goldstein stieg die Treppen hoch zu seiner Wohnung und kontaktierte David. Er berichtete über das Gespräch und den blauen Ford Mustang. David verstand. Um 23 Uhr würde ein Plan übermittelt. Samuel Goldstein habe alles richtig gemacht.

Adam Sobetzko fuhr nachdenklich über die A44 nach Aachen. Er nahm die Abfahrt Aachen-Süd bei Eynatten, fuhr an verschiedenen Antikmöbelhäusern vorbei Richtung Aachen-Zentrum. Unterwegs war ihm endlich der Mann eingefallen, an den ihn dieser Herr Abraham erinnert hatte: Sigmund Freud, der Psychoklempner, über den hatte er kürzlich einen Beitrag in TVP 1 im polnischen Fernsehen gesehen. Vielleicht auch ein Psychoonkel, dieser Herr Abraham. Eine Million Złoty. Die Hälfte für ihn, der Rest für die drei. Immer noch eine schöne Summe. 125.000 Euro für eine Woche Arbeit. Kein schlechter Schnitt. 40.000 Euro für jeden aus seinem Team. Damit würden sie in Polen viel anfangen können. Adam Sobetzko sah keine andere Möglichkeit. Die Drohung mit dem Geheimdienst war klar und deutlich gewesen. Ungeklärte Todesfälle von Nazi-Kollaborateuren in Polen wurden hin und wieder dem Mossad zugeschrieben. Die Regierung schwieg. Die polnischen Ganoven beobachteten es aufmerksam.

Um 22.15 Uhr parkte Adam Sobetzko den Range Rover in der Tiefgarage des Hotels *Aquis Grana*. Amelia war eingeschlafen, Jurek unterdrückte seine Unruhe mit Fernsehen und einigen Flaschen Bier. Bartosz war verschwunden, nachdem er mit Jurek Wodka mit ukrainischem Speck aus dem Reiseproviant vertilgt hatte. Bartosz blieb danach verschwunden.

TOTO SOLL ONKEL KRAPOHL ANRUFEN

»Toto soll Onkel Krapohl anrufen, richten Sie das aus. Verstanden?« Krapohl tauchte um 17.30 Uhr am frühen Sonntagabend in der Pizzeria *Padre Padrone* auf, als erste Gäste eintrafen. Jagoda nahm Bestellungen entgegen. Weil Krapohl keine Zeit vertrödeln wollte und sonst niemanden vom Personal sah, griff er Jagoda am Oberarm und sagte ihr zweimal den Satz, den Toto ihm verklickert hatte. Jagoda roch Schweiß, Nikotin, Alkohol und Brutalität, nickte ängstlich und wiederholte: »Toto soll Onkel Krapohl anrufen. Sage ich ihm. Er kommt gleich.«

»Ich habe keine Zeit, um auf den Spaghetti zu warten. Sag ihm das sofort, ist wichtig. Ciao.« Krapohl verließ die Pizzeria, in der zehn Minuten später Toto in Trainingshose auftauchte, um wie an jedem Abend die Kasse zu machen. Jagoda richtete ihm den merkwürdigen Spruch aus. Toto verschwand hinter der Küche im Vorratsraum, um mit Krapohl zu telefonieren.

»Allora Krapoll!«

»Hör zu, mein lieber Toto. Die Polacken waren am Vorbahnhof in Düren. Irgendwo sind zwei von denen rumgelaufen. Ich habe keinen Bock auf ein Massaker. Also, wenn ich diese Scheißkisten besorgen soll, brauche ich Infos. Capito?«

»Krapoll, porca miseria, sollen wir machen alleine? Bist du große Krapoll oder kleine Schwanz?«

»Hör zu, Spaghetti, noch so eine Bemerkung, und du liegst scheibchenweise auf deiner Pizza, du Arsch. Ich werde nicht vier Leute umnieten für die paar Piepen. Wer hat den Plan vom Schatz? Wer ist der Informant? Raus mit den Infos, sonst kannst du weiter Tortellini braten.«

»Nicht braten, Krapoll. Du keine Ahnung von italienische cucina, du nur Sauerbraten, Schnitzel. Allora, pass auf die kleine Kellnerin auf, die bekommt heute Besuch von eine von die Truppe, diese Mann kann deutsche Sprache. Schnapp dir. Rest ist deine Sache. Capisce?«

Toto gab ihm die Adresse von Jagoda in der Turmstraße. Dann legte er auf.

»Scheiße«, sagte Krapohl. Entführung war nicht vorgesehen. Geht nicht anders. Wir schnappen uns den

Kerl, grillen ihn ein wenig, fahren zu der Stelle, graben die Scheiße aus, bringen den Klumpatsch zu Pippo oder Toto, kassieren die Knete, gut ist. Was machen wir mit dem Typ? Na ja. Wenn wir mit Masken arbeiten, wird er uns nicht erkennen, dachte er.

Als Toto aus der Vorratskammer zurückkehrte, lächelte er sein schönstes Totolächeln und winkte Jagoda zu sich. Sie könne heute um 21 Uhr Schluss machen. Ganze Woche viele Arbeit. Auch ein bisschen Spaß für Jagoda. Dann steckte er ihr 50 Euro zu, zwinkerte mit dem rechten Auge, wie er es in billigen Mafiafilmen gesehen hatte, und gab ihr einen Klapps auf den wohlgeformten Po. Jagoda dankte ihm mit einem Wangenkuss und rief während einer kurzen Pause Bartosz an. Damit nahm das Schicksal seinen Lauf, das Schicksal, das den Namen Krapohl trug.

Krapohl und Papesch parkten mit einem von Eisenbahnsiggi gestohlenen Kleintransporter vor dem Eingang von Jagodas Mietshaus. Als sie gegen 21.15 Uhr, früher als sonst, von der Arbeit kam, wurden die beiden Herren aus der Unterwelt munter. Kurze Zeit danach erschien Bartosz, der just in dem Moment, als er auf die Klingel drücken wollte, einen Stromschlag von einem Elektroschocker spürte. Krapohl und Papesch packten ihn, warfen den betäubten Körper in den Lieferwagen und brausten davon. Sie fuhren auf den Rastplatz Aachen-Süd. Dort stand Eisenbahnsiggi mit dem Mustang. Sie betäubten Bartosz mit einer weiteren kräftigen Dosis. Die drei Schatzsucher warteten bis 4.30 Uhr, bevor sie nach Düren aufbrachen. Kurz nach 5 Uhr würde die Sonne aufgehen. Im Wagen lagen Spaten und Hacke. Alle drei waren optimistisch.

Adam Sobetzko konnte seine Wut kaum unterdrücken. Bartosz, dieses Rindvieh, war wieder in der Stadt versackt. Er meldete sich nicht an seinem Handy. Niemand wusste, wo er sich herumtrieb. Kein gutes Zeichen. Adam arbeitete gerade an einem Plan, von dem Amelia und Jurek nichts wissen sollten. Es sei besser für beide, wenn sie keine Einzelheiten kannten. Amelia war diese Geheimnistuerei nicht fremd. Jurek war besorgt wegen Bartosz und fügte sich. Adam hatte das Gefühl, dass die Chose aus dem Ruder lief. Gegen 23.30 Uhr rief ihn Samuel Goldstein an.

»Herr Sobetzko, am Dienstagmorgen fährt einer von Ihren Leuten mit Ihrem Range Rover auf die A544, dann A44 Richtung Düsseldorf, Abfahrt Alsdorf, von dort aus über Landstraßen nach Heerlen in den Niederlanden. Dort geht es auf die Autobahn nach Maastricht. Abfahrt Maastricht und dort in das Parkhaus unter dem Centre Ceramique. Die Person nimmt die Fußgängerbrücke über die Maas und stellt in der Onze lieve Frauenkerk drei Kerzen auf. Danach geht die Person zum Parkhaus unter dem Vrijthof. Dort steht ein weißer Fiat Doblo mit Werbung für *Jupiler*-Bier. Der Schlüssel liegt hinter dem linken Vorderrad. Die Person fährt nach Lüttich und parkt an der Kirche Saint Pholien. Sie und die beiden anderen nehmen einen Toyota Land Cruiser vom Wasserverband Eifel-Rur, der hinter dem Parkhaus Blondelstraße parkt. Schlüssel hinter dem linken Vorderrad. Sie finden darin alles, was Sie benötigen, um zu graben. Haben Sie die Kisten, fahren Sie unverzüglich zur Kirche Saint Pholien. Dort gebe ich Ihnen weitere Instruktionen. Sie werden eine Woche abtauchen müssen, damit Ruhe einkehrt. Ich habe in Heimbach im Hotel *Seehof* auf Ihren Namen Zimmer reserviert. Dort verschwinden Sie. Wir brauchen keine Spur nach Belgien. Verstanden?«

»Ja, habe ich, aber einer fehlt.«

»Was heißt das?«

»Einer meiner Mitarbeiter fehlt seit heute Abend. Ich vermute, er wurde entführt.«

»Kennt Ihr verschwundener Freund den Platz?«

»Nein. Mit ihm war ich nicht dort. Er kennt den Platz nicht.«

»Sie werden den Mann verlieren. Das ist Ihnen klar?«

»Ich möchte ihn nicht verlieren. Er sprach Deutsch. Deshalb haben wir ihn mitgenommen. Er ist Musiker.«

»Das war ein Fehler, Herr Sobetzko! Mit Amateuren kann man diese Aufgabe nicht bewältigen.«

Adam schwieg, biss die Zähne aufeinander und überlegte, ob er alle Anweisungen verstanden hatte. Als Soldat der Kriegsmarine hatte er Befehle behalten und wiederholen müssen. Er war gut darin gewesen.

»Dienstagmorgen. So machen wir das.« Beide legten auf. Amelia schaute ihn fragend an. Adam Sobetzko schnappte die Flasche Mineralwasser vom Nachttisch und trank sie leer. Er nahm Notizblock und Bleistift aus der Schublade und notierte auf Polnisch die Anordnungen von Herrn Abraham.

UND ER SAGTE KEIN WORT

Am Montagmorgen, 29. Juni 2020, gegen 5.30 Uhr, hielt der Kleintransporter, in dem Bartosz noch leicht betäubt auf der Ladefläche lag, vor dem Tor zur Bahnanlage des Vorbahnhofs in Düren. Krapohl saß am Steuer, Papesch packte die Pionierzange, stieg aus, setzte sie an der Kette an. Es klickte kurz, das Tor war offen. Sie fuhren so weit wie möglich in das unwegsame Gelände hinein. Im Laderaum wachte Bartosz langsam auf und befürchtete, dass dieser Tag nicht gut für ihn verlaufen würde. Er hatte Höllenangst. Um 6.30 Uhr war die Befragung von Bartosz beendet. Krapohl hatte ihm die Pistole mehrfach an den Kopf gesetzt, aber Bartosz hatte keine Ahnung, wo Rommels Gold vergraben lag. Er hatte Adam und Jurek bei der ersten Suchaktion nicht begleitet. Krapohl, der Choleriker, schoss ihm zunächst mit der Beretta in die linke Kniescheibe, danach in die rechte. Bartosz konnte trotzdem nichts verraten. Krapohl schoss ihm in die Stirn. Papesch, der Schmiere gestanden hatte, verdrehte die Augen, als er die Schweinerei im Wagen sah. Er hatte nichts gehört. Durch den Schalldämpfer war kein Laut nach draußen gedrungen. Der Mord ließ ihn kalt. Er war einkalkuliert.

»Das war wohl nichts«, stellte Papesch lapidar fest.

»Schnauze. Den müssen wir loswerden. Ich weiß schon, wo.« Krapohl setzte sich ans Steuer und fuhr zum Regenwasserrückhaltebecken auf der anderen Seite der Bahnlinie. Kurz vor 7 Uhr, noch waren keine Hundehalter unterwegs, ruckelte er mit dem Kleintransporter bis zum stinkenden Wasserbecken. Die Sonne schien aus dem Osten. Vögel zwitscherten. Papesch und Krapohl hoben Bartosz von der Ladefläche und warfen den Leichnam in die Brühe. Bartosz trieb langsam zum Ablauf des Beckens hinüber. Durch seinen grauen Anzug war er kaum wahrnehmbar. Krapohl und Papesch drehten um und fuhren zu Eisenbahnsiggi, der auf dem Parkplatz vom Bauhaus in Düren im Ford Mustang auf die beiden wartete.

»Und? Schatz geladen?«

»Scheiße mit Schatz. Wir müssen deine Kiste entsorgen. Ab nach Aachen. Du fährst den Transporter, wir fahren vor dir im Ford Mustang.«

Eisenbahnsiggi schaute auf Papesch, der verdrehte die Augen: schiefgelaufen. Ein Blick in den Kleintransporter überzeugte ihn, dass die Karre unbedingt verschwinden musste. Eisenbahnsiggi schluckte kurz. So war das. Tote hatte es immer gegeben. Ohne Gewalt kommt der Gewaltverbrecher nicht zu seinem Ziel. Sonst wäre er kein Gewaltverbrecher geworden, sondern Suppenkoch bei der Heilsarmee.

»Der Wagen muss abgefackelt werden. Am besten irgendwo in den Ardennen«, sagte Krapohl. Skrupel kannte keiner von den dreien. Ihr Leben bestand aus drinnen und draußen: Justizvollzugsanstalt.

»Und nu? Die Polen merken doch, dass ein Mann fehlt. Die sind nicht blöd. Wenn die abhauen, haben wir einen Mord an den Hacken, keinen Schatz, Auftraggeber stinkesauer – und wir haben die Arschkarte und keine Flocken. Scheiße.« Papesch bekam sich nicht ein. Krapohl, der jetzt am Steuer vom Mustang saß, sah es anders.

»Von wegen. Die werden Gas geben, um die Kacke auszugraben. Dann schnappen wir uns die Truppe, nieten sie um und erhöhen bei Pippo den Finderlohn. Die sind nicht so blöd und fahren Tausende Kilometer, um in diesem Moment abzuhauen. Außerdem wissen die nicht, ob ihr Kumpel die Biege gemacht hat. Das war kein Profi. Das war ein Amateur. Der kann kalte Füße bekommen haben.«

»Und die Kleine, die gestern Abend auf ihn gewartet hat?«

»Was soll die machen? Zur Polizei laufen und einen erwachsenen Stecher als vermisst melden? Sie kann sich bei Toto ausheulen. Der besorgt es ihr. Die schweigt. Die hält die Klappe. Sag dem Eisenbahntrottel hinter uns, wir fahren bei Kalterherberg auf die belgische Seite. Da fackeln wir die Kiste ab, lassen die Beretta verschwinden und zurück nach Aachen. Wir müssen die restlichen Polen im Hotel im Blick behalten.« Papesch rief Eisenbahnsiggi im Kleintransporter an und teilte ihm die Planänderung mit.

So fuhren an diesem Montagmorgen die drei Ganoven in die Ardennen, Bartosz dümpelte im Regenwasserrückhaltebecken, Adam Sobetzko beruhigte Amelia und Jurek. Jagoda lag betrunken im Bett. Sie ahnte, dass etwas mit Bartosz passiert war und hatte sich mit Wodka betäubt. Toto wartete auf einen Anruf von

Krapoll, Pippo la bocca dachte über die Gesichter der Onkels in Tropea nach, wenn er mit dem Schatz auftauchen würde, und Kommissar Michael Fett saß im neuen Präsidium und versuchte mit Daniela Conti, alte Fälle zu lösen. Der Fall Bartosz war noch nicht bei ihnen gelandet.

DER FREUNDLICHE SILVIO

»Danke für die Fahrradtour gestern.«

»War mir ein Vergnügen.« Fett schaute zu Conti hinüber, die als Kind eines italienischen Gastarbeiters und einer deutschen Mutter in Bottrop auf die Welt gekommen war. Er mochte es, wenn sie von den Reisen nach Italien erzählte, den regelmäßigen Besuchen beim Onkel in Cortona. Am Sonntag waren beide mit dem Rad durch das Mergelland gefahren und abends im Restaurant *Dschingis Chan* eingekehrt.

»Wie war das damals in Cortona? Sie haben Andeutungen gemacht über Ihre pubertäre Liebe.«

»Erzähle ich Ihnen in der Kantine, bei Sauerkraut mit Nürnberger Würstchen. Passt zu diesem heißen Wetter wie ein Amarenabecher in die Arktis.«

Fett lachte und schaute auf den Speiseplan für diese Woche. »Griechischer Bauernsalat und Ravioli als Alternative.«

»Ich den Bauernsalat, Sie die Nürnberger. So gut kenne ich Sie inzwischen.«

Wo sie recht hatte, da hatte sie recht, dachte Fett. Um 12 Uhr standen sie in der Schlange an der Essensausgabe und suchten sich in der Kantine im neuen Polizeipräsidium einen Tisch mit Ausblick auf die Niagara-Autowaschstraße.

»Allora: Cortona. Kenne ich. Hab' einen Sprachkurs da gemacht«, begann der Kommissar das Gespräch.

»Si, haben Sie erzählt. Sie kennen sogar die Bar *Lucca Signorelli*?«

»Die schönste Bar, die ich bei meinen wenigen Reisen in Italien kennengelernt habe. Mein Lieblingsort. Neben dem kleinen Park am Ende des Ortes, in dem ich nach dem Kurs am Morgen meine Panini gegessen und auf den Lago Trasimeno geschaut habe.«

»Dann können wir das Gespräch auf Italienisch fortsetzen.«

»Ho dimenticato tutto oder so. Ich habe alles vergessen.«

»Sie übertreiben. Wie immer, Chef.«

»Ihre Geschichte, Frau Conti.«

»Die hat mit den Giardini Pubblici zu tun. Es war in den Herbstferien. Ich war 16 oder 17, und dort im Park gab es eine Osteria mit einem wunderschönen Kellner namens Silvio.«

»Aber nicht Berlusconi!«

»Mamma mia. Jeder deutsche Mann, dem ich die Geschichte erzählt habe, erwähnte sofort Berlusconi. Haben wir da ein Problem, Herr Fett?«

Fett lachte. »Sie sehen, wie die deutschen Männer konditioniert sind. Der alte Bungabunga-Hengst hat sich in die DNA der Männer gefressen. Wahrscheinlich sind wir insgeheim neidisch auf den Pseudo-Casanova.«

»Das muss es sein. Also es war nicht Silvio Berlusconi, sondern Silvio Sole, wie die Sonne. Wir trafen uns am Vormittag, bevor die Osteria öffnete und nach seiner Arbeit. Es war ein milder Herbst. Wenn die Sonne schien, konnten wir im Park sitzen. Er kam aus Kalabrien, ich hörte es an seinem Dialekt. Er sagte, dass er Geld verdienen wolle, um später zu studieren.«

»Eine Liebesgeschichte, storia amore oder so ähnlich.«

»Ja, bis zu dem Tag, an dem er verschwand. Kurz vor dem Ende der Ferien war er wie vom Erdboden verschluckt. Der Wirt wusste von nichts. Er gab mir seine Adresse, ein möbliertes Zimmer bei einer Witwe. Auch sie wusste nicht, wo Silvio abgeblieben war. Einige Monate später kaufte ich für meinen Vater im Bahnhofskiosk eine italienische Tageszeitung. Da schaute mir Silvio in die Augen. Er wurde gesucht; als angeblicher Mafia-Killer, der in Rom einen Gastwirt und einen Polizisten erschossen hatte. Er war ein Schläfer der Mafia. Abrufbereit, wenn man ihn brauchte. Das war meine Affäre mit Silvio.«

»Haben Sie die Carabinieri über ihn informiert?«

Sie zögerte. »Si, anonym. Später, als ich beim BKA war, habe ich die Fakten bei Interpol überprüft. Silvio wurde zum schlafenden Killer ausgebildet. Er wurde gefasst und verurteilt. Ich glaube, er sitzt heute in einem Hochsicherheitsgefängnis bei Turin.«

»Story of your life?«

»Nein, bestimmt nicht. Da gibt es andere. Lassen wir das. Die alten Fälle rufen.«

»Sollen sie rufen. Wir sind chronisch unterbesetzt. Das schaffen wir sowieso nicht mehr. Dazu all die Anzeigen aus dem Hambacher Forst und aus Erkelenz, wo die nächsten Dörfer abgebaggert werden. Was hat den Innenminister geritten, Aachen damit zu beauftragen?«

»Vielleicht hat sich der alte Polizeipräsident darum gerissen?«

»Offenhaus? Glaube ich nicht. Eher hat Köln abgelehnt. Die haben genug Probleme mit Clans, Drogen, Karneval und Hooligans.«

Am Nachmittag konzentrierten sie sich auf Altfälle. Um 17 Uhr fuhren sie in die Stadt zurück. Auch Daniela Conti war mit dem Fahrrad unterwegs.

»Wir sind die Vorboten der Verkehrswende.« Fett fuhr neben ihr die Trierer Straße hinunter. Er dachte an die Kommunalwahl im September, die Angebote der Parteien, die Verkehrswende. Als sie in die Promenadenstraße einbogen, wo Contis kleine Wohnung lag, überfiel Fett ein Abschiedsgefühl, das er gar nicht mochte.

»Wollen wir einen Sundowner nehmen? Ich lade ein.« Er lächelte sie an wie ein schüchterner Junge seine Klassenkameradin, mit der er seit Monaten ein Eis essen möchte.

»Warum nicht.« Conti blinzelte verschmitzt. »Wenn der Chef verspricht, nicht über Tote und alte Fälle zu sprechen.«

»Frau Conti, nur über die Schönheit italienischer Frauen!«

»Vorsicht! Attenzione. Ich bin in Deutschland geboren.«

»Die Italienerinnen sind doch besonders reizend, klug und charmant!«, legte Fett nach.

»Wohin?«

»Wir probieren das Eiscafé am Dom aus. Da ist es nicht so voll, und der Dom verbietet Gespräche über Mord und Totschlag in seinem Schatten.«

Gut gelaunt fuhren sie mit ihren Rädern los. Fett mit seinem Klapprad, Conti auf ihrem *Bianchi* Vintage Rennrad in Ferrarirot. Sie ketteten die Räder an der Hartmannstraße, Ecke Münsterplatz an und fanden einen Tisch unweit der Ungarnkapelle.

»Wer wird denn Oberbürgermeister in Aachen, Herr Fett?«

»Oberbürgermeisterin, Frau Conti, Oberbürgermeisterin.«

»Gewinnt die Kandidatin?«

»Könnte sein. Die Jugend wählt grün, die Studenten wählen grün. Alle Kandidaten sind neu. On verra. Wir werden sehen. Ich vermute, dass die grüne Kandidatin in die Stichwahl kommen wird.«

»Und wenn sie gewinnt?«

»Werden neue Akzente gesetzt. So ist das in der Politik. Wir mit unseren Fahrrädern sind die Speerspitze der Bewegung. Leider sind wir nicht im richtigen Dresscode.«

»Wie meinen Sie?« Sie schaute ihn fragend an.

»Sie sind zu chic angezogen. Uns beiden fehlen Signalweste, Helm und vor allem das Lastenfahrrad.« Sie lachten.

Ein Kellner brachte die Karte, beide bestellten gemischte Eisbecher mit Sahne und einen Espresso.

»Seltsame Einigkeit«, stellte Fett fest. »Möchten Sie nicht so einen tropischen Fruchtbecher oder eine Cassata-Bombe?«

»Sehe ich so aus?«

»Nein. Sie sehen bezaubernd aus, und dieser Eisbecher aus der Kindheit, drei Kugeln und sonntags mit Sahne, der ist so schön aus der Zeit gefallen wie unsere Armbanduhren. Sie messen nicht unsere Herzfrequenz.«

»Kommt noch, Kollege Fett. Kommt noch. Die smarte Stadt der Zukunft wird einige Überraschungen bringen.«

»Sie interessieren sich dafür? Haben Sie Geheimwissen?«

Conti lachte. »Si, ja, wir Halbitalienerinnen stehen mit den geheimen Mächten des Alls in Verbindung. Quatsch. Aber bald werden wir alles erfassen, wird künstliche Intelligenz überall eingesetzt, da wird der Film *Minority Report* wie ein Märchen erscheinen.«

Fett versuchte den Inhalt zu rekapitulieren. »Ging es in dem Film nicht um die Vorhersehbarkeit von Verbrechen?«

»Si, so ungefähr.«

»Sie stehen auf Tom Cruise?«

»Eher Marcello Mastroianni oder Michel Piccoli.«

»Beide tot. Gerade im Mai Michel Piccoli. Sie suchen sich tote Männer aus, Frau Conti. Denken Sie an die lebende Krone der Schöpfung.«

Fast hätte Daniela Conti den Eislöffel fallen gelassen. »Die Krone der Schöpfung ist gut. Sehr gut.« Ein Klecks Erdbeereis breitete sich auf ihrem linken Oberschenkel aus. Fett reichte ihr eine Serviette, um die hellblaue Jeans zu retten.

»Lieber Herr Fett, bitte kommen Sie nie mit einem Rucksäckchen ins Büro, an dem außen ein Bärchen hängt oder Pippi Langstrumpf tanzt. Bitte, tun Sie mir das nicht an. Auch nicht die Funktionskleidung der Fahrradrowdys, die vorne aus der Schmiedstraße über den Münsterplatz kacheln, denen es egal ist, ob da Kinder spielen oder eine Oma mit Rollator zur Buchhandlung *Schmetz* wackelt. Bitte. Diese Infantilisierung des Alltags, diese Verkindlichung erwachsener Männer ist mir in Deutschland ein Gräuel.«

»Sagt die Redende.«

»Wie meinen?«

»Gendergerechtigkeit, liebe Frau Conti. Die Kastration der Sprache für ein höheres Ziel, für die universale Gerechtigkeit, für die Gleichheit von allen mit allen, für die Wiedergutmachung an den Verdammten dieser Erde.«

»Was war denn das für eine Aufzählung?«

»Ich – alter weißer Mann, Sie – schöne Frau mit Migrationshintergrund. Ich – Grundübel der Welt, Sie – Rettung der Welt zusammen mit allen Frauen, Menschen anderer Hautfarbe, Flüchtlingen und geschlechtlich wie auch immer orientierten Wesen.«

»Wesen?«

»Warten Sie ab. Bald bekommen wir eine besondere Task Force: die Sprachpolizei. Die werden auf jedes Wort achten. Zusammen mit einer bestimmten App können Sie Plus- oder Strafpunkte sammeln. Ihre Sprache wird überwacht. Sagen Sie zum Beispiel das Wort ›Milchmäd-chenrechnung‹, bekommen Sie sofort 100 Strafpunkte. Die können Sie tilgen, wenn Sie oft genug das Partizip anwenden: also nicht mehr von Willy Schell, dem Sänger sprechen, sondern von dem Singenden, dem Opernsin-genden Willy Schell, Herrn Ramrath von der Gaststätte *Am Knipp* nicht Wirt nennen, sondern den Bewirten-den, wenn Sie statt ›Russenei‹ den Salat ›Russ-innenei‹, mit Pause im Wort, aussprechen. Dann bekommen Sie Fleißkärtchen. Sprechen Sie überhaupt nicht genderge-recht, droht Ihnen ein Umerziehungslager in Claudia Roths Ferienhaus in der Türkei. Ist zwar ein Einfami-lienhaus, das wird Frau Roth rapido zu einem Mehrge-nerationenhaus umetikettieren. Einfamilienhäuser wer-den in Zukunft verboten, genauso wie Kaminöfen: die Emissionen, die Emissionen. Zur Sprachpolizei gehö-ren ausschließlich ehemalige Gleichstellungsbeauftragte mit Doppelnamen. Zwingende Voraussetzung: Studium der Sozialpädagogik. Nicht eingestellt werden Wesen, die Germanistik, Linguistik, Philosophie oder Deut-sche Philologie studiert haben. Glattes Killerkriterium. Die Innenstädte werden begrünt, der Wald zieht in die

Stadt, aus Europaletten werden Hochbeete und Liege-
stühle gebastelt, an den Straßenschildern hängen alte
Mayonnaise-Eimer, lieblich angemalt und mit Stiefmüt-
terchen bepflanzt.«

»Sie steigern sich in was rein, Chef. Sie machen mir
Angst.«

»Ihnen macht niemand Angst.« Er lachte. »Kleiner
Blick in die nahe Zukunft von einem weißen Mann,
dem Untersuchungsobjekt der Kritischen Weißseins-
forschung. Gibt es. Schlagen Sie es nach. Diese Mischung
aus humorlosen Beratungstanten, ideologischen Sprach-
puristen, Menschheitsbeglückern und Fahrradaposteln
strebt nach Macht und Umerziehung. Sie basteln eine
Welt, in der Betroffenheit das Letztkriterium darstellt.
Leider nicht meine Betroffenheit, sondern ihre. *Was ihr
den Geist der Zeiten heißt, das ist im Grund der Herren eigner Geist.*«

»Goethe, *Faust I*, Bravo! Darauf einen Crémant«,
sagte Conti, die diese Seite von Fett in den letzten Monaten nicht entdeckt hatte. »Den zahle ich. Im Jahrhundert
der Emanzipation. Keine Widerrede vom Ermittelnden.
Sonst denunziere ich Sie bei der Frauenbeauftragten, und
Sie kommen vor den polizeilichen Tugendausschuss. Das
ist kein Zuckerschlecken. Zack, gehen Sie wieder Streife
oder Hundestaffel, weil Sie es mit Menschen nicht können. Ich rufe mal den Kellnernden.« Sie bestellte zwei
Gläser eiskalten Crémant, der sofort verzischte, während
beide schmunzelten. Sie ahnten nichts von dem neuen
Fall an diesem Montag, dem 29. Juni 2020. Noch zwei
Tage bis Mittwoch am Regenwasserrückhaltebecken.

HINTER KALTERHERBERG

Hinter Kalterherberg, dort, wo die Bundesstraße 258 nahe an Belgien grenzt, bogen Krapohl, Papesch und Eisenbahnsiggi in ein Waldstück ein. Die Trockenheit hatte die Wege befahrbar gemacht. Der Kleintransporter und der Mustang ruckelten über eine Schlaglochstrecke zu einem verlassenen Steinbruch, den Krapohl kannte, weil er dort vor Jahren einen zahlungsunwilligen Geschäftsmann hatte verschwinden lassen. Im Steinbruch füllten sie Benzin ab und steckten den Kleintransporter in Brand. Eisenbahnsiggi hätte den Wagen gerne auf einer Lichtung angezündet, Krapohl zeigte ihm einen Vogel und bemerkte, dass »Doof« auf Siggis Stirn stand. »Willst du die Ardennen abfackeln, oder was? Dieser blöde Wichser hat nichts in der Birne außer Märklin-Eisenbahn.« Sie rasten mit dem Ford Mustang nach Aachen, Krapohl geladen und schlecht gelaunt, die beiden anderen eher durstig und frustriert, denn der Job war nicht der Spaziergang, den Krapohl versprochen hatte. Von Mord war nicht die Rede gewesen.

»Ab in die *Hopfenklause*. Und jetzt Plan B. Papesch beobachtet das Hotel. Setz dich so, dass du den Eingang und die Tiefgaragenausfahrt kontrollieren kannst.«

»Soll ich mich aufs Monster Bahkauv setzen, oder was? Oder soll ich Bahkauv spielen, das Bachkalb, das betrunkene Männer in den Sumpf der Aachener Quellbäche geschleppt hat?«

»Schnauze, du Idiot. Da, am Aachen-Fenster. Hock dich auf den Boden wie ein Penner, leg deine Schiebermütze auf den Bürgersteig, verdienste was und hast alles im Blick.« Eisenbahnsiggi lachte rachitisch.

»Halt den Sabbel, du Lokführer. Hätten wir auf dich gehört, stünde die Eifel in Flammen.«

»Alle wären von uns abgelenkt«, säuselte Eisenbahnsiggi.

»Da ist was dran. Doch nicht so doof. Merken wir uns für den zweiten Aufschlag in Düren.«

»Was macht denn Chef Krapohl?«, fragte Papesch.

»Ich muss mit dem Idioten Toto telefonieren. Die Itaker sollen Ruhe bewahren. Warum die so heiß auf den Scheiß sind, weiß der Teufel. Bestimmt irgendeine Profilierungsneurose von Pippo.«

»Was für 'ne Soße?« Eisenbahnsiggi hörte nicht mehr so gut. All die Geräusche der Loks, die Pfiffe und das Bimmeln hatten sein Gehör beeinträchtigt.

»Sauerbratensoße, du Idiot! Wir müssen was essen und uns stärken. Irgendeine Idee?«

»Chinese!«, brüllte Papesch.

»Currypalast!« Eisenbahnsiggi dachte an ein Champignonrahmschnitzel mit Pommes und Salat.

»Theaterplatz. Wir fahren zur Kantine am Theaterplatz. Da kriegt unser Lokführer sein Schnitzel und wir Mutters Küche. Papesch, nach dem Menü gehst du zum Hotel. Siggi beschafft eine neue Karre mit Schaufel und Spaten. Die Beretta entsorge ich derweil in der Stauanlage Diepenbenden, und wir treffen uns um 18 Uhr vor dem *Café van den Daele*. So, ab zu Heinz Stoff in die Kantine, futtern wie bei Muttern. Mal hören, ob sein Hahn Caruso noch lebt, denn letzte Woche gab es Hähnchenschenkel.«

Krapohl drückte auf die Tube, und kurz vor 12 Uhr waren sie am Theaterplatz. Früh genug, um sofort vom Küchenchef Heinz Stoff bedient zu werden, bevor die alte Garde aus der Umgebung, Rentner, Witwen und Paketzusteller, in der Pause zum Essenfassen antrat. Möhrengemüse mit Hackbraten, Bauernsalat mit Schafskäse und Jägerschnitzel mit Pommes standen auf der Tageskarte. Caruso habe überlebt, so Heinz Stoff auf Nachfrage.

Luftlinie 200 Meter entfernt saßen Adam, Amelia und Jurek zusammen. Adam beruhigte die beiden. Bartosz werde schon auftauchen. Heute sei Ruhe angesagt. Er erklärte ihnen den Plan für Dienstag, und sie erfuhren von seinem Kontakt in Lüttich und dem Finderlohn. All die Informationen verdrängten zwar nicht die Sorge um Bartosz, aber sie waren so beschäftigt mit den Neuigkeiten, dass beide ruhiger wurden. Adam Sobetzko dachte darüber nach, wie dieser Abraham von den Plänen erfahren haben könnte. Nur sie vier und der alte Mateusz Nowak kannten den Plan: Mateusz, Adam, Jurek, Amelia und Bartosz. Amelia und Bartosz wussten etwas von einem Schatz, nichts von Rommel, der SS und dem möglichen Wert. Blieben alleine Jurek und dessen Großvater Mateusz. Der Großvater hatte 77 Jahre geschwiegen. Jurek hatte erst durch ihn etwas erfahren. Warum sollte er irgendwo geplaudert haben? Damian! Damian, dieser kleine Pinscher. Der hatte im

Internet rumgeschnüffelt, um den Standort zu überprüfen. Damian musste Spuren hinterlassen haben. Er war Adam nie geheuer gewesen, allerdings der Einzige, der mit der verfluchten Technik umgehen konnte. Und wie waren diese Ford Mustang Typen auf ihn gekommen? Kaum in Aachen, erschienen sie auf der Bildfläche. Adam fand keine Antwort. Er nahm eine heiße Dusche, Amelia und Jurek bestellten Essen aufs Zimmer. Dienstag würde ein entscheidender Tag werden.

Um 17 Uhr tauchte Krapohl in der Pizzeria *Padre Padrone* auf. Er war satt vom Hackbraten. Wieder lief diese gut aussehende Kellnerin im Laden rum, deren Lover sie eben erst ins Jenseits befördert hatten. »Sag Toto, er soll Onkel Krapohl anrufen. Kennste ja, schöne Maus.« Er gab ihr einen Klapps auf den Po und verschwand. Die Sorge in Jagodas Augen sah er nicht. Nach 30 Minuten meldete sich Toto das Messer bei ihm.

»Allora?«

»Scheiß auf allora. Hör genau zu, Toto-Maus. Dein Informant, der sieht die Radieschen von unten.«

»Was mit Radi?«

»Der ist tot. Capito? Der wusste nichts. Sackgasse. Finito. Sag Onkel Pippo, er muss was drauflegen. Krapohl hat einen Toten am Arsch. Wenn Pippo nichts drauflegt, kommt ihr dran. Noch mal 50.000. Verstanden?«

»Muss ich reden mit Pippo. Idiot.«

»Selber Idiot. Wir bleiben dran an den Scheißkisten. Wenn ich die habe, melde ich mich. Um 20 Uhr will ich die Zusage von Pippo. Sonst finito mit der Vorstellung.« Krapohl beendete das Gespräch, das er vom Stadtpark in Aachen geführt hatte. Kurz danach traf er in der *Hopfenklause* ein. Dort lungerten die dicke Hanni und Eisenbahnsiggi an der Theke rum. Toni putzte Gläser. Spargel-Leo, der im Frühjahr in Heinsberg Spargel stach, hielt sich mehr am Flipper fest, als er damit spielte. Papesch war wieder auf Toilette.

»Wodka, Pils, Toni. Aber zacki!«

HEERLEN, MAASTRICHT, LÜTTICH

Amelia trug eine Jacke von Adam, dazu Basecap und Sonnenbrille. Sie stieg am Dienstag gegen 5 Uhr morgens in den Range Rover, in dem das gesamte Gepäck der drei verstaut lag, programmierte das Navi auf die vorgesehene Strecke und fuhr aus der Ausfahrt. Am Büchel verharrte sie einen Moment.

Krapohl, Papesch und Eisenbahnsiggi hatten seit Montagabend im Ford gedöst, nur Krapohl entging nichts. Er hatte vor dem Aachen-Fenster geparkt, startete das Kraftpaket und folgte mit Abstand dem Range Rover.

»Es geht los, ihr Schnarchsäcke. Heute graben wir den Schatz aus. Sollen sie mal machen. Wir greifen ihn am Ende ab.«

Krapohl folgte Amelia auf die Autobahn, wo sie die Auffahrt auf die A44 nahm und im Baustellenbereich brav mit der vorgeschriebenen Geschwindigkeit fuhr.

»Wo fahren die hin, Krapohl?«

»Ablenkungstour. Die wollen uns abhängen. Nicht Onkel Krapohl. Heute mit der Schnellfeuerpistole. Wenn mir das zu bunt wird, gibt es was zwischen die Hörner.«

»Könnte es sein, dass die den Klumpatsch schon ausgegraben haben und damit ins Ausland türmen?« Papesch dachte laut mit. »Immerhin fehlt ein Kumpel, der jetzt in dem Klärloch liegt.«

»Umso besser. Wir schnappen uns das Gerümpel, wenn sie aussteigen. Klassische Nummer. Knarre vor die Nase, Beute in unsere Kiste, Zündschlüssel abnehmen, Handys weg und ab über alle Berge. Bereitet euch darauf vor, haltet die Sturmmasken griffbereit ihr Schnarchbären. Papesch, bist ja gar nicht so blöde wie du aussiehst.«

Amelia fuhr über Kerkrade auf die Autobahn und bei Heerlen ab in Richtung Maastricht. Im Stop-and-go-Verkehr kurz vor Maastricht verlor Krapohl sie beinahe aus den Augen. Er erwischte sie wieder und blieb ihr auf den Fersen. Auch als sie zum Centre Ceramique abbog. Als Amelia in das Parkhaus des Centre einfuhr, wartete Krapohl einen Moment, ließ zwei Autos passieren, bevor er in die Tiefgarage einbog. Er sah den schwarzen Range Rover in der Nähe eines Ausgangs und beobachtete Amelia beim Aussteigen.

»Greifen wir zu, Krapohl?«

»Nicht hier im Parkhaus. Wo sind denn die anderen Typen? Ist ja nur einer. Oder sind die eben rausgesprungen?«

Bevor die drei Profis zu einer Entscheidung kamen, war Amelia im Aufzug verschwunden, fuhr bis zum Erdgeschoss, stieg aus und nahm die Fußgängerbrücke über die Maas. Krapohls Truppe hielt mit Mühe Anschluss. Amelia schaute auf ihr Handy, um den richtigen Weg zur Basiliek van Onze Lieve Vrouwe, zur Liebfrauenkirche, zu nehmen. Aus dem Augenwinkel sah sie ihre Verfolger. Sie lächelte und freute sich, dass Adams Plan aufging.

Adam hatte früh am Morgen im Hotel für alle bezahlt und ausgecheckt. Sie würden nicht mehr zurückkehren. Er und Jurek waren bereits mit dem Toyota Land Cruiser in Düren eingetroffen. Arbeitsjacken und Werkzeug lagen im Laderaum. Die Kette am Metalltor des Vorbahnhofgeländes lag auf dem Boden. Es war kurz vor 6 Uhr. Sie fuhren auf dem Weg, den Krapohl am Montag genommen hatte. Mit Spaten und Spitzhacke liefen sie zu der Stelle, an der laut Ortungsangabe von Damian, dem Plan von Großvater Mateusz und dem Metalldetektor irgendetwas im Boden vergraben war. Die Vögel und Hasen schreckten auf, als Adam mit der Spitzhacke in den Boden fuhr und Jurek den Spaten tief in das Erdreich rammte. Nach fünf Minuten lief der Schweiß in Strömen, die Sonne kroch im Osten immer höher, die Pendlerzüge rauschten von Köln nach Aachen und von Aachen nach Köln. Nach 40 Minuten schlug Metall auf Metall. Jurek setzte den Spaten an. Eine olivgraue Metallkiste schälte sich aus dem verwurzelten Erdreich. Jurek schaufelte den Dreck vom Deckel. Da war er: der Reichsadler mit dem Hakenkreuz.

»Schneller Jurek, mach hin. Die Kisten müssen raus und ab nach Lüttich.«

»Nimm du den Spaten, Adam. Ich schaff es nicht mehr.«

»Musiker! Mann, Mann, Mann.«

Adam trat den Spaten tief unter die nächste Kiste. Von allen Seiten legte er sie frei. Sie waren gut erhalten. Reichsadler mit Hakenkreuz, einige Beulen, fest verschweißt. Nach einer Stunde lagen die sechs Metallkisten, jede ungefähr 15 bis 20 Kilogramm schwer, neben dem Loch.

»Los, hol aus dem Allrad das Tarnnetz.«

»Warum, wir haben doch alles.«

»Frag nicht, mach hin! Erklär ich dir später.«

Jurek lief schwitzend mit zwei Kisten zum Transporter, holte das Tarnnetz, Adam befestigte es, streute Äste und Laub über das Loch, jeder schnappte sich zwei Kisten, und sie liefen zum Wagen.

»Abflug. Schnell. Nimm die Pulle Wasser aus dem Seitenfach. Wir müssen trinken, sonst verdursten wir.«

Um 7.30 Uhr fuhren sie vom Vorbahnhof los zur A4. Am Aachener Kreuz nahmen sie die A44 nach Lüttich. Gegen 8.45 Uhr trafen sie in der Rue des Ecoliers, direkt hinter der Kirche ein. Wie von Zauberhand öffnete sich ein Garagentor, jemand winkte sie hinein.

Amelia folgte Google Maps auf ihrem Handy und stieg hinab in das Parkdeck unter dem Vrijthof. Auf Ebene eins sollte sie suchen. Schließlich fand sie den weißen Fiat Doblo mit *Jupiler*-Werbung und belgischem Kennzeichen. Der Schlüssel lag unter dem linken Vorderrad. Sie stieg ein, nahm das Ticket für die Ausfahrt und fuhr zur Schranke, als Krapohl, Papesch und Eisenbahnsiggi die Treppen zum Parkdeck herunterkamen. Perplex schauten sie dem Fiat hinterher.

»Ich krieg' die Motten.« Krapohl schüttelte den Kopf. »Die haben uns ausgetrickst. Zurück zum Auto. Wir fahren sofort zum Vorbahnhof. Ich wette, dass die anderen dort graben.«

»So eine Riesenscheiße.« Papesch schüttelte den Kopf. Sie rannten hoch, riefen ein Taxi und ließen sich zum Centre Ceramique bringen. Dort wartete eine Überraschung auf sie.

Amelia erreichte die Kirche Saint Pholien gegen 9.15 Uhr. Auch sie wurde in die Garage gewunken, wo bereits Adam und Jurek auf sie warteten. Jurek und Amelia ruhten sich in einem stickigen Büroraum aus. Eine Flasche Spa rot stand auf dem Tisch, zwei Pappbecher. Adam schaute kurz rein.

»Ich bin nebenan. Wir öffnen die Kisten. Danach fahren Jurek und ich zurück. Amelia, du bleibst hier und fährst um 11 Uhr mit dem *Jupiler*-Biertransporter nach Heimbach zum Hotel *Seehof*. Dort sind Zimmer auf den Namen Sobetzko gemietet. Wir tauchen eine Woche ab, zugleich kann ich nach Bartosz suchen. Mein Range Rover wird aus Maastricht abgeholt und nach Heimbach gebracht.« Er verließ das Kabuff, die beiden schauten müde aus, zu müde, um über all das nachzudenken, was seit Sonntag passiert war.

»Glaubst du, Bartosz lebt noch?« Amelia sprach mit Blick auf den Becher Wasser ohne Jurek anzusehen.

»Ich weiß es nicht. Hoffentlich. Mir kommt das alles vor wie aus einem schlechten Kriminalfilm. Wir sind in etwas anderes reingeraten. Wusste Adam von all den Verwicklungen, hatte er die Kontakte?«

»Glaube ich nicht. Er ist ebenso überrascht. Im Gegensatz zu uns kann er sich arrangieren. Er hat genug erlebt und mitgemacht.«

Die Neonröhren warfen ihr kaltes Licht auf die sechs Metallkisten. Herr Abraham und zwei junge Männer standen davor, als Adam aus dem Kabuff zu ihnen stieß.

»Ich möchte, dass Sie sehen, was in den Kisten ist, Herr Sobetzko. Sie sollen nicht denken, dass wir Sie übervorteilen oder Ihnen später etwas von Schrott erzählen.« Auf Französisch befahl er: »Aufmachen!«

Mit einer Schleifhexe begann einer der beiden jungen Männer, die Kante einer Metallkiste aufzuflexen. Funken stoben, es roch nach heißem Metall, das durchdringende Geräusch der Schleifhexe drang in die Ohren. Nach einer Minute hob der junge Mann den Deckel hoch: Schrauben, leere Patronengurte, Eisenplatten.

»Von wegen Rommels Gold.« Adam Sobetzko schaute zu Herrn Abraham.

»Macht alle auf, schmeißt den alten Schrott raus, packt neue Nägel, Schrauben und Muttern rein. Das Gewicht muss ungefähr übereinstimmen. Danach verschweißen; ihr habt 45 Minuten Zeit. In eine Kiste legt ihr dieses Präsent.« Eine als Geschenk verpackte Dose mit Nobis-Printen, die Samuel Goldstein am Vormittag hatte beschaffen lassen, wanderte in eine Kiste mit Rommels Schrott. Er nahm Adam Sobetzko beim Arm und ging mit ihm in einen Nebenraum, in dem Werkzeug gestapelt war.

»Es waren die Kisten, die nach Berlin zu Martin Bormann sollten. Ich habe eine Theorie, warum sie mit Schrott gefüllt waren, aber die ist noch nicht spruchreif. Jedenfalls wissen wir nun, dass wir diese Spur nicht mehr verfolgen müssen. Ich stehe zu meinem Wort. Sie bekommen 500.000 Złoty sofort, und wenn Sie abreisen aus dem Eifelhotel den Code für weitere 500.000, die Sie Anfang August bei Ihrem Kantor in Rzeszow am Hauptbahnhof ausbezahlt bekommen. Damit Sie hier flüssig sind, habe ich die erste Tranche in Euro umgetauscht.« Er reichte Adam ein Kuvert mit 125.000 Euro. »Sie können nachzählen, wenn Sie möchten.«

»Welches Kantor in Rzeszow?«

»Das am Hauptbahnhof, das Ihnen gehört, Herr Sobetzko.« Adam nickte.

»Sie fahren in 30 Minuten zurück zum Vorbahnhof. Wie besprochen: Aktion *Wawel-Drache*; Sie vergraben die Metallkisten, fahren nach Heimbach und ruhen sich dort eine Woche aus. Bleiben Sie am Ort. Ich melde mich.« Er reichte Adam die Hand, im Nachbarraum gab er den beiden Arbeitern einige Instruktionen, er blickte ein letztes Mal zu Adam Sobetzko und verließ die Garage in Richtung Kirche Saint Pholien.

Als Krapohl, Papesch und Eisenbahnsiggi zum Ford Mustang zurückkehrten, staunten sie nicht schlecht.

»Wir sind verarscht worden.« Papesch blickte zu den beiden und erwartete einen cholerischen Anfall von Krapohl. Alle vier Reifen platt. Der Mustang stand auf den Felgen. Krapohl blieb cool. Als ob er es geahnt hätte.

»Ich rufe den Abschlepp-Otto an, der holt die Karre hier ab oder setzt direkt Ersatzräder drauf. Raus hier. Siggi, knack draußen die nächste Karre. Keine Rücksicht, verstanden. Wir müssen direkt nach Düren. Die glauben, sie können uns verarschen. Nicht Oskar Krapohl.«

Eisenbahnsiggi, der nicht bloß Autos, sondern Lokomotiven, Lastkraftwagen und Busse knacken konnte, schaute sich auf den Parkplätzen in dem Retortenquartier in der Nähe des Bonnefanten-Museums um. Ein Audi A 8 war passabel. Krapohl mochte den Audi, seit er Robert de Niro damit in dem Film *Ronin* gesehen hatte. Siggi brauchte zwei Minuten, und schon saß das Trio in einem silbernen A 8 mit niederländischem Kennzeichen und fuhr, immer auf die Geschwindigkeit achtend, in Richtung Aachen. Auch ohne die Angaben vom Navi war Krapohl klar, dass sie frühestens gegen 11 Uhr in Düren am Vorbahnhof sein würden. Sie hatten im Parkhaus Zeit verloren und durften in der gestohlenen Karre nicht auffallen. Außerdem mussten sie in Düren in den Baumarkt, um Spaten und Hacke zu besorgen.

Um 10.10 Uhr brachen Adam und Jurek in Lüttich auf. Sie kamen gut voran, kein Stau auf dem Zubringer, die Autobahn war frei. Sie hielten sich an die vorgeschriebene Geschwindigkeit und nahmen die Autobahnabfahrt Merzenich, von dort nach Arnoldsweiler, kurz vor dem Ort links ab über den geteerten Feldweg zum Vorbahnhof. Das Tor war angelehnt, die Kette lag immer noch auf dem Boden. Sie fuhren fast bis zur Grube, zogen das Tarnnetz herunter und wuchteten die Metallkisten mit Reichsadler und Hakenkreuz in das Loch, in dem sie bis zu diesem Tag über 70 Jahre gelegen hatten. Hastig schaufelten sie den Dreck auf die Kisten, streuten Laub, Äste, Gras darüber. Sie hörten das Quietschen der Reifen eines Autos am Metalltor.

»Mist. Gibt es einen anderen Weg hier raus?« Jurek schaute zu Adam.

»Drüben, ein Spazierweg oder so ähnlich.« Beide sprangen in den Land Cruiser, Adam startete und nahm den Weg direkt an dem Trafohäuschen vorbei in östliche Richtung. Sie flogen durch das Fahrerhaus, brachen durch Gestrüpp und blieben auf dem Trampelpfad, der einen großen Bogen machte und ungefähr 800 Meter entfernt vom Metalltor auf die geteerte Straße mündete, die am Vorbahnhof entlangführte. Adam schaltete gnadenlos, der Weg wurde immer enger, sie fuhren in Schräglage, der Motor heulte, der Land Cruiser machte einen Satz. Adam rammte einen rot-weißen Metallpfosten in den Boden, bremste stark ab, schlug hart links ein und raste mit Vollgas auf die Unterführung der Bahnlinie Aachen – Köln zu. Fast wären sie gegen die Tunnelwand gekracht, Adam drückte das Gaspedal voll durch, und sie rasten an einem einsamen Gehöft mit Windrad vorbei.

KRAPOHL UND DIE SCHATZGRÄBER

»Da hinten sind die Kackspechte!« Krapohl trat kurz vor dem Metalltor auf die Bremse. »Mach auf, Papesch, oder ich verlier die Geduld.« Papesch sprang raus, riss das Tor auf, Krapohl gab Stoff. Zu viel Stoff. Der Audi rutschte seitlich in einen Graben und setzte auf. »Raus, Siggi. Los! Holt euch die Polacken!« Es war zu spät. Der Land Cruiser, ungefähr 400 Meter von ihnen entfernt, heulte auf und raste in den Wald. »Los, los! Entweder haben die das Zeug oder sie haben Schiss. Los, Papesch!« Papesch war kein Sprinter, er keuchte und fasste sich ans Herz. Siggi rannte an ihm vorbei. Krapohl war fit, aber die Schnellfeuerpistole baumelte unter der Lederjacke und behinderte ihn. Als sie die Stelle erreichten, wo soeben Adam und Jurek in den

Toyota gesprungen waren, sanken sie auf die Knie, und Krapohl fing sofort an, die Erde und das Laub zu verteilen.

»Hier, hier ist die Scheiße. Und das Loch ist zu. Warum ist das zu? Die schütten doch nicht ein Loch zu, wenn sie diese Schmuckscheiße gefunden haben. Siggi, hol die beiden Spaten und die Hacke. Mach hin!«

Wie besessen stieß Krapohl den Spaten in die Erde, und Siggi rammte die Spitzhacke in den Boden. Papesch war fertig; keine Kondition und keine Lust, darum fasste er sich mehrfach ans Herz und stöhnte. Plötzlich stieß Metall auf Metall. »Ja!«, schrie Krapohl. Eine Kiste nach der anderen hievte er aus dem Loch. Völlig verdreckt, verschwitzt, aber stolz auf ihre Ganovenleistung, lagen Oskar Krapohl, Hotte Papesch und Eisenbahnsiggi gegen 11.45 Uhr an diesem Dienstag im Gras des Vorbahnhofs; vor ihnen standen sechs an Martin Bormann adressierte Metallkisten. Fest verschweißt, wasserdicht. Papesch hatte saubere Hände, Krapohl und Eisenbahnsiggi sahen aus wie Sau.

»Pause beendet, meine Herren. Alles einladen und Abflug in die Heimat der Alemannia. Das gibt 'ne Extrarunde in der *Hopfenklause*.«

»Und der Toyota. Die Typen haben uns bemerkt. Ich bin sicher, dass die uns auf der Spur bleiben.« Papesch japste mehr, als dass er sprach.

»Mir egal. Dann kriegen die 'ne Ladung Blei. Wir müssen hier weg. Die Karre hebeln wir aus dem Graben. Das Loch bleibt so. Ab nach Aachen. Lieferung abgeben und kassieren. Siggi, nach der Übergabe der Kisten entsorgst du diese Hollandkarre. Auch wenn es ein schöner A 8 ist. Keine krummen Sachen!«

»Geht klar, Krapohl.«

Gegen 13 Uhr parkten sie mit dem A 8 auf dem Parkplatz des Möbelhauses *Porta* in Aachen, nahe am Tivoli. »Wir lassen die Karre hier stehen. Meinen Kontakt erreiche ich ab 17 Uhr. Wir treffen uns um 18 Uhr in der Klause. Keine Widerrede. Und bis dahin sehen wir sauber aus. Los, da vorne ist der Taxistand.«

Jagoda sah Krapohl in der Eingangstür. Ihr wurde schlecht. Sie ahnte, dass das Verschwinden von Bartosz etwas mit diesem schrecklichen Mann zu schaffen hatte. Wieder kam er auf sie zu. Wieder gab er ihr einen Klapps auf den Po. Sie hätte ihm gerne die Tortellini alla panna in sein Gesicht gekippt, zusammen mit der Lasagne, die sie in der linken Hand trug; sie war wütend und hatte ein schlechtes Gewissen. Dieser Haufen von Möchtegern-Mafioso, dieses ewige Grinsen, die Anzüglichkeiten, diese kleinen Pinscher. Die Fresse von diesem Krapohl würde sie sich merken.

»Na, Süße, wieder Lust auf Panna cotta? Kannst du haben. Erst sagen, dass Toto Onkel Krapohl anrufen soll.« Er kniff ihr in den Hintern, sie trat mit voller Wucht auf seinen Fuß. Er schrie auf.

»Oh, przepraszam, Entschuldigung. Ist so eng hier.«

»Psche-was? Dumme Kuh! Sag Bescheid.« Krapohl knallte die Tür zu und machte sich auf den Weg. Er ärgerte sich über die Kellnerin mit der scharfen Figur. Sein Handy klingelte, wieder eine unbekannte Nummer; dieser Toto-Arsch wechselte die Prepaidhandys wie andere die Unterhosen, dachte Krapohl.

»Si?«

»Hör zu, Spaghetti. Wir haben eure Scheißkisten. Die sollten zum Führer. Capito! Das sind sechs Nazikisten, da ist kein Trockenkuchen für Adolf drin. Alle sechs sind schön verschweißt. Lass den Zaster rüberwachsen, wir geben dir die Kisten.«

»Benissimo. Offentlich keine neuen Toten.«

»Nix mit neuen Toten. Die Polacken sind über alle Berge, ab zu den Bären und Wölfen. Jetzt verkack du nicht den Auftrag, sonst wird der liebe Onkel Krapohl böse.«

»Okay, Krapoll. Ich melde mich. Muss ich besprechen mit die Onkels.«

»Mach hin mit deinen Onkels, du Toto!« Krapohl schaute zufrieden die Pontstraße hinauf zum Rathaus. Sonntag der Auftrag, Dienstag erledigt. Nur ein Personenschaden. Alles in Butter. Darauf einen Underberg, dachte er in seinem Ganovenhirn, das leicht angefressen von all den scharfen Getränken war und dem dummen Gequatsche von Papesch und Eisenbahnsiggi. Krapohl erreichte den Markt, nahm die Großkölnstraße und genoss den Erfolg. Seine Lederjacke trug er offen, wer wollte, hätte die Schnellfeuerpistole unter der linken Schulter sehen können, aber niemand traute sich Krapohl direkt anzuschauen, er strahlte zu offensichtliche Brutalität aus.

PIPPO UND PARATORI

Toto das Messer fuhr zu Pippo la bocca. Pippo saß in einem Liegestuhl im Garten am Pool und süppelte einen Campari-Orange. Seine Alte, wie er sie nannte, war in Abano Terme. Der Besuch des Escortgirls hatte ihn erst angeregt und dann müde gemacht. Er war entspannt; ein kleiner, alter Mafioso, den das frische Blut des Mädels aus Moldawien aufgeputscht hatte. Ihre Kunststücke waren fast troppo, zu viel für ihn gewesen. Er staunte über ihre Zirkusnummer; beinahe hätte er sich den Halswirbel ausgerenkt.

»Toto, bring mir gute Nachrichten. Setz dich, nimm eine Campari.« Pippo sprach in seinem gebrochenen Deutsch mit Toto, der nicht besser sprach. Er hatte Angst, dass ihn die Onkels aus Kalabrien abhörten. Mit den deutschen Sprachfetzen, die selbst Toto manchmal nicht verstand, würden die Kalabresen nichts anfangen können.

»Allora, Chef. Krapoll hat Schatz. Nazischatz. Alles Kisten für Adolfo oder so. Alles benissimo. Bloß eine kleine Unfall.«

»Schatz gut. Unfall schlecht. Wo ist Schatz?«

»Hat Krapoll. Kann liefern.«

»Unfall?«

»Eine Polacki erschossen. Wollte nicht reden.«

»Idiot. Sein Problem.«

»Für Unfall Krapoll will Zulage.«

»Gib ihm 100.000. In summa 130. Soll Klappe halten. Geld bekommst du vom Kassierer, du weißt, fratello Alberto in die Erste Rote-Haag-Weg. Ich werde ihm sagen. Du holst ab nachher. Nazikisten?«

»Bene. Fratello Alberto. Si, si. Alte Nazischatz. Sechs Stück. Was machen mit die Kisten?«

Pippo dachte an die Geschichte von Rommels Gold, von den Kisten vor Korsika, einem Thema, das immer wieder zwischen den Onkels in Kalabrien und den Onkels in Korsika hochgekommen war. Wenn der Wein floss, wurden Wetten abgeschlossen. Sechs Kisten. Immer war von sechs Kisten die Rede gewesen. Pippo dachte nach, schickte Toto nach Hause in den Grauenhofer Weg und machte einen Plan. Er rief eine Nummer in Tropea an. Aus Kalabrien erhielt er in verschlüsselter Sprache Hinweise und Instruktionen sowie die Aussicht auf Beförderung. Man sei sehr erfreut über Pippos Fund und werde sich erkenntlich zeigen, er könne mit einer Beförderung rechnen. Danach rief Pippo seinen Toto an und tat so, als ob er selbst einen genialen Plan entworfen hätte.

»Hat sich Pippo geniale Plan. Werden die Onkels in Tropea machen große Augen, wenn Pippo aus Germania sendet endlich große Schatz. Haben Onkels in Korsika lange gesucht. Und der Capo in Germania, der Crimine de Germania in Duisburg, wird sich reiben die Augen.« Toto verstand nur Bahnhof Tropea, der Rest war ihm scheißegal. Hauptsache, Pippo blieb bei Laune.

»Sage Krapoll, auf Güterbahnhof Aachen-West kommt morgen, Mittwochnacht, aus Belgien Containerzug mit eine Container von PARATORI. Rote Container von PARATORI für Tropea. Soll Krapoll Kisten einpacken in eine leere Karton für Hundefutter und Container versiegele.« Toto versuchte alles zu behalten. PARATORI, Aachen-West Güterbahnhof, Hundefutter.

»Bene, Chef. Sag ich Krapoll.«

»Du guckst zu. Wenn fertig, gibst du Geld an Krapoll und wartest, bis Lokomotive fährt ab. Tutto bene?«

»Benissimo. Warte ab, bis Zug fährt los. Was bekommen Chef dafür?«

»Keine dumme Fragen, Toto. Du nicht verstehen. Geht nicht um Geld. Geht um Ehre. Pippo hat Schatz, den Onkels in Kalabria und Korsika suchen. Seit 70 Jahren suchen Onkels diese Schatz von die Rommel General. Wer findet? Pippo la bocca aus Stadt von Carlo Magno. Pippo zeigt die Onkels, was Pippo alles kann. Von wegen kleine Pizza-Geschäfte mit etwas Drogen und waschen Geld. Pippo wird Capo in Rheinische Land.« Toto zog die Augenbrauen hoch. Er würde bestimmt aufsteigen in der Hierarchie. Nicht mehr Laufbursche von dem kleinen Pippo-Wichser.

»Super, Chefe. Bene, bene. Dann ich gehe zu Krapoll. Wann kommen Zug mit PARATORI?«

Pippo schaute auf seine goldene Rolex: »Komme morgen um 22 Uhr auf Gleis due. Rote Waggon. PARATORI. Capisce?«

»Si, grazie. Ciao.« Toto das Messer stieg in seinen goldfarbenen Lancia Thema, startete die sechs Zylinder und fuhr zu fratello Alberto in den I. Rote-Haag-Weg.

AUF DEM WEG ZUM RURSEE

Adam Sobetzko nahm die B56, anschließend die
Eisenbahnstraße, passierte vorsichtig das Polizeige-
bäude von Düren, bog auf die Monschauer Straße
ein, weiter über Niederau, Kreuzau, Drove und ab
nach Nideggen. Im ersten Kreisverkehr nahm er die
Abzweigung nach Heimbach. Er bog bei Abenden ab
in den Ort und parkte vor der Bäckerei *Hallmanns*.
Jurek holte zwei Becher Kaffee, Adam blickte in den
Rückspiegel. Niemand war ihnen gefolgt. Ihr Toyota
vom Wasserverband Eifel-Rur erregte kein Aufsehen,
denn an der Bahnlinie nach Heimbach, nahe an der
Rur, gab es immer Arbeiten für den Wasserverband.
Nach der Kaffeepause startete Adam den Toyota und
fuhr die kurvenreiche Strecke hinab nach Heimbach,
passierte den Bahnhof, fädelte sich in den Kreisverkehr ein, nahm die erste Ausfahrt und überquerte die
Rur. Die Sonne schien ihm aus Süden in die Augen.
Vorsichtig fuhr er durch die enge Straße von Hasenfeld,
vorbei an Biker-Cafés und Gasthöfen. Er beschleunigte, nahm den kleinen Anstieg zur Rurtalsperre und
entdeckte die Hinweise zum bewachten Parkplatz an
der Staumauer. Er zog ein Ticket und steuerte den
Parkplatz am Hotel an. Für Adam und Amelia war
eine Admiralssuite reserviert, für Jurek eine Kapitäns-
suite; beide mit Blick auf den Rursee. Herr Abraham
hatte an Komfort gedacht und daran, dass sie einige

Tage hier verbringen mussten. Und Bartosz wohl nicht mehr lebendig sehen würden.

»Sie sind angemeldet und die Zimmer bis zum 12. Juli bezahlt. Ihre Ehefrau hat bereits eingecheckt. Wir wünschen Ihnen einen schönen Aufenthalt hier bei uns in Heimbach-Schwammenauel. Für Fragen stehe ich Ihnen jederzeit zur Verfügung.« Sandra, die Rezeptionistin, lächelte die Gäste an und bemerkte, dass sie kaum Deutsch verstanden. Sie wiederholte ihren Spruch auf Englisch. Adam lächelte sie an, legte einen Zehneuroschein auf die Theke und nahm die Schlüssel in Empfang. Zwölf Tage müssten ausreichen, um ein wenig Ruhe in die Sache zu bringen. So dachte er am späten Dienstagnachmittag. Niemand hatte bis jetzt den toten Bartosz im Regenwasserrückhaltebecken gefunden. Am Abend wurde der Range Rover auf den Parkplatz des Hotels gestellt, das Kennzeichen war gegen ein deutsches Kennzeichen ausgetauscht worden, der Schlüssel wurde für Adam hinterlegt, eine Nachricht wurde nicht hinterlassen. Der Toyota vom Wasserverband Eifel-Rur verschwand und wurde in einer abgelegenen Scheune hinter Langenbroich geparkt.

Als ob sich die Ereignisse des Tages im Wetter widerspiegelten, gewitterte es nachts in der gesamten Nordeifel und im Eifelvorland. Straßen verwandelten sich in Sturzbäche, die Rur schwoll an, Inde und Wehebach strebten über die Ufer. Erste Bierkästen, zur Kühlung in die Rur gestellt, trieben vom Campingplatz Hetzingen flussabwärts. Das Regenwasserrückhaltebecken am Arnoldsweilerweg schwoll an, dreckiges Wasser drückte in den Zulauf zur Kläranlage, der Körper von Bartosz verhedderte sich im Gestrüpp und dümpelte nun sichtbar im Becken. Am nächsten Morgen wurde er von Ottokar Spilles gefunden.

CONTAINER FÜR TROPEA

Der Mittwoch begann so ruhig, als ob der Tod, der Schatz und das Gewitter beschlossen hätten, durchzuatmen, aufzuatmen, eine Pause zu machen. Während Adam, Jurek und Amelia in gespannter Erwartung im Hotel pausierten und versuchten, Schlaf zu finden, waren Krapohl, Papesch und Eisenbahnsiggi aufgedreht. Sie hatten ihren Job fast erfüllt. Es fehlte noch die Übergabe. Toto hatte telefonisch die Details durchgegeben. Am Abend würde die Sendung für Tropea auf den Weg gebracht werden.

Toto das Messer traf Krapohl und seine beiden Helfer am Mittwoch gegen 21.30 Uhr am Republikplatz, direkt beim Bahnhof Aachen-West. Krapohl war vom

Plan nicht begeistert, allerdings von der Finderlohner-
höhung. Toto gab ihm Instruktionen und informierte
ihn über den Lohn. Sie fuhren ein Stück an den Ran-
giergleisen entlang. Toto fuhr vorneweg. Ich hätte mehr
rausschlagen können, dachte Krapohl, als er mit dem
A 8 stoppte, weil Toto aus seinem Lancia ausstieg.

»Zug kommen gleich. Waggon halte da vorne. 10 Uhr
isse dunkel. Waggon rot und groß drauf in weiße Schrift
PARATORI.«

»Hab' ich kapiert, Spaghetti«, knurrte Krapohl. Er
zeigte auf den Beifahrersitz, und Toto stieg in den Audi
ein. Im Schritttempo fuhren sie auf einen Parkplatz
direkt an den Gleisen. Kurz vor 22 Uhr näherte sich mit
langsamer Fahrt ein SBB Cargo International Güterzug
auf dem Gleis direkt am Weg. Die schwere BR 193 von
Siemens Vectron glitt über die Schienen, bremste ab, die
Waggons ruckelten, Metall schleifte auf Metall, das Signal blieb auf Rot. Mit einem Ruck hielt der 900 Meter
lange Zug, bestehend aus Containern, Kesselwaggons
und Autotransportern.

»Avanti, Krapoll. Sonst fährt Zug ohne Geschenke.«

»Los, ihr lahmen Säcke, jeder zwei der 20-Kilo-Kis-
ten am langen Arm. Und raus zu dem roten Container
mit dem Pardori-Gedöns drauf.« Sie liefen zum Waggon. Krapohl zog eine Kneifzange aus der Lederjacke,
machte einen feinen Schnitt direkt an der Plombe, entriegelte den Container und öffnete die schwere Eisentür.
Überall Kartons mit der Aufschrift Cibo per cani. Der
Geruch erinnerte Krapohl an *Frolic*. Einst hatte er damit
seinen Rottweiler gefüttert. Er klopfte auf einige Kar-

tons, hörte, ob sie gefüllt waren, bis er einen erwischte, der hohl klang. »Her mit den Kisten!« Papesch und Eisenbahnsiggi wuchteten die Metallkisten zu Krapohl. Er steckte sie in den riesigen Karton, der kaum zur Hälfte mit Trockenfutterpackungen gefüllt war. Destination: Tropea. So wie alle Kartons. Einen Moment überlegte Krapohl, was, verdammt noch mal, in Kalabrien ein Container mit Hundefutter sollte? Scheißegal, dachte er, bestimmt für Deutsche, die mit ihren Kötern in Süditalien leben. Er schob die letzte Metallkiste mit Reichsadler und Hakenkreuz unter das Hundefutter. Komisch, dachte er, das Hakenkreuz unter Hundefutter, der Krempel für den Führer fährt jetzt mit Hundefutter nach Süditalien. Mir soll es egal sein, Hauptsache, der Toto-Hampelmann schiebt gleich die Knete rüber. Krapohl sprang aus dem Container, nahm eine neue Plombe und verschloss den Container so fachmännisch, als ob es seine Hauptbeschäftigung sei. Papesch und Eisenbahnsiggi keuchten von der Rennerei. Sie erreichten Toto, bevor das Signal grün leuchtete.

»Bene, Krapoll. Der Zug fahren ab.« Ein Pfiff ertönte, alle Waggons ruckten an, langsam rollte der Güterzug auf die Manövriergleise. Die BR 193, mit dem von der Bundesbahn ausgeliehenen Lokführer, begann zu rangieren. Die Waggons wurden entzerrt, der rote PARATORI Containerwaggon wurde an einen Güterzug nach Mailand gekoppelt: neue VW Golf für Italien, Kosmetikartikel, Ersatzteile für die Textilindustrie und Hundefutter für Kalabrien.

»Also, Toto. Zahltag.«

»Si, soldi. Hier, Krapoll. Pippo dir danken. Gute Job. Sind wir quitt.«

Krapohl warf einen Blick in den Umschlag, zählte die Packen mit den Hunderteuroscheinen. Zehn Bündel à 100 Hunderteuroscheinen. 100.000 Euro.

»Okay. Immer zu Diensten, Toto. Sag das dem Riesen Pippo. Wir machen uns davon.« Sie stiegen in den Audi und Toto in seinen Lancia.

»So, Siggi, du entsorgst diesen Audi rapido. Im Anschluss machen wir alle schön Bubu, und morgen Nachmittag sehen wir uns bei Toni in der Klause.«

»Erst Knete, Krapohl«, maulte Papesch.

»Ach, die Knete. Hätte ich glatt vergessen. Also, weil ihr so liebe Jungs seid, bekommt jeder ein Päckchen. Zehn Mille. Macht mit der Anzahlung 15 für jeden. Und jetzt Schnauze halten, bevor ich es mir anders überlege.«

»Krapohl, die erste Runde geht auf mich. Keine Widerrede!« Die Augen von Eisenbahnsiggi leuchteten. Er sah sich schon im Puff in der Antoniusstraße mit Champanski und einem Harem.

So in etwa war die Lage, nachdem am Mittwochmorgen, mitten im Corona-Sommer, die Leiche von Bartosz gefunden worden war. Krapohl und seine beiden Helden tauchten am Abend ab beziehungsweise in Alkohol ein. Toto meldete Pippo Vollzug. Vom Leichenfund am Vormittag hatten sie alle nichts mitbekommen. Der Container würde frühestens am Dienstag, dem 7. Juli 2020, in Tropea abgekoppelt werden. Er sollte, wie ein gewöhnlicher Container, über den Brenner und die Achse Mailand – Bologna – Neapel transportiert werden und von dort aus mit einem regionalen Güterzug Tropea erreichen. Pippo wollte keine Experimente. Die Vertrauensperson bei der staatlichen Eisenbahn hatte alles im Griff, das hatten ihm die Onkels aus Tropea versichert.

Krapohl, Papesch und Eisenbahnsiggi fiel es schwer, die Knete nicht sofort zu verjubeln. Sie trafen sich jeden Tag in der *Hopfenklause*, ließen die Wurlitzer heißlaufen, spendierten Franky eine Stange *Sweet Afton* sowie Spielgeld für die Wettbüros. Der wusste nicht, wie ihm geschah, dachte sich zwar seinen Teil und zockte wie ein Weltmeister. Am nächsten Tag saß er mit geröteten Augen und leerem Portemonnaie wieder an seinem Stammplatz, studierte den *Kicker* und hoffte auf eine Finanzspritze, um den ultimativen Jackpot zu knacken, mit dem Geheimtipp für die Pferderennbahn Köln-Weidenpesch eine fette Summe einzustreichen oder mit einem Drittligaklub endlich Millionär zu werden. Frankys Sommermärchen, finanziert von Krapohl, Papesch und Eisenbahnsiggi. Toni, der Wirt, zapfte ab Freitag wie ein Weltmeister, donnerstags hatte er frei und die wilde Hilde vertrat ihn. Hanni Brummer wurde überhaupt nicht mehr nüchtern: Am Sonntag hingen alle wie tote Fische am Tresen der *Hopfenklause*, konnten nicht mehr in die Sonne des Sommers blinzeln und tranken abwechselnd Kaffee, Schnaps und Bier.

Toto das Messer hatte von Pippo la bocca zusätzlich zu seinem monatlichen Handgeld 5.000 Euro auf die Kralle bekommen. Dazu einen Siegelring, mit dem Toto nichts anfangen konnte. Bestimmt ein Orden der

Familie, dachte Toto und betrachtete das kitschige Teil, das definitiv nicht von einem Aachener Goldschmied gefertigt worden war. Die 5.000 empfand er als mickrig. Immerhin hatte er den Kontakt zu Krapohl gehalten, hatte auf der Auftragsumsetzung bestanden, den Scheiß mit dem PARATORI-Container erledigt und die blöde Kuh Jagoda zum Stelldichein mit diesem Polacken gebracht. So waren sie doch an den Klumpatsch gekommen. 5.000, die sind schnell weg, wenn ich meinen Lancia reparieren lasse, dachte er. Pippo, der Geizkragen; Hauptsache, Macht und Ansehen. Warte, du kleines Würstchen, eines Tages wird Toto das Messer hier alles übernehmen und dich, kleiner Pippo, abservieren, überlegte er, sagte aber: »Grazie mille, lieber Pippo. Du bist der Größte. Grazie, grazie tanto.« Er küsste Pippo die Hand, wie er es im *Paten* gesehen hatte. Pippo fühlte sich geschmeichelt, fasste Toto ans Kinn und tätschelte ihm die Wangen. »Braver Toto. Ciao, mach dir Spaß, Toto. Ciao, ciao.«

MONTAG, 6. JULI 2020, MAASTRICHT UND KARPATEN

Am Mittwoch war Bartosz gefunden worden. Donnerstagnacht lag Fett im Krankenhaus Düren. Viel hatten die Kommissare bis Montag, 6. Juli 2020, nicht herausgefunden. Wie auch? Der eine wurde am Blinddarm aufgeschnitten, die andere wartete auf Obduktionsergebnisse, Spurensicherungsbericht und Infos von Interpol.

Plötzlich überschlugen sich die Ereignisse, die Informationen, die Spuren.

»Petro van den Burg, politie Maastricht«, Fetts Gesicht hellte sich auf, als am Montagmorgen der Kollege von der Mordkommission in Maastricht anrief.

»Goede morgen, minheer van den Burg, lieber Petro, welche Freude.« Conti blickte auf und hörte die niederländischen Wortfetzen ihres Chefs. Langsam wundert mich nichts mehr, dachte sie. Dieser Fett besteht aus mehr Geheimnissen als all meine Vorgesetzten bei BKA und LKA.

»Let op, pass auf Michael, ich rufe dich nicht an, um ein Borreltje mit dir zu trinken. Wäre wieder Zeit. Jammer, jammer. Ich hab' Infos von die Kollegas von die GK, von die Georganisierte Kriminalität. Wie sagt ihr? OK, Organisierte Kriminalität?«

»Precies, Petro. Dafür ist Kollege Sembritzki zuständig. Erster Polizeihauptkommissar. Er betont immer den ›Ersten‹. Warum rufst du mich an?«

»Wir hebben da eine vreemde Vorfall, also merkwürdig. Ich wollte dich informieren. Es passt alles nicht richtig zusammen, und die Info kam erst vandaag, also heute zu mir. Letzte Dienstag wurde eine Auto plattgestochen in die Parkeergarage von unsere Centre Ceramique. Es war eine Ford Mustang. Alle vier Reifen platt. Wir hebben viele Kameras. Aus dem Auto sind drei Männer ausgestiegen, die sind schnell zu die Fußgängerbrücke über die Maas. Dann war eine Kapuzenperson zu sehen, die kurz zu dem Auto kam. Die hat in jede Reifen gestochen und war weg. Was soll das alles, wirst du denken. Kommt der Petro mit eine komische Geschichte von eine platte Ford Mustang. Die spinnen, die Südlimburger. Warte, lieber Michael. Also die Männer kommen zurück zu die Auto. Großer Jammer. Eine telefoniert, dann gehen alle drei weg aus die Parkeergarage. Eine Stunde später kommt eine Abschleppwagen aus Aachen, eine Mann montiert so Ersatzräder, holt die Wagen raus und bringt ihn auf eine Anhänger nach Aachen. Wem gehört die Ford Mustang? Rate mal!«

»Beste Petro. Eine schöne Geschichte. Ein schönes Auto. Wenn du mich anrufst, gehört der Wagen nicht dem Oberbürgermeister und nicht dem Bischof von Aachen.«

»Oskar Krapohl.«

»Krapohl, die Kanaille?«

»Ja, deine Oskar Krapohl aus Aachen. Bei Interpol gibt es viele Seiten über die Oskar Krapohl. Wenn man die Kameraaufzeichnungen genau anguckt, ist die Krapohl ausgestiegen. Von die andere Männer kann ich nichts sagen. Aber das Auto gehört die Krapohl, der war da, Auto platt, Krapohl weg.«

»Was ist deine Vermutung, Petro?«

»Der war nicht in Maastricht, um ein Pfund alte Gouda zu kaufen oder eine Kiste Heineken.«

»Krapohl mit zwei Begleitern in Maastricht. Wie ist er weggekommen? Ihr habt doch überall Kameras.«

»Das ist etwas merkwaardig. Wir hebben sie kurz auf die Straße, dann geht eine weg, zwei warten, entdecken die Kameras und verschwinden. Ich glaube, die sind irgendwo bei die Bonnefantenmuseum verschwunden. Was wir hebben, ist eine Autodiebstahl in die Quartier Ceramique, die an die Nachmittag gemeldet wurde. Könnte eine Zusammenhang hebben. Eine Audi A 8 in Silber wird gestohlen. Keine Aufnahme von die Dieb. Die Wagen tauchte auf Kameras an die Autobahn nach Aken auf. Also, der ist bestimmt rüber. Wir konnte nicht sehen, wie viele Leute in die Auto sitzen.«

»Wer ist denn kurz vor Krapohl in die Tiefgarage gefahren?«

»Gute Frage, Michel. Wir gucken uns die Bänder an. Hebben gelukkig, haben Glück. Nach eine Woche werden die gelöscht. Heute können wir noch gucken. Ik bell je op, hach, ich rufen dich an.«

»Hartelijk bedankt, Petro. Und das Borreltje, das bezahle ich.«

»Graag, Michel. Tot ziens!«

»Sie sprechen Chinesisch?« Conti legte die Füße auf

den Schreibtisch, die Markenpumps aus Italien waren nicht zu übersehen.

»Wäng hu, Zäng lang.«

»Wie bitte?«

»Das war Chinesisch und heißt in der Übersetzung: Wände hoch, Zähne lang.«

»Sie veraschen mich. Kann ich denn vielleicht am Herrschaftswissen von Kommissar Fett teilhaben?«

»Kollege Petro van den Burg, Kripo Maastricht, lieber Kollege. Merkwürdiger Vorfall letzte Woche Dienstag in einer Tiefgarage in Maastricht mit einem Schwerverbrecher aus Aachen namens Krapohl.«

»Und da ruft er Sie an?«

»Warum nicht. Soll er über den Justizminister oder Europol gehen? Eh die Info bei mir landet, ist der Corona-Mist beendet.«

»Da übertreiben Sie wieder.«

»Ich? Nie.« Fett berichtete ihr die Details, bis ein Anruf aus Polen von der Zentrale durchgestellt wurde.

»Fett, Mordkommission Aachen.«

»Arkadiusz Martyniuk, Polizeikommandant von Ustrzyki Dolne, Polen, Vorkarpaten.« Von seinen Kollegen hatte Arkadiusz den Spitznamen Zenek erhalten, so wie der bekannteste Disco-Polo-Sänger Polens: Zenek Martyniuk. Dessen Song über die grünen Augen hörte Kommandant Martyniuk täglich.

»Herr Polizeikommandant, Sie sprechen Deutsch.«

»Gutten Tak, Herr Kommissar. Ja, ich habe in Deutschland hospitiert 1996/97. Da habe ich Deutsch etwas gelernt. Ein bisschen. Sie haben eine tote Mann aus Polen gefunden. Er kommt aus meine Region. Bartosz Masur, 35 lat, also Jahre. Musiker.«

»Bartosz Masur aus, wie heißt die Region?«

»Ustrzyki Dolne, Vorkarpaten oder Bieszczady, das ist die Grenze zur Ukraine und Slowakei.«

»Also Bartosz Masur wurde letzten Mittwoch tot aufgefunden. Zwei Schüsse in die Kniescheiben, dann Kopfschuss. Er hatte keine Papiere. Seine Kleidung hatte Etiketten in kyrillischer Schrift. Wie sind Sie auf ihn gekommen?«

»Interpol. Fingerabdrücke. Er hat Anfang des Jahres bei uns in den Wäldern Holz gestohlen. Da wurden seine Fingerabdrücke genommen. Eine Strafe, wie sagt man, auf Bewährung. Er war seit Corona bez praca, also ohne Arbeit. Wollte das Holz verkaufen.«

»Dafür wurde er hier nicht ermordet, nicht für Holzdiebstahl. Was wollte er in Düren, in Deutschland? War er alleine hier, seit wann war er weg, wusste jemand davon?«

»Moment, Herr Kommissar, viele Fragen. Wir müssen erst ermitteln. Ich rufe Sie an, weil äben die Info aus Rzeszow, dem Polizeihauptquartier unserer Woiwodschaft, kam. Wir waren bei die Eltern. Sie haben auf dem Foto Bartosz identifiziert. Traurige Geschichte.«

»Kommandant Martyniuk, ich sende alle Infos per Mail. Bitte überlassen Sie mir Ihre Informationen über den Toten: Wann ist er nach Deutschland gefahren, mit wem, warum, wo wollte er hin, wann hat er zuletzt angerufen? Wir bleiben in Kontakt.«

»Tak, prosze. Bitte. Auf Wiederhören, Kommissar Fett.« Kommandant Martyniuk atmete tief durch, schaute auf seinen Kollegen Kuba und sagte nur »Kurwa!«. Bartosz' Eltern hatten ihm etwas von einer Fahrt nach Deutschland mit Jurek, Amelia und Adam erzählt. Welcher Adam, hatte Martyniuk gefragt. Es sei der große Adam, der König der Vorkarpaten, der habe sie alle eingeladen. Da wusste Zenek Martyniuk, dass er einen großen Haufen Mist vor seiner Polizeikommandantur Ustrzyki Dolne liegen hatte. Ausgerechnet Adam Sobetzko! Warum fuhr dieser Musikertrottel mit dem König der Vorkarpaten nach Deutschland? Bestimmt nicht, um dort Geige zu spielen. Dazu dieser Jurek und diese Amelia. Mist, Mist, Mist.

»Sind wir Interpol?« Daniela Conti schaute fragend zu Fett.

»So einen Montag hatten wir lange nicht. Zwei völlig verschiedene Fälle. Die wichtigste Info kam gerade aus Polen: Bartosz Masur, 35, Musiker. So heißt unser Toter aus dem Regenbecken.«

»Regenwasserrückhaltebecken. Ein typisch deutsches Wort.«

»Von mir aus. Gleich bekommen wir die Infos. Warum der hier war? Keine Ahnung. Mit wem? Keine Ahnung. Dieser Polizeikommandant aus weiß-der-Teufel-wo, irgendwo an der Grenze zur Ukraine, hat heute die Personalien bekommen. Jetzt untersuchen sie in Polen, warum, wann, mit wem dieser Bartosz nach Deutschland gefahren ist. In Polen hat er Holz geklaut, sonst keine Vorstrafen. War wegen Corona arbeitslos. Ein Musiker. Das erklärt seine feinen Hände.«

»Dann sollten wir mal unser Schaubild auf den neuesten Stand bringen.« Daniela Conti nahm den schwarzen Eddingstift, schrieb unter das Bild des Toten seinen Namen, die Herkunft, das Alter.

»Wenigstens etwas für die Staatsanwältin. Können Sie ihr sagen, Chef. Mit mir ist sie stutenbissig.«

»Was soll das denn?«

»Frauensolidarität. Kennen Sie doch. Ich hab' eben einfach den besseren Geschmack. Bei der Kleidung mit Sicherheit. Bei Männern weiß ich es nicht.«

»Da sag ich nichts zu. Wir werden gleich die Infos zu diesem Bartosz erhalten, im Anschluss müssen wir die Anmeldungen der Hotels überprüfen in Düren und der Region. Kann Frau Hof direkt mit beginnen. Wenn wir wissen, wann er aus Polen abgereist ist, können wir möglicherweise das Motiv einengen. Beim Motiv werden wir einige Zeit im Dunkeln tappen. Es sei denn, dazu kommen Infos aus Polen. Diese Krapohl-Geschichte aus Maastricht können die Kollegen von der OK checken. Nett von Petro, dass er mich informiert. Lenkt uns leider nur ab. Auf in die Kantine. Ich muss was essen. Die Narbe juckt. Schonkost. Heute gibt es Grünkohl mit Mettwurst.«

»Grandiose Schonkost. Ich lad' Sie lieber zu einem italienischen Abendessen ein.«

»Bei Ihnen in der Promenadenstraße oder im Restaurant *Justus K.*?«

»Trauen Sie mir nicht zu? Ich kann kochen. Wenn auch nicht viele Speisen, die aber richtig benissimo.«

»Okay. Da komme ich drauf zurück. Aber das hilft mir momentan nicht bei meinem leeren Magen, wenn Sie verstehen.« Er zeigte auf den Wegweiser zur Kantine. Im Vorbeigehen gab er Frau Hof den Auftrag, die Hotelankünfte zu checken.

EFFEKTIV ABGEBRANNT

Während Fett nach dem Kantinenbesuch komatös auf den Bildschirm starrte, klingelte das Telefon von Kollegin Conti.

»Eifelpolizei, Dienststelle Bütgenbach, Inspektor Lambertz. Spreche ich mit der Mordkommission in Aachen?«

»Kommissarin Conti am Apparat. Eifelpolizei? Zu welcher Kreispolizeibehörde gehören Sie denn?«

»Effektiv zur Eifelpolizei, Frau Kollegin.«

»Das habe ich verstanden. Welche Eifel? Nordeifel, Südeifel, Nordrhein-Westfalen oder Rheinland-Pfalz.«

»Na, zur Eifelpolizeizone der Deutschsprachigen Gemeinschaft, Frau Conti, so war doch der Name.«

»Conti, so ist der Name, Conti. Deutschsprachige Gemeinschaft? Also Belgien?«

»Ja, sag ich doch. Eifelpolizei. Wir sind in Zonen aufgeteilt. Eine Zone bei Eupen. Eine Zone hier bei Sankt Vith. Und ich sitze in Bütgenbach.«

»Das ist schön für Sie. Wie kann ich Ihnen bei der Eifelpolizei denn helfen? Sind Wilderer aus Deutschland eingebrochen oder wurde Vieh gestohlen? Dafür sind allerdings andere Kollegen zuständig.«

»Sie machen sich effektiv etwas lustig, Frau Kollegin. Nein, nein. Weder noch. Ich soll Sie vom Zonenkommandanten Fagnoul grüßen und mitteilen, dass wir einen Fiat Kleintransporter gefunden haben.«

»Wie nett von Ihnen. Was hat das mit der Mordkommission zu schaffen? Wir stehen enorm unter Druck.«

»Also, der Kleintransporter ist wohl kürzlich bei Ihnen gestohlen gemeldet. Also in Aachen oder Walheim oder Würselen. Das weiß ich nicht mehr so genau. Er ist abgebrannt. Vermutlich vor einer Woche. Stand bei uns im Revier Bütgenbach in einem stillgelegten Steinbruch und wurde gestern gefunden. Was sagen Sie dazu?«

»Da bin ich platt. Vielen Dank. Damit können sich die Kollegen vom Kommissariat Diebstahl, Einbruch beschäftigen. Pkw-Diebstahl ist ja eine Spezialität der Region.«

»Ja, ja. Das haben wir effektiv auch gedacht. Nun ist es aber so, dass in der Ladefläche zwei Löcher sind.«

»Vielleicht wurden blutige Schweine transportiert und das Blut sollte abtropfen.«

»Nein. Ich meine zwei Schusslöcher. Zwei Schüsse sind durch den Boden der Ladefläche gegangen. Eine

Kugel ist in einem Querträger unter dem Wagen stecken geblieben. Und unsere Spezialisten meinen, dass diese Löcher nicht alt sind.«

»Das ist was anderes, Herr …?«

»Inspektor Lambertz aus Bütgenbach, Frau Conti. Schöner Name: Conti.«

»Danke, Herr Inspektor. Wir lassen das gute Stück abholen und untersuchen es bei uns.«

»Schon auf dem Weg, Frau Conti. Schon auf dem Weg. Der Zonenkommandant hat entschieden, dass Ihre Kriminaltechnik da einen Blick drauf werfen soll. Damit Sie darüber Bescheid wissen, sollte ich die Mordkommission anrufen, meinte der Zonenkommandant.«

»Herzlichen Dank, Kollege Lambertz. Da sind wir auf das Ergebnis gespannt.«

»Wir auch. Viel Erfolg, Frau Conti.« Inspektor Lambertz legte in Bütgenbach auf, war sehr zufrieden mit sich und der Welt und dachte darüber nach, dass er lange nicht mehr in Aachen war. Wäre mal einen Ausflug wert. Anschließend bestellte er im *Nikolaus-Grill* für sich und die Kollegen Fritten und Frikandel Spezial sowie Soße Americaine und kalte Coke.

»Herr Fett!«

»Frau Conti?« Fett zuckte zusammen.

»Heute überschreiten wir Grenzen.«

»Ich, Sie oder wir?« Er war im Grenzbereich zwischen Sekundenschlaf und Wachwerdung.

»Wir und unser Fall.«

»Polen reicht. Und Krapohl in Maastricht zählt nicht.«

»Aber Bütgenbach.«

»Bütgenbach, das liegt doch? Da ist der Stausee, hinter Elsenborn, dich schuf Gottvater in seinem Zorn.«

»Was ist mit Gottvater?« Conti schaute ihn fragend an.

»Wenn Sie von Deutschland aus nach Bütgenbach wollen, können Sie über Kalterherberg und Elsenborn fahren. Ein Truppenübungsplatz bereits vor dem Ersten Weltkrieg. Damals für die Truppen von Kaiser Wilhelm. Liegt am Arsch der Welt. So entstand bei den Soldaten der Spruch: ›Oh Elsenborn, oh Elsenborn, dich schuf der Herr in seinem Zorn‹. Und, was haben Sie gerade für eine Grenzerfahrung gemacht?«

»Ein Kleintransporter ist dort ausgebrannt. Zwei Schusslöcher in der Ladefläche. Eine Kugel steckt drin. Wird heute von Belgien zu unserer Kriminaltechnik gebracht.«

»Zufälle, Frau Conti. Denken Sie nicht an Zusammenhänge. Unser Gehirn versucht Zusammenhänge zu konstruieren, um dem Sinnlosen einen Sinn zu geben. Davon müssen wir uns freimachen. Sonst suchen wir in der falschen Richtung.«

»Ich teile bloß die Fakten mit. Den Rest muss die Kriminaltechnik leisten.« Conti wandte sich zum Schaubild für den Fall ›Regenwasserbecken‹ und schrieb darunter: ausgebrannter Kleintransporter in Bütgenbach.

Unterdessen wählte Fett die Nummer seiner Kollegin Chantal Kalumba von der Mordkommission in Lüttich. Am Apparat war ihr Kollege Raymond Didier.

»Section homicide de la police judiciaire fédérale de Liège, Didier.«

»Raymond, c'est moi. Michel, Polizei Aachen.«

»Salut, Michel. Chantal ist noch nicht zurück.«

»Stimmt, ich hatte vergessen, dass sie einen Lehrgang beim Federal Bureau of Investigation macht. FBI in Washington.«

»Ja, mein lieber Michel, unsere Chantal, die wird bestimmt mal Polizeichefin von Brüssel.«

»Oder von Belgien.«

»On verra, vielleicht geht sie zu Interpol. Was kann ich für dich tun? Ist der Karlsschrein gestohlen worden oder das Rezept für die Printen?«

»Pas du tout. Wir haben da eine Verbindung nach Ostbelgien. Die Eifelpolizei hat einen ausgebrannten Kleintransporter gefunden, der bei uns gestohlen wurde. Es sollen zwei Schusslöcher in der Ladefläche sein. Wir wurden von einem Kollegen Lambertz informiert. Kurz gesagt, er drückte sich etwas umständlich aus. Könntest du mal in das Dossier schauen?«

»Können ja, dürfen nein. Aber wir sind ja nicht beim BKA oder dem Düsseldorfer Innenministerium. Voilà. Ja, ausgebrannter Kleintransporter. Zwei Schusslöcher. Wagen gerade erst entdeckt und höchstens vor einer Woche ausgebrannt. Die Schusslöcher, die sind genauso alt. Die Kollegen in Ostbelgien haben gute Arbeit geleistet. Einen Moment. Kaliber neun Millimeter, vermuten die Kollegen von der Technik.«

»Raymond, merci. Du hast uns sehr geholfen. Wenn du mit Chantal sprichst, grüße sie von mir.«

»Ah, sie hat Kontaktsperre angeordnet. Weißt du ja. Unsere Chantal möchte nicht gestört werden. Du kannst es selbst versuchen, mein Lieber. Salut.«

Sie legten auf, und Fett dachte an die Kollegin, deren Eltern aus dem Kongo stammten. Sie wollte ein halbes Jahr unbehelligt sein und sich auf den Lehrgang konzentrieren. Hatte sie lächelnd Ende Januar gesagt. Nun war sie mitten im amerikanischen Corona-Desaster in Washington.

»Frau Conti, vermutlich Kaliber neun Millimeter, die beiden Einschusslöcher im Kleintransporter.«

»Woher wissen Sie das?«

»Beziehungen zur Mordkommission in Lüttich. Kleiner Dienstweg.«

»Wenigstens der funktioniert hier im Dreiländereck.«

Am Nachmittag traf eine Mail in deutscher Sprache aus Polen ein. Alle Daten zu Bartosz Masur. Seine Eltern waren von Kommandant Martyniuk informiert worden. Bartosz war ihr einziger Sohn. Die Erschütterung sei groß gewesen. Trotzdem blieben in der Mail viele Fragen unbeantwortet. Wann war er aufgebrochen? Mit wem? Warum? Was wollte er in Aachen? Hatte er sich bei Freunden oder der Familie gemeldet? Wen hatte er getroffen? Fett und Conti stellten alle Fragen zusammen. Sie konnten sich nicht erklären, warum Kommandant Martyniuk so sparsam mit den Auskünften war.

WACHSENDE UNRUHE

Die Stimmung in den luxuriösen Suiten des Hotels in Schwammenauel war angespannt. Adam, Amelia und Jurek verbrachten die meiste Zeit in den Zimmern oder starrten von ihrer Terrasse auf den Rursee. Manchmal wanderten sie ein Stück an der Rurtalsperre entlang, höchstens bis zum Strand in Eschauel. Dann kehrten sie zurück. Die Weiße Flotte der Rurseeschifffahrt fuhr ununterbrochen, die Tretboote, Kanus und Paddelboote des Bootsverleihs wimmelten über den See. In der Eifel herrschte Hochbetrieb nach dem Lockdown im Frühjahr. Der Nationalpark meldete Besucherrekorde. An manchen Wochenenden mussten Parkplätze wegen Überfüllung gesperrt werden. Seit Dienstag letzter Woche saßen sie fest. Keine Anrufe, keine Informationen. Adam hielt es nicht mehr aus. Er fuhr am Montagmorgen mit dem kleinen Biertransporter nach Düren, parkte am Annakirmesplatz, ging zu Fuß in die Stadt und kaufte mehrere Prepaidhandys von dem Geld, das ihm Herr Abraham gegeben hatte. Er rief Damian in Zagórz an.

»Hör genau zu. Du checkst das Handy von Bartosz. Mit wem hat er telefoniert, seit wir in Deutschland waren? Wann und wie oft? Aber schnell. Und an meine Nummer senden. Du löschst alle Suchanfragen nach dem Ort, den du für mich gecheckt hast. Noch etwas, schau nach, wem in Deutschland der Ford Mustang mit dem Kennzeichen AC OK 1 gehört. Verstanden?«

Damian hatte verstanden. Ihm brach der Schweiß aus, denn er ahnte, dass seine Sucherei im Internet nicht folgenlos geblieben war. Die Nummer von Bartosz fand er rasch heraus, denn die Musiker, mit denen Bartosz gespielt hatte, kannte er. Nach ungefähr zwei Stunden war er soweit. Auf dem Bildschirm flimmerte eine Nummer mehrfach auf, mit der Bartosz am Samstag und Sonntag der vergangenen Woche telefoniert hatte. Danach suchte Damian den Besitzer des Handys mit dieser Nummer. Das gelang schnell. Er war ein hervorragender Informatiker und Programmierer. Er probierte die Nummer aus. Es meldete sich: Jagoda. Und Jagoda war in Aachen eingeloggt. Die Infos fasste er in zwei SMS zusammen, die er an Adam Sobetzko schickte. Länger dauern würde es mit dem Aachener Kennzeichen, die Straßenverkehrsbehörde habe eine neue Software. Adam saß mittlerweile auf der Terrasse seiner Admirals Suite zusammen mit Amelia und Jurek und trank starken Kaffee. Sie mussten einen klaren Kopf behalten.

»Ich muss mich kümmern«, sagte Adam, als er die Nachrichten gelesen hatte.

»Was Neues von Bartosz?« Traurigkeit lag in der Stimme von Amelia.

»Nur eine Spur. Wäre zu früh, darüber zu erzählen, meine Liebe. Jurek, du passt auf Amelia auf. Ich muss nach Aachen, vielleicht finde ich etwas über Bartosz Verbleib heraus.«

Jurek nickte müde, erschöpft und deprimiert. Er hatte diese Aktion ins Rollen gebracht. Er war auf Adam zugegangen. Oder hatte sein Großvater Schuld? Warum war sein Großvater damals in Deutschland? Weil die Nazis ihn als Zwangsarbeiter verhaftet und verschleppt hatten. Was war mit den Kisten, diesem angeblichen Schatz? Weil Jurek arbeitslos war, wollte ihm der Großvater helfen. Nun war Bartosz verschwunden. Jurek glaubte nicht mehr daran, ihn lebendig wiederzusehen, er fürchtete sich vor der Bestätigung, zugleich machte ihn die Ungewissheit fertig.

»Jagoda.« Sie meldete sich zögerlich nach dem anonymen Anruf von Damian.

»Hier ist ein Freund von Bartosz.« Adam sprach Polnisch mit ihr. Sie merkte den Tonfall der Vorkarpaten und schöpfte Vertrauen.

»Bartosz wollte zu dir.« Adam sprach ruhig, fast väterlich.

»Ich weiß. Das ist über eine Woche her. Ich habe nichts mehr von ihm gehört. Ist er wieder in Polen?«

»Ich bringe dich zu ihm. Wo können wir uns treffen?«

»Wer sind Sie denn?«

»Adam, sein Freund. Er ist mit mir und den anderen nach Aachen gekommen.«

»Ach, Herr Sobetzko. Ich bin froh. Kommen Sie um 16.30 Uhr ins Café *Kittel* in der Pontstraße in Aachen. Wir treffen uns dort. Ich muss um 17 Uhr in der Pizzeria nebenan arbeiten.«

»Abgemacht, Jagoda. Viele Grüße von Bartosz.« Etwas makaber, dachte Adam Sobetzko, aber ihm war klar, wer sie in die Scheiße reingeritten hatte. Das kommt davon, wenn man nicht diszipliniert ist. Disziplin hatte Adam beim Militär gelernt. Er war diszipliniert, sonst wäre er nicht der König der Vorkarpaten geworden. Mit ihm macht man keine Spielchen. Das würden diese verdammte Ford Mustang Typen lernen. Auch mit Herrn Abraham war nicht zu spaßen. Der war wie ein Flottenadmiral der Marine. Mit Überblick und Souveränität; total beherrscht. Adam atmete tief durch. Er machte sich auf den Weg zu seinem Wagen, um nach Aachen zu fahren. Ob er Jagoda bestrafen sollte? Sie war bestraft genug.

Während im Polizeipräsidium Fett und Conti die Verbindungen zwischen den vielen neuen Informationen suchten und auf das Ergebnis der Kriminaltechnik warteten, öffnete Adam Sobetzko die Tür vom Café *Kittel*, das ihn an die 70er-Jahre erinnerte. Er erblickte an einem Tisch im hinteren Teil eine junge und attraktive Frau, die ihn neugierig musterte. Er sprach sie auf Polnisch an, nachdem er einen Kaffee bestellt hatte.

»Jagoda?«

»Ja, Herr Adam?«

»Sobetzko. Adam Sobetzko.«

»Entschuldigung. Wie geht es Bartosz?«

»Wenn du mir sagst, wen du informiert hast, wird es ihm sehr schnell viel besser gehen. Wenn nicht, hat er ein großes Problem und du auch.«

»Wie, ich habe doch ... Er ist in Schwierigkeiten? Ich dachte, Sie bringen mich zu ihm.«

»Ja, aber nur mit deiner Hilfe. Du hast ihn in Schwierigkeiten gebracht. Ich kann ihn rausholen. Was hat Bartosz dir gesagt, warum er nach Aachen gekommen ist?«

Sie schluckte und starrte in die Teetasse. Der Kellner brachte in übertrieben guter Laune den Kaffee für Adam.

»Hör zu, Jagoda. Ich weiß, dass ihr telefoniert habt. Ich weiß, dass ihr euch getroffen habt. Er wollte zu dir. Nun ist er seit über einer Woche verschwunden. Ich möchte ihn mit nach Hause nehmen. Lebendig. Verstehst du nun?«

Tränen schossen ihr in die Augen. Langsam dämmerte ihr, dass sie Bartosz in große Gefahr gebracht hatte.

»Er erzählte was von einer Schatzsuche, er gab damit an, dass er bald viel Geld haben werde. Ich könnte wieder zurückkommen nach Polen, dort mein Studium beenden. Das wäre schön gewesen. Ich habe hier Schulden.«

»Weiter. Wem hast du davon erzählt? Bei wem hast du Schulden?«

»Pippo, dem Chef von der Pizzeria. Ich habe 15.000 Euro Schulden bei ihm. Das kann ich nie abarbeiten. Pippo gab ich den Tipp, dafür wollte er mir alle Schulden streichen. Ich komme hier nie wieder raus. Und Toto, sein Aufpasser, der hätte mich mit dem Messer bearbeitet, wenn ich abgehauen wäre, ohne die Schulden zu bezahlen.«

»Pippo wohnt wo?«

»Da, wo die Reichen wohnen. Kaiser-Friedrich-Allee. Eine nackte Frauenfigur steht im Vorgarten.«

»Und dieser Toto?«

»Weiß ich nicht genau. Ich glaube, er wohnt im Grauenhofer Weg. Er hat mal sowas gesagt, wollte, dass ich ihn besuche. Er kommt immer gegen 17.30 Uhr in die Pizzeria und überwacht die Kasse, nimmt nach Feierabend die Einnahmen mit und fährt zu Pippo.«

»Was für einen Wagen fährt Toto?«

»Einen italienischen Wagen. Nicht mehr ganz neu. Ich glaube Lancia oder Maserati oder so, in goldener Farbe.«

»Maserati wird er sich kaum leisten können, eher ein Lancia. Hast du seine Telefonnummer?«

Sie kritzelte die Nummer auf einen Bierdeckel und reichte ihn Adam.

»Hör zu, Jagoda. Um Bartosz zu retten, muss ich ein wenig Druck aufbauen. Auch auf Toto. Wenn du hier raus möchtest, pack deine wichtigsten Sachen. Du kennst die Buslinien nach Polen, die von Aachen abfahren?«

»Ja, kenne ich. Oft genug benutzt. Aachen-Hüls.«

»Beschaff dir ein One-Way-Ticket, mit dem du jeden Bus sofort benutzen kannst.« Er schob ihr unter dem Tisch 1.000 Euro rüber.

»Warum?«

»Es kann sein, dass Bartosz nicht mehr so munter ist. Das wird mir Toto sagen. Aber nicht freiwillig. Verstehst du. Sie werden dich verdächtigen. Hau ab von hier.«

»Sie werden mich überall finden.«

»Du hast deinen Vertrag erfüllt. Du hast verraten, wie sie an den Schatz kommen.«

Sie nickte und steckte das Geld in ihre Tasche, trocknete die Tränen mit einem Papiertaschentuch, trank den letzten Schluck Tee.

»Komm zurück in die Heimat, in die Vorkarpaten. Sie werden dich dort nicht finden, außerdem beschützen wir dich. Glaub mir.« Adam Sobetzko legte seine Hand auf ihre und bemerkte, wie sie zitterte.

»Ich muss los. Die Pizzeria macht gleich auf. Finden Sie Bartosz. Ich wollte das nicht.«

Adam nickte, zahlte beim Gute-Laune-Kellner, dann verließen beide das Café *Kittel*.

Vom Hotel aus rief Adam Damian an, der am Telefon rumdruckste.

»Hör zu, Damian. Du hast mit deiner Internetscheiße viel Wirbel gemacht. Wir haben hier ein richtig fettes Problem. Bartosz ist verschwunden. Du wirst genau das machen, was ich dir sage!«

»Bartosz ist tot.« Damian sprach stockend. Er wusste, dass seine Recherchen irgendetwas damit zu tun hatten. Es half nichts. Darum direkt raus mit der Wahrheit.

Adam schwieg einen Moment. Das, was er befürchtet hatte, war eingetreten.

»Wie, wo und wann?«

»Die Polizei war bei seinen Eltern. Hat sich rumgesprochen. Eben hat mich ein befreundeter Musiker angerufen. Bartosz sei in Deutschland, bei Türen oder so, tot aufgefunden worden. Mord. Mehr weiß ich nicht. Die Polizei fragt, was ihn nach Aachen trieb.«

»Hack dich in den Polizeicomputer. Finde alles raus. Du bekommst gleich eine Handynummer aus Aachen. Schau, wo die eingeloggt ist, wem sie gehört, wo der Kunde wohnt. Alles per SMS. So schnell wie möglich.«

»Tut mir leid, Adam. Wirklich.«

»Mach die Arbeit. Bartosz soll nicht ungesühnt bleiben.« Adam legte auf und rief Amelia und Jurek ins Zimmer.

»Bartosz ist tot. Ermordet. Ich habe eine Idee, wie sie an ihn rangekommen sind. Ihr braucht das nicht zu wissen. Wir bleiben diese Woche hier. Ich habe was zu erledigen. Macht euch keine Sorgen. Bartosz wird nach Polen überführt werden. Sie werden uns befragen. Zum Glück kenne ich die Polizei in den Vorkarpaten. Wir werden sagen, dass Bartosz sich in Aachen von uns verabschiedet hat. Er wollte Freunde treffen. Darum hätten wir ihn mitgenommen. Danach haben wir weiter Urlaub hier gemacht. Zuletzt haben wir Bartosz am Sonntag vor einer Woche gesehen. Das entspricht den Tatsachen.«

Beide nickten. Amelia ging ans Fenster. Niemand sollte ihre Tränen sehen. Jurek nahm die Flasche Cognac vom Tisch, schüttete sich ein großes Glas ein und trank es in einem Zug leer.

»Behaltet einen klaren Kopf! Es war nicht unsere Schuld. Er hat sich nicht an die Regeln gehalten. Leider. Merkt euch das. Auch mein Geschäft hat Regeln. Die habe ich ebenfalls lernen müssen. Und glaubt mir, wer sie bricht, dem ist nicht mehr zu helfen. Den Anteil von Bartosz werden wir seinen Eltern geben.«

»Er hat keine Geschwister. Das macht die Eltern fertig, die überleben das nicht. Von seiner Freundin hatte sich Bartosz vor einem halben Jahr getrennt.« Jurek sprach wie eine Computerstimme.

»Die Eltern bekommen trotzdem das Geld. Wir teilen alles auf. Eine Million Złoty durch vier. Macht 250.000 für jeden von uns.«

»Du wolltest die Hälfte«, sagte Amelia.

»Scheiße auf die Hälfte. Wir teilen so auf, wie ich es gesagt habe.« Adam ärgerte sich und wenn er sich ärgerte, konnte er nicht klar denken. So war es bei der Kriegsmarine und bei den Boxkämpfen gewesen. Er wollte die Ruhe bewahren und mit klarem Kopf die nächsten Schritte vorbereiten. Bartosz sollte nicht umsonst ermordet worden sein. Eine SMS traf ein. Damian schickte Name und Adresse der Handynummer von Toto. Salvatore Angelo, Grauenhofer Weg. Adam Sobetzko öffnete die Tür, trat auf den Balkon und schaute auf den Rursee, wo zahlreiche Boote kreuz und quer schipperten, ein Ausflugsboot der Rursee-flotte soeben mit Ziel Eschauel ablegte, um danach Woffelsbach und Rurberg anzusteuern. Adam Sobetzko nahm ein eiskaltes Malzbier der Eifelbrauerei Cramer aus der Minibar. Er musste einen klaren Kopf behalten. Das Malzbier schmeckte ihm hervorragend.

In das Netz des Straßenverkehrsamtes gelangte Damian nicht. Der Besitzer des Ford Mustangs blieb weiter unbekannt: OK für Oskar Krapohl.

»Ich rufe den Kollegen in Krakau an. Der soll im Computer Bartosz Masur überprüfen. Dieser Martyniuk aus der Bärenzone kommt nicht aus dem Quark.« Fett ärgerte sich über die lange Leitung der Kollegen in den Vorkarpaten.

Martyniuk saß derweil mit seinem Kollegen Kuba in der Polizeikommandantur. Beide überlegten, wie sie in dem Fall vorgehen sollten, ohne dem König der Wälder in die Quere zu kommen.

»Wenn wir den Aachenern alle Infos übergeben, platzt Sobetzko der Kragen. Seine Akte ist dicker als die Bibel.« Martyniuk öffnete das Fenster, der Sommer war heiß wie seit Jahren nicht mehr, nachts gab es mächtige Gewitter. Tagsüber waren die Vorkarpaten überlaufen von polnischen Touristen. Ständig kamen Camper, Rucksacktouristen, Ferienfreizeiten. Bären näherten sich den Zeltplätzen und Orten. Ab und an verschwand ein Haustier auf Nimmerwiedersehen. Die Sorgen der Bürgermeister wuchsen wie die Quecksilbersäule im Thermometer.

»Wir haben eben viel Arbeit. Da können wir nicht alles nach Deutschland senden.« Kuba biss in eine Krakauer, seine Hände glänzten vom Fett der Wurst.

»Viel Arbeit. So ein Quatsch. Der Bartosz war mit den drei Kumpels unterwegs. Das wissen zu viele. Das können wir nicht lange verheimlichen. Außerdem steht es in unserer Akte. Die kann Rzeszow jederzeit einsehen und weiterleiten.«

»Sollen wir Sobetzko warnen?« Kuba fragte mit großen Augen und einer halben Wurst in der Hand.

»Keine schlechte Idee. Nicht vom Diensttelefon, du Tölpel. Verstehst du?«

»Ich? Du bist der Kommandant. Du bekommst zu Weihnachten Champagner von Sobetzko. Ich nur den süßen ungarischen Wein.«

»Hör auf mit dem ungarischen Wein, verdammte Scheiße! Du kannst demnächst Wasser aus dem Stausee von Solina saufen, wenn du nicht den Kopf zusammenhältst. Adams Verbindungen reichen bis Warschau. Zack, sitzt du in Schlesien am Arsch der Welt. Und hör endlich auf, die Wurst zu mampfen!«

»In Schlesien! Jesus, Maria und Josef. Alles, nur nicht nach Schlesien. Die sprechen doch kein Polnisch da. Bitte, Zenek, alles, nur nicht nach Schlesien! Kohlegruben, Kartoffeln, keine Wälder, keine Berge, oh, Gott im Himmel, bewahre mich vor Schlesien.« Er packte die halbe Krakauer ins Wurstpapier, griff zu einer Flasche Wodka und nahm einen kräftigen Schluck.

»Halt die Klappe, sonst versetz ich dich sofort! Beschaff mir in Lesko ein Prepaidhandy. Verstanden? Bring mir das Ding. Ich warne Sobetzko. Das sind wir ihm schuldig.«

»Ja, bitte, mach das. Alles, alles. Aber nicht Schlesien, da wird der Himmel nie blau.«

Martyniuk, dem es gefiel, dass er immer in einem Atemzug mit Zenek Martyniuk genannt wurde, verdrehte die Augen, schüttelte den Kopf und suchte die Nummer von Adam Sobetzko raus. Die hatte er seit Jahren. Für alle Fälle. Wirklich nur für alle Fälle.

Fett wählte unterdessen die Nummer von Kriminalkommissar Dawid Gutowski in Krakau. Der saß mit seiner Kollegin Ewa in der Kommandantur im jüdischen Viertel Kazimierz. Starker Kaffee dampfte, die Fenster waren geöffnet, ausländische Touristen liefen in geringerer Zahl durch die Stadt, die Regierung hatte lange die Grenzen geschlossen gehalten und nun war nicht klar, ob Touristen wegen Corona nach der Einreise zuerst in Quarantäne mussten.

»Tak, prosze!«

»Fett, Michael Fett aus Aachen.«

»Oh, der Kollege Fett. Welche Freude. Wir haben keinen toten Deutschen aus Aachen in Krakau.« Gutowski sprach fließend Deutsch und kannte Fett von einem Fall im Jahre 2018.

»Wir haben einen toten Polen in Deutschland.«

»Das ist bitter. Wer, wo, wann, warum?«

»Auf die Fragen brauche ich eine Antwort von Ihnen, Herr Kollege. Der Tote heißt Bartosz Masur und stammt aus einem Ort, dessen Name ich nicht aussprechen kann. Vorkarpaten, Grenzregion zur Ukraine. Irgendetwas mit Uschi.«

»Bartosz Masur. Da haben wir ihn. Uschi ist gut. Ustrzyki Dolne, so heißt der berühmte Ort am Fuße der Berge. Kennt jeder in Polen. Fast so bekannt wie Zakopane. Fehlt allein die Skisprungschanze.«

»Könnten wir zu Bartosz Masur zurückkehren?«

»Prosze, prosze. Bitte sehr. Mal schauen. Die Kommandantur in Rzeszow hat den Fall nach Ustrzyki Dolne gegeben. Der Kommandant Martyniuk, wie der Sänger, der war gestern bei den Eltern. Sie haben ihren Sohn auf dem Foto identifiziert. Moment, also sie haben da reingeschrieben, dass er mit drei weiteren Leuten Ende Juni nach Deutschland gereist sei. Ein Jurek Nowak, Amelia Miller und ein Adam Sobetzko. Die seien mit ihm gefahren.«

»Haben sie die anderen überprüft?«

»Sieht nicht so aus. Die haben das gestern Morgen so notiert. Anschließend Anruf in Deutschland bei Kommissar Fett.«

»Stimmt. Seitdem warte ich auf weitere Infos.«

»Moment. Oh, das ist interessant. Dieser Adam Sobetzko hat eine eigene Akte. Ziemlich dick. Ich erinnere mich. Das ist der König der Vorkarpaten. Große Nummer da unten in der Region. Hat Verbindungen über Rzeszow hinaus bis nach Warschau, war bereits im Kommunismus aktiv. Was machen zwei Musiker, eine Musikerin und der König der Vorkarpaten in Aachen?«

»Haben Sie ein Autokennzeichen für mich?«

»Habe ich. Zugelassen auf ihn ist ein Range Rover Vogue. Kennzeichen maile ich gleich rüber.«,

»Warum bekomme ich das nicht von Martyniuk?«

»Da kann ich nur spekulieren. Martyniuk wohnt nicht weit entfernt von Sobetzko. Verstehen Sie, was ich meine?«

»Ich verstehe. Ich will aber den Mörder von Bartosz Masur finden, das Schwein, das ihn erschossen hat.

Sieht so aus, als sollte er etwas verraten: zwei Schüsse in die Kniescheiben und dann Kopfschuss.«

»Das wird nicht Sobetzko gewesen sein, sondern jemand bei Ihnen. Die Frau von Sobetzko ist übrigens auf Kur. Das hat Martyniuk notiert. Die Eltern von Jurek Nowak wissen nicht mehr, und Amelia lebt allein.«

»Das hätte mir euer singender Kommandant Martyniuk ruhig mitteilen können.«

»Ich vermute, der möchte etwas Zeit gewinnen. Vielleicht warnt er Sobetzko.«

»Wir werden uns beeilen. Danke für die Hilfe!«

»Soll ich Druck machen in Rzeszow?«

»Nicht nötig. Das schafft Unruhe. Mal sehen, ob Sobetzko überhaupt noch hier ist oder bereits auf dem Rückweg. Herzlichen Dank. Ich melde mich, wenn wir mehr wissen.« Beide legten auf. Fett stellte sich vor die Tafel mit den Fotos, den Pfeilen, den Namen.

»Frau Conti, wir brauchen mehr Platz auf der Tafel.«

Das Telefon klingelte. Fett hob ab. Petro van den Burg, Mordkommission Maastricht war in der Leitung.

»Sorry, Michel, maar, ich will nicht nerven mit diese Krapohl. Aber wir hebben alle Kameraaufnahmen angeguckt. Kurz vor die Krapohl ist eine schwarze Range, eine Rover Vogue, in die Parkeergebauw, in das Parkhaus von die Centre Ceramique gefahren. Nur eine Person ist ausgestiegen und schnell weggegangen über die Maas. Das Auto war eine Range Rover mit eine polnische Kennzeichen. Das hebben wir überprüft. Also das gehört …«

»Der Wagen gehört Adam Sobetzko aus den Vorkarpaten, der eine große Akte hat. Stimmt es?«

»He, goed! Gut gemacht, Michel. Woher weißt du? Hört ihr die Polizei in Südlimburg ab?«

»Sobetzko fährt in das Parkhaus, Krapohl hinterher mit zwei weiteren Jungs. Alle gehen zu Fuß raus. Wann ist der Range Rover abgeholt worden?«

»Der stand die ganzen Vormittag da. Erst am Nachmittag. Wir glauben, es war eine andere Person, die am Nachmittag die Wagen abgeholt hat.«

»Vielleicht hat sich Krapohl verrechnet. Es hört sich so an, als sei er in eine Falle gelockt worden. Während er auf seinen platten Mustang starrt, ist Sobetzko über alle Berge.«

»Mag sein, Michel. Nur womit hängt das alles zusammen? Wie kommst du auf Sobetzko?«

»Durch den Mord an einem polnischen Musiker, der mit Sobetzko nach Aachen gekommen ist.«

»Glaubst du, Sobetzko hat ihn umgebracht?«

»Ich glaube gar nichts, Petro. Die Lage ist verworren. Jedenfalls muss ich mich um Sobetzko und um Krapohl kümmern. Es gibt eine Verbindung; die kenne ich noch nicht.«

»Viel Erfolg. Wenn wir etwas finden, melde ich mich.«

»Bedankt, Petro. Tot ziens.« Fett informierte Kollegin Conti über die neuen Infos. Die Pfeile und Linien zwischen den Namen auf der Tafel wurden komplizierter. Das Motiv? Welches Motiv steckte hinter dem Mord? Da lag der Schlüssel: »Ohne das Motiv sehen wir die Verbindung nicht und können nicht erkennen, wer wen jagt, beobachtet, verfolgt oder umbringt. Wir haben es auf der einen Seite mit Profis zu tun. Auf der anderen Seite mit einem toten Musiker, der überhaupt nicht zu Sobetzko oder Krapohl passt. Helfen Sie mir, ich bekomme die Fäden nicht zusammen.«

Daniela Conti betrachtete lange das Schaubild. Sie sprach auf Italienisch mit sich selbst, schüttelte den Pagenkopf, drehte sich zu Fett. Das Telefon klingelte. Die Kriminaltechnik. Daniela Conti hörte aufmerksam zu und berichtete: »Die Kriminaltechnik hat den ausgebrannten Kleintransporter untersucht. Der Wagen wurde Sonntag vor einer Woche in Würselen gestohlen gemeldet. Das ausgebrannte Wrack wurde bei Bütgenbach entdeckt. Nun halten Sie sich fest. Die Kugel, die im Querträger unter der Ladefläche steckte, stammt aus einer Beretta. Durch das Feuer konnten sie keine DNA-Spuren mehr finden, aber zweimal wurde von etwa einem halben Meter Höhe nach schräg unten geschossen.«

»Zählen wir mal zusammen. Am Sonntag wird der Transporter gestohlen. Am Mittwoch wird Bartosz tot aufgefunden. Todeszeitpunkt: Sonntag oder Montag. Erschossen mit: Beretta. Drei Schüsse: zweimal Knie, einmal Kopfschuss. Nehmen wir an, er wurde in dem Wagen erschossen, das könnte am Sonntag oder Montag erfolgt sein. Wir benötigen alle Kameraaufzeichnungen auf dem Weg nach Bütgenbach für den Zeitraum Sonntag und Montag bis in den Abend. Hat jemand den Diebstahl des Kleintransporters beobachtet? Wann wurde zuletzt eine Beretta verwendet?«

»Schon beauftragt, Chef. Beretta wurde zuletzt bei Auseinandersetzungen zwischen Mafia-Clans im Ruhrgebiet benutzt. Die Kugel im Querträger ist total deformiert. Laut KTU könnte sie aus derselben Waffe stammen, mit der Bartosz Masur hingerichtet wurde.«

»Ziehen Sie mal eine Linie von Bütgenbach zu diesem Regenwasserloch, wo er gefunden wurde. Haben Sie schon eine Liste der Hotelgäste?«

»Kein Bartosz Masur; im fraglichen Zeitraum neun Gäste aus Polen in den Aachener Hotels. Vier Gäste checkten am Samstag, 27. Juni im Hotel *Aquis Grana* ein, alle wurden von Adam Sobetzko angemeldet. Sie verließen das Hotel am Dienstag, 30. Juni, morgens um 5 Uhr, angeblich, um weiterzureisen. Die Rechnung wurde von Adam Sobetzko bezahlt. Er hatte ein Doppelzimmer mit der Musikerin. Ob alle vier abgereist sind, daran kann sich im Hotel niemand erinnern. Sie sind mit einem schwarzen Range Rover Vogue an- und abgereist.«

»Wir sollten die drei zur Fahndung ausschreiben.«

»Warum?« Conti wollte seine Begründung hören.

»Weil sie mehr wissen und ihr Bewegungsprofil überaus verdächtig ist. Sie sind der Schlüssel zu dem Mord?«

»Warum kommen drei Musiker und ein Ganovenkönig nach Aachen? Damit drei von ihnen einen Musiker umbringen, ihn nach Düren fahren, dort ins Regenwasserrückhaltebecken schmeißen, um danach quer durch Europa gesucht zu werden? Das macht keinen Sinn. Die drei Gesuchten wissen etwas, aber ich glaube nicht, dass einer von ihnen oder alle drei die Mörder von Masur sind.«

»Ihre Theorie?«

»Sobetzko fährt mit drei Laien nach Aachen. Wenn er hier ein großes Ding drehen wollte, hätte er seine Profis mitgebracht. Hat er nicht. Er reist mit zwei Musikern, die Kollegen seiner Freundin sind, mit der er das Zimmer teilt. Sobetzko kommt mit den drei Amateuren nach Aachen, weil er auf sie angewiesen ist. Sie haben etwas, das er ausschließlich durch sie bekommen kann. Dieser Krapohl wird auf sie aufmerksam oder er wird auf sie hingewiesen, beschattet sie, möchte das, was Sobetzko sucht, haben. Sobetzko verliert einen Mann, der auspacken sollte. Das war nicht Sobetzko. Das könnte Krapohl gewesen sein, der Bartosz zum Sprechen bringen wollte. Mit einer Beretta. Alle Spuren sollen beseitigt werden. Denn Krapohl hat nicht das bekommen, was er bekommen wollte. Er bleibt dran an Sobetzko, der ihn nach Maastricht lockt und abhaut. Was ich nicht verstehe: Wenn eine Person aus dem Range Rover im Parkhaus ausgestiegen und auf das andere Maasufer gegangen ist, wer hat die Reifen zerstochen? War jemand von Sobetzkos Leuten so früh in Maastricht? Nein. Der Rezeptionist erinnert sich daran, dass nur drei ausgecheckt haben.«

»Sehr gut, Frau Conti, weiter.«

»Demnach hatte Sobetzko in Maastricht Helfer, zumindest einen. Wo kommt der denn her? Polnische Helfer in Maastricht, die auf Zuruf bei einem Schwerkriminellen die Reifen plattmachen?« Sie zeichnete ein großes Fragezeichen hinter dem Wort Maastricht.

INS MEER!

Über 2.000 Kilometer von Aachen entfernt näherte sich am Dienstagmittag eine sechsachsige italienische Elektrolokomotive E.656/E.655 Typ Caimano dem Bahnhof von Tropea. Sie zog 27 Waggons, darunter einen Flachwagen, beladen mit einem Container von PARATORI. Der war am Ende der Waggonreihe in Neapel angehängt worden, um in Tropea abgekoppelt zu werden. Zeitgleich fuhren drei schwarze Mercedes der S-Klasse, ein S 350, ein S 500, ein S 600 sowie ein Maserati SUV und ein Jaguar SUV, alle mit getönten Scheiben, vor eine Lagerhalle am Ende des Güterbahnhofs von Tropea. Sonnenbrillenmänner stiegen aus den Autos, die rechte Hand in der linken Innentasche der Sakkos, zumeist trugen sie einen Knopf im Ohr. Die Glocken des Kirchturms von Tropea schlugen 12 Uhr. Tauben flatterten davon. Die Bahnhofsuhr sprang mit dem großen und dem kleinen Zeiger auf die Zwölf. Ältere Herren, in feines Tuch von *Brioni* oder *Ermengildo Zegna* gekleidet, entstiegen gemächlich den Fahrzeugen, blickten durch ihre Sonnenbrillen in die flimmernde Hitze Kalabriens, wankten los, gestützt auf teure Stöcke mit Silberknauf. Sie gingen, einer nach dem anderen, zu der grauen Waggonhalle, in der der rote Container mit der Aufschrift PARATORI nach dem Abkoppeln noch auf dem Flachwagen stand und darauf wartete, entladen zu werden. Fünf einfache Holzstühle, aus der Bar *La Strada* aus-

geliehen, standen nahe am Container. Auf denen nahmen die alten Herren Platz. Der Senior aus dem Merce-
des-Benz S 600 nickte, und ein Sonnenbrillenmann mit
Kneifzange öffnete die Plombe, entriegelte den Container und kletterte hinein. Ein anderer der alten Herren
nickte seinem Paladin zu, der ebenfalls in den Container kletterte, ein Springmesser aufklappte und damit
die Kartons mit Hundefutter bearbeitete. Er stieß tief
hinein; langsam entwich dem Container der Geruch
von Trockenfutter, eine Duftmischung, wie man sie
von Zoofachgeschäften kennt. Einer der älteren Herren zog ein weißes Stofftaschentuch aus seiner Sakkotasche und bedeckte damit Nase und Mund. Plötzlich
stieß der Messermann auf Metall. Mit einem Ratsch war
der Karton aufgeschlitzt. Die erste Metallkiste wurde
an die Containertür geschoben. Die Männer schufteten,
bis alle sechs Kisten dort standen. Ein hartes »Aperto!«
klang in die unheimliche Stille der Lagerhalle. Ein junger Mann, der Obercapo, nickte einem untergeordne-
ten Helfershelfer zu, der mit einer benzinbetriebenen
Flex anrückte. Die Hand eines anderen alten Mannes
zeigte auf die entgegengesetzte Seite der Halle. Er solle
dort dieses Geschäft verrichten. Sie wollten nicht den
Geruch von Metall, Funken und Schleifscheibe ein-
atmen. Drei der Männer schleppten die Kisten in die
befohlene Ecke. Ein letzter Blick auf den Reichsadler,
das Hakenkreuz, dann startete die Schleifhexe ihr Werk.
Nach wenigen Minuten waren die Kisten zum Aufbrechen bereit. Die Helfer trugen die Kisten zu den fünf
alten Herren zurück, stellten sie auf den Boden, setz-

ten Stemmeisen und Zangen an. Schnell brach der Rest der Metallverbindung auf, die Deckel fielen blechern auf den Betonboden der Halle. Die fünf alten Herren erhoben sich, beugten sich über den Inhalt und schüttelten die Köpfe. Einer zischte wie eine Schlange, ein anderer fluchte leise. Alle setzten sich wieder. Ein Helfer zog eine als Geschenk verpackte Metalldose aus einer Kiste und überbrachte sie untertänig dem Senior, der »Aperto!« befohlen hatte. Grob riss der das Geschenkpapier herunter. Er hielt etwas in der Hand, das er nicht kannte: eine Metalldose mit Printen, Modell Printen-Klenkes, von der Bäckerei *Nobis* aus Aachen. Er reichte sie dem neben ihm sitzenden Senior, der das Präsent ebenfalls erstaunt musterte, das Frischesiegel abriss, den Deckel wegwarf und am Inhalt, der ihm unbekannten Köstlichkeit aus Aachen schnupperte, der Stadt von Carlo Magno. Er reichte sie verächtlich schauend weiter. Auch die anderen rochen den Duft. Der letzte kippte den Inhalt auf den Boden und trat mit seinen handgefertigten Budapestern Printe für Printe in den Staub der Halle. Die Schokoprinten schmolzen und klebten an den über 1.000 Euro teuren Schuhen. Derjenige, der die Öffnung verlangt hatte, gab seinem Helfer ein Zeichen. Ihm wurden ein *Montblanc* Kugelschreiber und ein Block mit Papier gereicht. Mit krakeliger Schrift begann er zu schreiben: Finito Pippo! Der Zettel wurde herumgereicht. Alle nickten. Der letzte schrieb ein Wort darunter: Fuoco! – Feuer! Der Zettel wurde erneut weitergegeben. Alle nickten. So wanderten in der Lagerhalle für die nächsten 15 Minuten mehrere Zettel von

Hand zu Hand. Zusammengefasst könnte man sagen, es war Pippos Todesurteil. Er sei dumm wie ein Esel, blamiere die Onkels in Kalabrien, habe die Nase zu hoch oder sei saublöd, weil er sich habe verarschen lassen. Darum müsse er bestraft werden. So einen Idioten müsse man kleinhalten. Finito la musica. Fuoco. Feuer. Wie beim Wawel-Drachen. Die Rechnung von Herrn Abraham ging auf. Die Versuchsanordnung funktionierte, die Onkels in Kalabrien, die so gerne den Brüdern auf Korsika eine Nase gedreht hätten, saßen blamiert vor einem Container Hundefutter, einem Haufen Schrott und einer Dose mit phallischen Printen aus Aachen. Hatten sie dafür in der Hitze Kalabriens den Weg in diese dreckige Waggonhalle genommen? Was würden ihre Zugehburschen denken, wenn die cinque stelle, die fünf Sterne Kalabriens, so blamiert wurden? Nein, hier musste durchgegriffen, ein Exempel statuiert werden. Dieser kleine Pizzawichser würde mit der Nummer nicht durchkommen. Fuoco!

Der Sonnenbrillenmann des Obermafioso mit dem Mercedes S 600 holte aus dem Kofferraum eine Bronzeschüssel, legte alle Zettelchen hinein und warf ein brennendes Streichholz obenauf. Alle Botschaften, Anweisungen, Bemerkungen lösten sich in Asche auf. Ein leises Knistern, etwas Rauch, das Urteil war verbrannt. Der Aufpasser schüttete die Asche auf den Boden, zertrat sie mit seinen Designerschuhen. Nichts blieb übrig: nur zertretene Printen und Asche von verbranntem Papier. Mit Blick auf den Schrott und die Metallkisten sagte einer der Alten unwirsch: »Nel mare!«. »Ins

Meer!« Die ehrenwerten Herren standen mühsam auf und wankten zu ihren Statussymbolen; kurz vor dem Einstieg drehten sie sich um, nickten einander zu, die Türen fielen satt ins Schloss, und fast lautlos glitten die Wagen davon. Einer ihrer Assistenten lud die Metallkisten in seinen Alfa Romeo T-Spark, fuhr Richtung Süden an der Küste entlang, um die Kisten mit dem Reichsadler an der Steilküste im Meer zu versenken. Viele Gedanken machte er sich nicht, es war ein Befehl der Onkels, und sofort erinnerte er sich an einen Ort, der ihm geeignet erschien. So dachte er.

TOTO, DER HELD

»Ich muss kurz weg.« Wenn Adam Sobetzko diese vier Wörter aussprach, hatte er einen Plan. Er öffnete den Tresor im Zimmer seiner Suite, holte ein Päckchen heraus und steckte es in seine Segeltuchtasche. Am Mittwochmorgen um 4.30 Uhr nahm er den kleinen Biertransporter und fuhr über Schmidt, Nideggen, Düren nach Aachen zum Grauenhofer Weg. Gegen 5.40 Uhr positionierte er sich so, dass er das Haus von Toto im Blick hatte. Der goldfarbene Lancia Thema stand piccobello geputzt in der Einfahrt. Keine Menschenseele auf der Straße. Das Gold der Karosserie spiegelte die Morgensonne. Ein schöner Tag.

»Komm, Toto, du bist der Größte! Mach weiter!« Adriana Sorino stöhnte mehr als gewöhnlich, schließlich besaß Toto Einfluss, Kontakte und Knete. Sie spielte ihm seit einigen Wochen ihre Erregung vor, obwohl sie ihn eher für einen einfallslosen Stecher hielt, der zu viel Davidoff auf seinen Körper kippte. »Toto, ich komme, ich komme.« So endete das Spiel immer wieder. Adriana holte sich das, was sie wirklich suchte, etwas Zärtlichkeit und Zuhören, bei Joris, dem Studenten aus Lucca. Sie wollte nicht mehr putzen, kellnern, kleinen Kindern den Po abwischen. Wenn Joris seinen Master in Design der FH Aachen in der Tasche hatte, würden sie abhauen nach Triest, dort ein Modelabel gründen oder eine Bar aufmachen oder coole Klamotten entwerfen. Totos Zaster sollte helfen, aber Toto war ein Geizkragen. Lange würde sie für diesen Idioten die Beine nicht mehr breitmachen. Wo er den Zaster lagerte, wusste sie eh, sie kannte den Zifferncode des Tresors. Irgendwann würde sie zugreifen. Andererseits war dieser kleine Gauner ziemlich brutal. All das ging Adriana Sorino durch den Kopf, als mit dem vorletzten Stöhnen von Toto ein Knall ertönte und der goldfarbene Lancia Thema auf Fensterhöhe im ersten Stock in das pinkfarbene Schlafzimmer von Toto schaute. Toto stöhnte nun aus anderen Gründen und versaute die

Bettdecke. Beide blickten auf den Lancia, der vor dem Fenster zu stehen schien. Es ertönte ein ohrenbetäubender Knall, verursacht von dem Aufprall des Wagens auf der Waschbetoneinfahrt. Er machte den Jägerzaun zwischen Totos Haus und dem Haus der Familie Chauvistré platt. Anders herum betrachtet, spießte der Jägerzaun den Lancia auf, der mit Achsbruch vorne und hinten auf dem Zaun hing, alle Scheiben zersplittert, Qualm stieg auf, eine Zischflamme schoss aus der Motorhaube.

Verdutzte Nachbarn zogen die Gardinen beiseite. Toto stand mit nacktem Oberkörper und schlaffer Männlichkeit vor dem Fenster, glotzte ungläubig auf seinen Lancia, den er stets liebevoll gepflegt hatte. Eine Träne lief aus seinem linken Auge. »Sta minghia! – Meine Fresse.« Toto konnte seinen Blick vom brennenden Lancia nicht lösen. Herr Chauvistré hatte die Feuerwehr angerufen und stand mit seinem Gloria-Feuerlöscher vor der Motorhaube des italienischen Prachtautos und setzte es unter Schaum. Marlene Chauvistré holte Nachschub aus dem Keller, denn Chauvistré bewahrte als vorsichtiger Mann vier Feuerlöscher im Haus auf, alle gewartet, alle befüllt. Damit hätte er zur Not die halbe Siedlung beschäumen können.

Toto rannte in knallroter Trainingshose und Feinripp-unterhemd vor die Eingangstür, schlug die Hände über dem Kopf zusammen, während Adriana aus dem Tresor einige Scheinchen aus den dort verstauten Packen in ihre Handtasche wandern ließ. Liebeslohn, sagte sie sich. Nun besser ab durch die Mitte. Hier würde gleich die Polizei aufkreuzen, und so viel wusste sie von Totos

Geschäften, dass sie alle dreckig waren, irgendetwas mit dem kleinen Pippo la bocca und seinen Scheißpizzabuden zu schaffen hatten. Sie raffte ihre Klamotten zusammen, huschte zur Haustür, gab dem armen Toto einen Wangenkuss und hauchte: »Ciao, bello! Il mattino ha l'oro in bocca – Morgenstund' hat Gold im Mund.« Die zweideutige Anspielung verstand Toto nicht. Er schaute auf die herbeirasende Feuerwehr und den Ford Galaxy der Polizei Aachen. Zwei Polizistinnen hielten vor seinem Haus. Kommissarin Bardenheuer riegelte die Straße ab, Hauptkommissarin Sommer informierte die Zentrale und beruhigte kurz Herbert Chauvistré, der kopfschüttelnd vor seinen vier leeren Feuerlöschern stand und zu Toto sagte: »Alles leer gespritzt.«

»Ich auch«, sagte Toto mit trockener Kehle und griff sich gewohnheitsmäßig in den Schritt der roten Trainingshose.

»Jetzt weiß ich, warum die Straße Grauenhofer Weg heißt«, sagte Chauvistré.

»Was ist passiert, Herr?«, fragte Kommissarin Sommer den blassen Toto.

»Salvatore Angelo, Freunde nennen mich Toto. Große Knall, bums. Auto isse explodierte. Weiß ich nicht, was kaputt.« Er blickte auf das qualmende Wrack unter dem Schaummeer von Chauvistré.

»Ein Autor explodiert selten grundlos. Hatten Sie Probleme mit dem Wagen?«

»Probleme? Ich? Nein, niente. Auto war gut. Super Lancia. Nu is alles kaputt. Muss ich melden Assicurazioni. Versicherung.«

»Und Sie, Herr?«

»Chauvistré, Herbert Chauvistré. Ich wohne hier nebenan. Also den Jägerzaun, auf dem der Lancia liegt, den hat mein Vater aufgestellt. Damit die Grundstücksgrenze klar ist.«

»Der Jägerzaun interessiert mich eher weniger. Was ist passiert?«

»Es gab einen riesigen Knall, ich sag' noch zur Kathi, hör Kathi, da hat es gerumst. Kathi sagt, ich träume, aber ich hab' nicht geträumt. Es gab einen Rums. Ich geh' ans Fenster und sag' noch zur Kathi: Hör, da ist dem Toto sein Lancia aufgespießt. Wie, sagt Kathi, aufgespießt? Du träumst wieder vom Mittelalter. Ich bin nämlich Burgenbauer, müssen Sie wissen, Frau Kommissarin. Also ich sage zur Kathi, hör, der Lancia qualmt, ich lösch' den direkt, denn ich hab' vier Gloriafeuerlöscher, alle gefüllt und überprüft. Also ich renn' runter, es stinkt nach Gummi, ich in den Keller, zwei Feuerlöscher hoch, die sind schwer, die Dinger, da seh' ich den Toto am Fenster, ich glaub', er hat geweint, egal, ich reiß' die Plombe ab, hau auf den Dez von dem Ding, und schon kommt die Sahne wie aus der Dose von Kathi. Mannomann, hab' ich vielleicht draufgehalten. Alles weiß, wie im Winter. Zweiter Löscher. Volle Pulle, gib ihm, langsam wird der Qualm weniger. Dann den dritten Löscher. Volle Möhre auf die Gurke. Ich glaub', da kam der Toto gerade aus der Tür. Jedenfalls habe ich die Scheiße gelöscht, wer weiß, was sonst noch alles hier abgefackelt wäre. Vielleicht der ganze Grauenhofer Weg.«

»Danke für Ihre lebendige Schilderung, Herr Chauvistré.« Der Einsatzleiter der Feuerwehr bat die Kommissarin auf die Seite. Sie verneinte den sofortigen Abtransport, denn irgendwas an der Geschichte stank zum Himmel. Der Lancia hätte nie diesen Satz von der Parkfläche auf den Jägerzaun gemacht, wenn da nicht jemand mit Sprengstoff nachgeholfen hätte.

»Herr Angelo, wir lassen die Kollegen von der Kriminaltechnik kommen. Vielleicht war es ein fataler Motorschaden; es sieht allerdings danach aus, als ob jemand den Wagen mit Absicht, sagen wir mal, zerstört hat.«

»Meine Auto zerstört? Wer so was machen?«

»Die Kollegen von der Technik schauen es sich an. Wenn Sie mir Ihren Personalausweis geben würden.«

»Meine Ausweis?«

»Routine, Herr Angelo, alles Routine. Die Versicherung wird nach unserem Protokoll fragen. Dafür brauchen wir die Angaben.«

Leise fluchend holte Toto den Personalausweis aus dem Tresor. Er bemerkte nicht, dass die Päckchen mit den Hunderteuroscheinen dünner geworden waren.

Im Streifenwagen war Kommissarin Sommer wenig überrascht, als sie bei der Personenfeststellung von Salvatore Angelo eine hübsche Sammlung von Straftaten zur Kenntnis bekam. Zur Kollegin Bardenheuer sagte sie: »Na bitte, Signor Angelo. Das war bestimmt kein Marder, der die Benzinleitung angebissen und den Wagen angesteckt hat.« Kommissarin Bardenheuer zog die dünnen Augenbrauen hoch. »Vielleicht OK informieren?«

»Organisierte Kriminalität? Weil er Italiener ist? Das sollen die entscheiden. Sonst kriegen wir ein Diszi wegen Racial Profiling an die Backe. Ich höre den Präsidenten: der arme Herr Angelo. Nur weil er Italiener ist und etwas auf dem Kerbholz hat, muss er nicht gleich überprüft werden! Das ist Diskriminierung, liebe Kolleginnen. Sie sollten sich für ein interkulturelles Training im Eine-Welt-Haus anmelden.« Hauptkommissarin Sommer schüttelte leicht säuerlich den Kopf. »Nicht mit mir. Wir haben da keine Rückendeckung. Sobald der Polizeibeirat die Nase dran bekommt, können wir uns auf die Versetzung nach Simmerath freuen. Ne. Lass mal.«

In sicherer Entfernung saß Adam Sobetzko am Steuer des geklauten Lieferwagens, blickte in den Rückspiegel und sah die Absperrung, den Feuerwehrwagen, die Polizei und den in Schaum gebadeten Lancia. Er besaß mehrere Kilo Sprengstoff aus Beständen der ukrainischen Armee, die ihm ein Freund aus Lemberg besorgt hatte. Nun würde Toto unruhig werden, und dieser Pippo Arsch auch. Adam war davon überzeugt, dass die beiden mit dem Mord an Bartosz in Verbindung standen. Zuerst der Helfer, dann dieser Pippo. Jagoda hatte genug Warnungen von ihm bekommen. Sie sollte gefälligst einen Bus nach Sanok nehmen, von dort konnte sie direkt weiter nach Lesko oder Wetlina oder Cisna oder zu ihrem Bruder nach Sanok. Adam sortierte seine Gedanken, dämpfte den Wunsch nach Rache. Klaren Kopf behalten, befahl er sich. Er startete den Motor und fuhr entspannt zur Kaiser-Friedrich-Allee, dort, wo Pippo la bocca residierte.

ANTIMAFIA-SONDEREINHEIT

Colonello Alberto Buzzati, bekannt und berüchtigt für
seinen gnadenlosen Gerechtigkeitssinn, leitete in Reggio Calabria das Operative Zentrum der Investigativen
Antimafia-Direktion. Tropea genoss bei ihm besondere
Aufmerksamkeit, denn im Schatten dieses malerischen
Ortes an der Küste des Mittelmeers, schräg gegenüber
von den Äolischen Inseln, lebten einige ältere Herren, die intensive Verbindungen zu Familien auf Sizilien und Korsika pflegten. Das war Buzzatis Spezialität, die geheimen Verbindungen zwischen kalabrischer
und korsischer Mafia. Er hatte seinen besten Mann nach
Tropea geschickt, Capitano Rienzi, der zusammen mit
zwei weiteren Offizieren und sieben Unteroffizieren der
Carabinieri die älteren Herren observierte. Die Fahnder
hatten am Dienstag, dem 7. Juli 2020, getarnt in einem
unscheinbaren Fiat-Gemüsetransporter, die Zusam-
menkunft am Bahnhof von Tropea beobachtet. Dass
die alten Herren sich nicht zum Kartenspiel trafen, lag
auf der Hand. Als die ersten mit Krückstock die Halle
verließen, vor der brennenden Sonne Kalabriens in die
klimatisierten Limousinen flüchteten, befahl Capitano Rienzi den Start der Carabinieri-Drohne, die von
Unteroffizier Lucca bedient wurde. Er war ein Fachmann und flog das Teil besser als mancher Pilot seinen
Hubschrauber. Während die Wagen in alle Richtungen
davonfuhren, befahl Rienzi, die Halle aus der Luft zu

beobachten. Auf dem Bildschirm sahen die Carabinieri, dass sechs Metallkisten in einen roten Alfa Romeo 156 T. Spark geladen wurden. Rienzi befahl, diesen Wagen zu verfolgen. Nach einer halben Stunde meldete Unteroffizier Picchetti einen Stopp des Alfas an einem Aussichtspunkt der Küstenstraße, unweit von Capo Vaticano. Rienzi, der wenig später mit dem Fiat-Transporter eintraf, ließ die Drohne aufsteigen. Sie sahen auf dem Bildschirm, wie zwei Sonnenbrillenmänner die sechs Kisten von einem Felsvorsprung bei Capo Vaticano ins Meer warfen, in den Alfa Romeo stiegen und davonrasten. Die Drohne lenkte Unteroffizier Lucca zu der Abwurfstelle. Eine Kiste lag auf den Steinen in der Bucht, die anderen schienen im Wasser verschwunden zu sein.

»Taucher anfordern, subito. Sofort!« Capitano Rienzi stationierte den Zivilwagen mit Unteroffizier Picchetti am Aussichtspunkt. Die Funkverbindung zu Colonello Buzzati stand, innerhalb von fünf Minuten startete ein Agusta-Bell AB-412HP Helikopter mit drei Kampftauchern der Carabinieri an Bord von Reggio Calabria zum Flug nach Capo Vaticano. Zeitgleich verließ ein Schnellboot der Carabinieri unter dem Kommando der Kapitänin Silvana Scialanga mit voller Kraft voraus Marina die Gioia Tauro, ebenfalls mit Ziel Capo Vaticano, um die Taucher zu unterstützen.

Am Dienstagabend lagen die Ergebnisse dieser Aktion in einer Untersuchungshalle der Carabinieri-Kaserne in Reggio Calabria. Colonello Buzzati fuhr über seinen Schnurrbart, und Capitano Rienzi staunte über diesen Fund, für den er auf den ersten Blick keine

Erklärung hatte. Es gab ein, zwei Details, die seine Aufmerksamkeit weckten. Eine Metalldose mit der Aufschrift »Nobis« und »Aachen«. Irgendein Lebensmittel musste darin enthalten gewesen sein. Als Haltbarkeitsdatum war Dezember 2020 vermerkt. Diese Geschenkdose befand sich in der Metallkiste, die zwischen den Steinen in der Brandung gelandet war. Zudem prangte auf der Metallkiste das Hakenkreuz mit dem Reichsadler. Sogar ein Empfänger war in das Metall gestanzt worden: Martin Bormann, Reichskanzlei.

Colonello Buzzati sprach konzentriert zu Capitano Rienzi »Schweigen Sie. Schweigen Sie über die Art der Metallkisten. Wir sind einem der letzten großen Geheimnisse des Zweiten Weltkriegs auf der Spur.«

Capitano Rienzi schaute ratlos. »Dass es etwas mit dem Krieg zu tun hat, ist klar. Nur, was?«

Colonello Buzzati kannte durch seine Ermittlungen rund um die korsische und sizilianische Mafia die Geschichte von Rommels Gold. In regelmäßigen Abständen suchten die Mafiosi auf Korsika den Schatz im Meer vor der Mündung des Flusses Golo, südlich von Bastia. Immer, wenn ein neuer Onkel oder Pate von der Geschichte hörte, entwickelte er den Ehrgeiz, Finder des Schatzes zu werden. Die Suche und das Finden waren die eine Seite der Geschichte, der Wert die andere Seite. Millionen Euro sei er wert, so lauteten die Gerüchte, die in Bastia lange Zeit die Runde machten. Nun standen sechs Metallkisten, die unzweifelhaft für Martin Bormann in der Reichskanzlei bestimmt waren, in Reggio Calabria auf dem Tisch. 77 Jahre, nachdem sie zum Schutz vor amerikanischen Jagdflugzeugen im Meer versenkt worden waren. Anstelle von Gold, Juwelen, Diamanten bestand der Inhalt aus Schrauben, Muttern, Schrott und dieser Nobiskiste.

»Ich schließe aus, dass der Inhalt vor der heutigen Versenkung getauscht wurde. So überstürzt, wie die Mafiosi die Halle verließen, waren sie überrascht und enttäuscht von dem, was sie in den Kisten fanden.« Rienzi ließ seinen Gedanken freien Lauf. »Wäre in den Kisten ein Schatz gewesen, hätten sie die Kisten nicht so achtlos ins Meer geworfen, sondern irgendwo in einem kleinen Dorf hinter Tropea in einer Scheune geleert und verteilt oder vergraben.«

»Oder sie wollten uns ablenken.« Buzzati zündete sich ein Zigarillo an und blies den Qualm in die von einer Klimaanlage auf 17 Grad gekühlte Hallenluft. »Während wir in der Bucht tauchten, schleppten sie den Schatz weg.«

»Niemand hat etwas anderes aus der Lagerhalle getragen als diese sechs Kisten, Colonello.«

»Könnte in der Halle etwas versteckt sein, Rienzi?«

»Leutnant Soro und zwei Unteroffiziere haben hier alles durchsucht. Nein, Colonello, der Container von PARATORI war offen. Voll mit Hundefutter. Auf dem Boden der Halle zertretene Asche von den üblichen Zettelchen und vermutlich der Inhalt der Dose aus Aachen. Irgendetwas Essbares, süß und zum Teil mit Nüssen gefüllt. Irgendetwas wie Lebkuchen oder so ähnlich. Weiß der Teufel, was die da oben im kalten Norden futtern.«

»Aachen steht auf der Dose. Kontaktieren Sie die Abteilung für Organisierte Kriminalität in Aachen. Machen Sie Fotos von der Nobiskiste, die senden wir per Mail, wenn wir wissen, wer der Ansprechpartner ist.«

»Zu Befehl, Colonello.« Rienzi winkte Unteroffizier Lucca herbei, der sofort begann, alle Behältnisse und auch die Printendose zu fotografieren.

Rienzi googelte das Polizeipräsidium in Aachen. Er hoffte inständig, jemand am anderen Ende der Leitung könne Italienisch verstehen.

ANRUF AUS REGGIO CALABRIA

Die Zentrale stellte am Mittwochmorgen gegen 8.30 Uhr zum Ersten Polizeihauptkommissar Sembritzki durch, der schlecht gelaunt den Anruf entgegennahm.

»Sembritzki! Hallo? What. I cannot understand. What? Italiano. Moment. Momento. Please!« Sembritzki verstand kein Wort, weder Italienisch noch Englisch.

»Scheiße, ich hab' da 'nen Italiener in der Leitung. Kannst du übernehmen?« Er schaute fragend zur Kollegin Liedgens, die die Augen verdrehte.

»Ich muss zum Polizeidirektor. Termin wegen der Mafia.«

»Das hat bestimmt damit zu tun.«

»Quatsch. Da hat sich einer verwählt.«

»Wer kann denn in dem Laden hier Italienisch?«

»Die Italienerin. Fetts Flamme.«

»Fetts Flamme?«

»Die Conti, Herr Sembritzki. Und jetzt tschüssikowsky.«

Sembritzki nahm den Anruf wieder zurück. »Momento. Italiano. I call you.« Scheiße, dachte er, hätte ich damals bloß die Sprachkurse besucht, anstatt wie blöde mit dem Rennrad durchs Mergelland zu pesen. Er suchte die Nummer von Daniela Conti.

»Frau Conti, Sembritzki hier, ich hab' da Verwandte von Ihnen in der Leitung. Übernehmen Sie.« Er legte auf, ohne eine Antwort abzuwarten.

»Si, pronto?«

»Guten Tag, Capitano Rienzi, Antimafiaeinheit Regio Calabria.« Rienzi atmete erleichtert auf.

»Kommissarin Conti, Mordkommission Aachen. Capitano, was verschafft mir die Ehre?«

»Ein merkwürdiger Fall, Frau Kommissarin. Danke, dass ich italienisch sprechen kann. Sind Sie Italienerin?«

»Mein Vater stammte aus Sizilien, meine Mama ist Deutsche. Ich bin in Deutschland geboren. Wir haben Verwandte in Cortona.«

»Ah, sehr gut. Dann kennen Sie Italien und wissen bestimmt etwas über meine Einheit?«

»Ja, Capitano. Ein Cousin von mir war Personenschützer von Richter Falcone. Er wurde schwer verletzt. Damals.«

»Das tut mir leid, Signora Conti. Ein schlimmer Fall. Darum gibt es uns, die Antimafia-Direktion.« Er machte eine kurze Pause. »Wir beobachten zurzeit Aktivitäten in Tropea, Kalabrien. Dort wurde von einigen älteren Herren, Sie verstehen, ein Container erwartet. Wir wissen, dass der in Aachen an einen Güterzug nach Süditalien umgekoppelt wurde. Der Container wurde gestern in Tropea geöffnet. Sechs Metallkisten sind entnommen worden. Diese Metallkisten landeten kurze Zeit später im Meer. Da kommt Aachen ins Spiel. Die Kisten waren mit Schrott gefüllt: Schrauben, Muttern, altes Werkzeug. Es waren allerdings Kisten aus dem Zweiten Weltkrieg. Der Adressat war in die Kisten eingestanzt: Martin Bormann, Reichskanzlei. Diese Kisten, so vermutet Colonello Buzzati, könnten Gold und Schmuck enthalten haben. Sie wurden Rommels Gold genannt, Gold, das die SS während des Afrikafeldzugs von jüdischen Gemeinden erpresst hat. Angeblich wurden die Kisten 1943 vor Korsika im Meer versenkt, obwohl sie für die Reichskanzlei bestimmt waren. In einer Kiste lag eine Metalldose der Firma *Nobis* aus Aachen. Da muss etwas drin gewesen sein, das Printen oder so ähnlich heißt. Diese Metalldose hatte ein Haltbarkeitsdatum bis Winter 2020, folglich frische Ware. Demnach muss die Dose erst kürzlich in die Metallkiste gekommen sein. Sie sind dran.«

»Ältere Herren? Mafia? Darum haben Sie bei der Organisierten Kriminalität angerufen?«

»Ja, Signora Conti. Darum Organisierte Kriminalität.«

»Wissen Sie, wann der Container in Aachen umgekoppelt wurde?«

»Nach Auskunft der Eisenbahn letzte Woche Mittwoch, heute vor einer Woche.«

»Bitte senden Sie mir Fotos von den Metallkisten und der Printendose. Ich werde meine Vorgesetzten informieren. Vielleicht können wir herausfinden, wo die Dose verkauft wurde. Ich werde Ihnen auf Ihre Mail meine Kontaktdaten senden. Einverstanden?«

»Ja, grazie, Kommissarin Conti. Es war mir ein Vergnügen. Und wenn Sie mal südlich von Cortona sind, schauen Sie in Reggio Calabria vorbei.«

»Sie sind bestimmt kaserniert?«

»Si, ja, wir arbeiten in einer Kaserne, aber wir leben nicht immer in der Kaserne, und das gute italienische Essen finden Sie in jeder Osteria von Reggio Calabria.«

Sie tauschten gerade Mailadressen aus, als Fett das Büro betrat und Conti ein Zeichen gab, dass er mit ihr sprechen müsse.

»Morgen, Chef. Was gibt es denn so Wichtiges?«

»Moin, Frau Conti. Schon mit der Familie in Italien telefoniert?«

»Nein, mit meinem Lover in Reggio Calabria.«

»Lover in Reggio Calabria? Weiß ich davon?«

»Noch nicht. Sie zuerst, Chef.«

»Okay. Grauenhofer Weg heute Morgen vor 6 Uhr.

Ein Lancia Thema ist dort explodiert, nicht wegen Marderbiss an der Benzinzufuhr. Die Kriminaltechnik hat eben alle Abteilungen informiert. Sprengstoff aus Osteuropa. Wird vom Militär in den ehemaligen Sowjetstaaten verwendet: Weißrussland, Ukraine, Georgien. Vielleicht ein Anschlag. Auf wen? Auf Salavatore Angelo, genannt Toto, rechte Hand von Pippo la bocca, dem Pizzakönig von Aachen. Schauen Sie im PC nach. Beide haben eine dicke Akte. Leider kaum etwas nachzuweisen. Alle Verfahren niedergeschlagen. Der Aufruf geht an alle Kommissariate. Wir sollen prüfen, ob es Zusammenhänge mit laufenden Ermittlungen gibt.«

»Das Auto eines Italieners fliegt heute Morgen in die Luft? Merkwürdig. Mein Lover war ein Capitano der Antimafiadirektion von Reggio Calabria. Die haben da eine Spur nach Aachen in einem mysteriösen Fall.«

»Wie bitte?« Fett schaute erstaunt. Sie schilderte ihm das Telefonat, als die Mail aus Italien mit Fotos der Metallkisten und der Printendose eintraf.

»Ein neuer Fall? Mafia? Dafür ist Sembritzki, die Granate aus der Organisierten Kriminalität zuständig.« Fett redete drauflos. »Wir können nicht alles hier bearbeiten! Bin ich Jesus? Nein, nein, Frau Conti. Schön abschieben zu Sembritzki. Der will in die höhere Laufbahn. Soll er endlich seine lang angekündigten Sprachkurse besuchen und das Rennrad in den Schuppen stellen. Wir kümmern uns um den toten Polen. Das hat Vorrang. Punkt. Aus. Ende.«

»Piano, piano, Chef. Oder juckt die Blinddarmwunde?«

»Quatsch. Blinddarm ist vergessen. Die anderen sollen ihren Job machen. Wir machen unseren Job.«

»Und wenn es Zusammenhänge gibt?«

»Zusammenhänge? Alles hängt mit allem zusammen! Sakra. Uns läuft die Zeit davon. Der ist seit zehn Tagen tot, seine Kumpels sind verduftet, keine Fingerabdrücke, keine Spuren, nichts, nichts, nichts.«

»Alles zur selben Zeit.«

»Was heißt das, Frau Conti? Alles zur selben Zeit?«

»Chef, Sie suchen das Motiv.«

»Klar, sag ich doch.«

Conti nahm sich zusammen. Fett hatte seinen Ausraster. Wahrscheinlich schlechte Träume, Frust, Alleinsein, nicht gefrühstückt, nicht gelaufen.

»Allora. Schauen Sie!« Sie zeigte auf die Aufnahmen der Metallkisten mit dem Reichsadler. »Diese Kisten sind vermutlich letzte Woche Mittwoch in Aachen in den Container geladen worden, der gestern in Tropea eingetroffen ist. Kisten aus dem Zweiten Weltkrieg, auch als Rommels Gold bekannt, weil darin Schmuck und Gold von jüdischen Gemeinden aus Tunesien sein soll, die von der SS während des Afrikafeldzugs erpresst wurden. So: Wir haben einen Toten in der Nähe der Eisenbahn; wir haben einen Container, der in Aachen auf dem Westbahnhof umgekoppelt wurde; wir haben einen explodierten Lancia von einem Mafioso und wir haben verschwundene Polen. Einer von denen lag letzte Woche tot in Düren, nahe bei der Eisenbahn, auf die Sie mich direkt am Anfang hingewiesen haben. Und ich habe es nicht ernst genommen. Eisenbahn, dieses merkwürdige Gelände jenseits der Schienen, Container, Züge, explodiertes Auto. Woher kam der Sprengstoff? Osteuropa!«

»Mann. Sie sind gut. Verdammt noch mal. Conti. Sie sind spitze. Da könnte wirklich eine Verbindung bestehen. Was schlagen Sie vor?«

»Wir sollten diesen Toto sprechen. War kein Silvesterscherz, dieser Anschlag. Lassen Sie uns sein Alibi überprüfen. Was macht er? Wo war er?«

»Und Pippo la bocca?«

»Den lassen wir noch in Ruhe. Der bekommt die Aufregung mit und soll ein wenig schmoren.«

»Frau Conti, der nächste Asti geht auf mich.«

»Alles, nur nicht Asti. Lieber einen anständigen Grappa!«

»Oh, harte Sache. Hätte ich Ihnen nicht zugetraut.«

»So kann man sich täuschen. Wir fahren diese Toto-Nase besuchen. Halten Sie Sembritzki raus. Der nervt.«

Fett nickte und lächelte.

TOTO WOLLTE SCHWEIGEN

»Herr Angelo, haben Sie Feinde?« Fett und Conti waren mittags bei Toto, der derangiert in seinem Haus saß.

»Feinde? Ich. No, no, no. Nur gute Freunde, amici.«

»Wen vermuten Sie hinter dem Anschlag?«

»Anschlag. Ich nicht wissen. Wieso Anschlag?«

Daniela Conti schaltete sich in das Gespräch ein. »Höre mir zu, du kleines Mafiaarschloch«, pöbelte sie auf Italienisch. »Du Fußabtreter von dem Pizzabäcker. Dir hat jemand russischen Sprengstoff unter die goldene Prolokarre gelegt, während du schlecht rumgevögelt hast. Die nächste Ladung stecken sie dir in den Arsch: finito mit Toto, dem Helden. Dann kommst du in ein Armengrab am Ende vom Westfriedhof, und wir konfiszieren den ganzen Dreck hier, diese Kitschbude mit Madonna, Lambrusco und goldenen Kettchen. Wir können dich in U-Haft nehmen, Gemeinschaftszelle, oder dich direkt der Antimafiaeinheit nach Italien schicken. Postlagernd Toto, die große Klappe aus Aachen. Wo warst du Sonntagabend vor einer Woche, am Montag vor einer Woche? Mit wem hast du gequatscht? Pack aus, sonst packen wir dich ein, du Bettnässer.«

Toto riss die Augen auf. So hatte lange niemand mit ihm gesprochen. Höchstens Pippo, wenn was schiefgelaufen war.

»Ich mich nicht erinnern. Immer *Padre Padrone* an die Kasse. Fragen Pippo oder Bedienung. Die sieht immer Toto. Oder Adriana, ware immer hier.« Toto antwortete auf Deutsch, so durcheinander war er. Zwar hatte Pippo ihm gesagt, er solle einfach die Klappe halten, ihn als Stronzo und Cazzo beschimpft, weil er nicht aufgepasst habe, aber Toto hatte sich nicht unter Kontrolle.

»Welche Bedienung sollen wir fragen? Name, Adresse! Subito!« Als Fett ebenfalls Italienisch sprach, geriet Toto völlig aus dem Konzept, wenn man überhaupt von einem Konzept reden konnte. Eher ein großes Durcheinander von explodierendem Auto, leeren Feuerlöschern, stöhnender Adriana, vergossenem Liebessaft, Anschiss von Pippo, Polizisten, Feuerwehr und Angst, Angst vor dem, der ihn, Toto, auf dem Kieker hatte.

»Die Namen, du Esel!« Conti bearbeitete ihn.

»Jakota.«

»Wie?«

»Jakota, die Kellnerin. Polacka.«

Fett glaubte, nicht richtig zu hören. Jagoda, eine Polin, Kellnerin in *Padre Padrone.* Auch bei Conti klingelte es.

»Jagoda, und wo wohnt Jagoda?«

»Turmstraße. Kommt immer 17 Uhr *Padre Padrone.* Kann bezeugen für Toto.«

Fett gab die Info an Frau Hof im Sekretariat weiter. Zwei Minuten später bekam er die Adresse von Jagoda mit den grünen Augen.

Kurz vor 16 Uhr klingelten Fett und Conti in der Turmstraße bei Jagoda Woźniak. Das Haus besaß, wie all die alten Mietshäuser, keine Türsprechanlage. Jagoda drückte mechanisch den Öffner, stellte sich hinter den Spion der Wohnungstür und hoffte darauf, Bartosz zu sehen. Stattdessen blickte sie auf einen Mann und eine Frau.

»Kriminalpolizei. Bitte öffnen Sie. Wir haben ein paar Fragen.« Fett sprach ruhig.

Herzrasen. Jagoda bekam Herzrasen. Kein zweiter Ausgang. Warum weglaufen? Was hatte sie getan? Schulden, die Schulden bei Pippo getilgt. Nur einen Hinweis gegeben. Das war alles. Sonst nichts. Mechanisch öffnete sie die Tür, blickte auf zwei Dienstausweise.

»Fett und Kommissarin Conti. Können wir kurz reinkommen? Wir haben ein paar Fragen.« Das war der Auslöser. Fett sagte nichts von Toto. Conti beobachtete die Reaktion und prompt sagte Jagoda: »Haben Sie Bartosz gefunden.«

Fett schluckte kurz, schaute zu Conti.

»Ja. Kommen Sie. Lassen Sie uns reingehen.«

»Was ist mit Bartosz?« Jagoda blieb im Flur stehen, Conti zog die Tür zu.

»Kommen Sie, lassen Sie uns in die Küche gehen.« Als sie an dem kleinen Küchentisch saßen, rückte Fett mit der Wahrheit raus.

»Bartosz ist tot.«

»Nein.«

»Es tut uns leid.« Conti schaltete sich ein. »Bitte helfen Sie uns. Er ist ermordet worden.«

»Ermordet?«

»Ja. Wann haben Sie ihn zuletzt gesehen?«

Jagodas grüne Augen füllten sich mit Tränen. »Er

wollte am Sonntagabend vor einer Woche zu mir kommen. Ich hatte ihn angerufen, weil ich früher nach Hause gehen durfte.«

»Warum konnten Sie früher nach Hause gehen als sonst?«

»Toto, also der Chef im Lokal, der hat mir freigegeben. Darum.«

»Wusste er von Bartosz?«

»Keine Ahnung.« Sie stockte.

»Bartosz war erst kurz in Aachen?«

»Wir kennen uns aus Polen. Plötzlich tauchte er hier auf. Wir haben uns am Samstag getroffen.« Jagoda blickte auf die Tischplatte.

»Warum war er in Aachen, Frau Woźniak?«

»Eine komische Geschichte. Ich weiß nicht.«

»Was für eine Geschichte?«

»Irgendetwas mit einem Nazischatz. Den wollten sie ausgraben. Er wusste aber nicht mehr. Er sagte, seine Freunde hätten ihn mitgenommen, weil er Deutsch spricht.«

»Überlegen Sie genau, was er über den Nazischatz gesagt hat.«

»Irgendwas mit Jureks Großvater oder so und Düren. Vorbahnhof, er sagte, dass am Vorbahnhof ein Nazischatz liegt. Mehr weiß ich nicht.«

»Jurek Nowak?«

»Ja, Jurek Nowak, ein Musikerfreund von Bartosz.«

»Sagt Ihnen der Name Adam Sobetzko etwas? Haben Sie ihn gesehen?«

»Nein. Ja, ja.«

»Helfen Sie uns, bitte. Sie bringen sich sonst selbst in eine schwierige Situation. Wem haben Sie von dem Nazischatz erzählt?«

Jagoda dachte an Adams Worte, an den Fernreisebushof *Auf der Hüls* in Aachen, an Pippo und Toto, an die Wut der Italiener, an Toto, der ihr freigegeben hatte.

»Pippo. Ich habe Schulden bei ihm. Wenn er den Schatz gefunden hätte, hätte er mir die Schulden erlassen.«

»Wann haben Sie ihm die Sache mit dem Schatz verraten?«

»Am Samstag vor einer Woche, nachdem Bartosz mir davon erzählt hatte.«

»Und Sonntagabend ist Bartosz nicht bei Ihnen gewesen, obwohl er kommen wollte?«

»So war es.«

»Sie haben mit Adam Sobetzko gesprochen?«

»Adam Sobetzko hat nach Bartosz gefragt.«

»Wann und wo?«

»Gestern. Er hat mich morgens angerufen. Wir haben uns im Café *Kittel* getroffen, kurz bevor meine Schicht begann.«

»Was wollte er von Ihnen?«

»Er wusste, dass Bartosz Kontakt zu mir gehabt hatte, und suchte ihn.«

»Er suchte Bartosz?« Ungläubig schaute Fett zu Conti.

»Ja, er machte sich Sorgen.«

»Frau Woźniak, wenn Sie mehr wissen, sollten Sie uns das möglichst schnell sagen.«

»Ich weiß nicht mehr.«

»Bitte, denken Sie nach. Bartosz ist hingerichtet worden.« Es war Conti, die diese bittere Wahrheit aussprach. Jagoda Woźniaks Gesicht versteinerte. Sie schaute gebannt auf die Tischplatte.

»Krapoll oder Krapohl. Da tauchte jemand in der Pizzeria auf, der sagte, Toto soll Krapoll anrufen. Das war alles. Ein fieser Typ. Tatschte an mir rum.«

»Krapohl soll Toto anrufen?«

»Genau.«

»Wann und wie oft kam er in die Pizzeria?«

»Ich glaube zwei- oder dreimal. Sonntag und Montag letzte Woche. Ich weiß nicht mehr. Aber den kannte ich nicht. Der war noch nie da.«

»Können Sie Krapohl beschreiben und wiedererkennen?«

Fett zeigte ihr ein Bild von Krapohl auf seinem Mobiltelefon.

»Ja, das ist er, das ist Krapohl. Der war da.«

»Wenn Ihnen noch etwas einfällt, rufen Sie uns bitte an.« Conti legte ihre Visitenkarte auf den Tisch. »Und passen Sie auf sich auf! Sie sind in etwas hineingeraten.«

Jagoda schluckte. Fett und Conti standen auf und verließen die kleine Wohnung der polnischen Kellnerin, die bloß ihre Schulden bei Pippo hatte tilgen wollen.

»Wir brauchen morgen eine Hundertschaft, um den Vorbahnhof in Düren zu durchkämmen. Veranlassen Sie das bitte!« Fett dachte angestrengt nach.

»Da werden sich der Polizeipräsident und die Kollegen freuen. Dauernd in Hambach und in Erkelenz am Tagebau im Einsatz und jetzt den Wald durch-kämmen.«

»Da laufen die Fäden zusammen, Frau Conti. Dort lag der Kram, und wir werden dort nach Spuren suchen, Spuren von Sobetzko und Spuren von diesem Pippo.«

»Das habe ich verstanden, danke für die Belehrung. Dass wir die Hundertschaft morgen sofort bekommen, glaube ich allerdings nicht.«

Sie stiegen in den Zivilwagen der Aachener Polizei und fuhren zurück zum Präsidium. Conti stellte den Antrag auf die Einsatzhundertschaft über ihren Vorgesetzten, Kriminalrat Kosslowski.

DIE FLIEGENDE VENUS

Pippo tobte an seinem Swimmingpool, als Toto am Mittwochmorgen anrief und den Schlamassel mit dem Lancia berichtete. Toto muss weg, dachte Pippo. Dieser Idiot ist einfach zu blöde für die Jobs. Als Pippo wütend ein Glas Campari in den Swimmingpool kippte, verfärbte sich das Wasser gerade rötlich, als er vorne auf der Kaiser-Friedrich-Allee einen Knall hörte. Er blickte von seinem Gartenstuhl aus auf das Dach seiner Villa, die er von einem bankrotten Aachener Tuchfabrikanten günstig erworben hatte. Er sah den Kopf seiner kitschigen Venusskulptur aus dem Vorgarten 30 Meter in die Höhe fliegen. Weitere Körperteile dieses Kunstwerks aus einer chinesischen Provinzhauptstadt folgten. Pippo sprang fast in die Hecke. Wie ein Meteoriteneinschlag donnerte vom Himmel das Podest der chinesischen Venus in den Swimmingpool, löste quasi einen Minitsunami aus, der nicht nur die Aigle Shorts von Pippo leicht benetzte, sondern auch den Beistelltisch mit Campari, Orangensaft und Eis in die englischen Rosen seiner Ehefrau beförderte.

»Vaffanculo! Leck mich am Arsch!« Pippo übersetzte sich selbst, als er auf den Granitblock am Boden des Beckens starrte, der die Keramikfliesen in italienischen Nationalfarben durchschlagen hatte. Langsam sickerte Pippos Badewasser ins Grundwasser, der Campari ebenfalls, den er vor dem Raketenstart seiner Venus hineingeworfen hatte.

»Herr Pippo, Herr Pippo, alles in Ordnung bei Ihnen?« Frau Nadenau, Ehefrau von Professor Bodo Nadenau, Fachmann für Entsorgungsökonomie und Berater der Kölner Abfallbetriebe, schaute über die akkurat geschnittene Thuja-Hecke und schickte mehrmals »Oh je, oh je, oh je!« hinterher.

Pippo stapfte mit nasser Hose am Haus vorbei zum Vorgarten, wo drei weitere Nachbarinnen zusammen mit dem Frührentner Alexander Loosen auf das Loch starrten, in dem vor wenigen Sekunden noch das Fundament für die Venus verankert gewesen war. Es qualmte aus dem Erdreich, als ob Magma an die Erdoberfläche drängen würde.

»Was war das denn?« Alexander Loosen konnte es nicht fassen.

»Mir nicht mär gefallen Venus. Ist frauenfeindlich. Sagte auch meine Frau jede Tag. Habe ich gemacht kurze Prozess. Ware ein bisschen viel Pulver.«

»Herr Pippo, das hätte ins Auge gehen können! Sie können doch nicht einfach so sprengen, hier, in der Kaiser-Friedrich-Allee, einfach so, mitten am Tag!«

»Solle ich sprengen in die Nacht, oder was? Herr Loose, halte Klappe, si. Ware etwas viel. Jetzt sein gut. Kann ich pflanze Rose in die Loch.«

Frührentner Loosen, Erbe einer ertragreichen Kaffeedynastie und leidenschaftlicher Hobbyhistoriker, war erschrocken. Er kannte diesen Pippo ein wenig. Geschmacklos und bestimmt brutal, so sagte er zu seiner Haushälterin Adele, die diese Bemerkung schon lange nicht mehr hören konnte.

»Herr Pippo, hier sind Damen. Ich bitte Sie. Ich rufe die Polizei. Das geht so nicht. Das muss hier alles mit Heras-Gittern abgesperrt werden.«

Pippo, mindestens einen halben Kopf kleiner als Loosen, griff mit erstaunlicher Geschwindigkeit das linke Ohr von Loosen und zog ihn an den Damen vorbei in den Garten bis an den Rand des Pools.

»Passe auf, Loosen. Heute schwimmen. Morgen Wasserleiche. Capito?« Er trat Loosen in den Hintern, der mit einem Aufschrei der Überraschung kopfüber in den Pool segelte, prustete und mit unkoordinierten Schwimmbewegungen zum Beckenrand zurückruderte.

»Capito, Loose?«

»Ja, ja. Alles gut, alles gut!« Loosen japste, nickte, hustete, spuckte Wasser und lief pitschnass vorbei an Pippo und den drei betagten Nachbarinnen, die sich langsam über nichts mehr wunderten.

»Finito la musica! Gehen nach Hause. Pippo sagt scusi für Malheur. War sich eine Unfall. Wollte sparen Firma.«

»Ach, Herr Pippo, Sie sind immer so sparsam. Ganz anders als mein Willy selig.« Erna Sandrock konnte sich diese Bemerkung nicht verkneifen. Dieser kleine Pippo strahlte irgendwie eine animalische Energie aus, die sie in gewisser Weise attraktiv fand.

Jedenfalls hatte Adam Sobetzkos Plastiksprengstoff aus ukrainischen Militärbeständen etwas Kitsch aus Aachen entfernt und zweifellos zur Aufwertung des Vorgartens von Pippo geführt. Schade, dass das Wasser des Pools durch den Aufprall des Sockels auf dem Beckenboden langsam wegsickerte, denn der Sommer war heiß und sollte heiß bleiben.

Heiß war auch Pippo. Die nasse Hose schleuderte er auf den Sessel in seinem Umkleidezimmer. Er überlegte, wie er vorgehen sollte. Zuerst den Esel von Gärtner anrufen, damit die Scheiße vorne rasch vergessen wurde. Die Beretta aus dem Safe holen, das Magazin überprüfen, vielleicht Oscar aus Düren kommen lassen, der dort als Chefkassierer der Pizzeria *Padrone Due* gute Dienste leistete. Warum die Statue? Warum nicht das Auto, das Haus? Irgendein Arschloch will mir Angst machen, dachte Pippo. Mir und Toto, dem Idioten. Die Onkels aus Tropea hatten sich noch nicht gemeldet. Das beunruhigte ihn. Abwarten, dachte Pippo. Nicht zu hektisch. Die überlegen bestimmt, welchen Teil von Nordrhein-Westfalen er demnächst als Capo überwachen sollte.

So blieb die Sprengung der chinesischen Venus im Vorgarten von Pippo la bocca eine Warnung, die Adam Sobetzko aus ausreichender Entfernung beobachtet hatte. Diesen beiden italienischen Westentaschenganoven hatte er eine Lektion erteilt. Im Laufe der Woche würden sie weichgekocht. Er war davon überzeugt, dass beide mit dem Mord an Bartosz in Verbindung standen.

DAS GEHEIMNIS DES MATEUSZ NOWAK

Am späten Mittwochnachmittag trugen Fett und Conti alle Infos zusammen. Für Fett stand fest: Das fehlende Motiv war der Schatz, dieser verdammte Schatz, Rommels Gold, das irgendwann am Vorbahnhof in Düren gelandet war. Bartosz war nicht eingeweiht, konnte also nichts verraten und wurde umgebracht. Toto hatte Bartosz in eine Falle gelockt. Krapohl erfuhr nicht, wo der Schatz war. Sobetzko, dieser Karpatengauner, könnte die Zuhälterkarre von Toto in die Luft gejagt haben, nur warum? Warum das Auto? Eine Warnung? Wer hatte Sobetzko in Maastricht geholfen? Fragen, Fragen, all die Fragen, die ihn bis in die Nacht verfolgten, beim Aufstehen, beim Duschen, beim Rasieren. Fragen, Zweifel, Hypothesen, Thesen – Fett spürte Müdigkeit, eine unendliche Müdigkeit. Der Kampf gegen das Böse, das nie endende Böse, gegen verbrecherische Menschen, gegen brutale, ultrabrutale Menschen, die geworden sind, wie sie waren, die sich nicht mehr ändern würden, die kaltblütig für ein paar 100 Euro eine Pistole, ein Messer zückten. Der schwarze Hund näherte sich, immer näherte sich der schwarze Hund, wenn er kurz vor der Lösung des Rätsels stand. Dieses Rätsel war tiefschwarz, führte in die Vergangenheit zurück, in die Dunkelheit des Nationalsozialismus, in das staatlich organisierte Verbrechen, in die Singularität des Bösen. Er blickte wie hypnotisiert aus dem Fenster, sah weder

Sonne, Autobahn noch die Niagara-Autowaschanlage. Er sah Blut, Tod, Gemetzel, schreiende Frauen, Kinder, Greise, Alte in der Hitze Afrikas, sah die schwarze Uniform in Tunis, in Tobruk, in Bir Hakeim, in El-Alamein in der Kattara-Senke, in Benghasi, auf Djerba. Er dachte an den islamistischen Anschlag auf die Al-Ghriba-Synagoge von Djerba am 11. April 2002, ausgeübt von al-Qaida. Spuren führten zu einem konvertierten Deutschen, der durch den französischen Geheimdienst bei einem Zwischenstopp seines Fluges in Paris aufgegriffen worden war. Es war alles bei ihm abgespeichert, der SS-Horror in der Wüste, von dem nur wenige wussten, die Explosion des Lkw vor der Synagoge an einem wunderschönen Tag im April 2002: 21 Tote, 30 Schwerverletzte.

Conti berührte ihn vorsichtig an der Schulter. Es war, als ob Fett aus einer Hypnose aufwachte. Er nickte und stellte sich mit Conti vor die Schautafel für den Fall. Langsam glich die Tafel einem modernen Kunstwerk.

»Beretta, eine italienische Pistole und dazu Toto und Pippo. Beide haben Kontakt zur Mafia. Krapohl wird Auftragnehmer für Pippo.« Conti sprach vor sich hin.

»Beweise? Haben wir irgendwelche Beweise? Bis jetzt haben wir nur mögliche Verbindungen, jedoch keine Beweise. Wir bekommen weder einen Durchsuchungsbeschluss noch einen Haftbefehl.« Fett ärgerte sich. »Die Aussagen von Jagoda Woźniak reichen nicht aus. Toto und Pippo werden alles abstreiten. Krapohl wird sagen, er wollte eine Pizza Mafioso bestellen. Sobetzko ist abgetaucht. Der könnte behaupten, dass

Bartosz eigene Wege gegangen ist. Im Zweifelsfall wird er sagen, dass Jagoda sich das alles ausgedacht hat.«

»Und die Metallkisten in Tropea? Die Nobisdose?«

»Ein Scherz unter Mafiosi. Kleine Abwechslung, kleines Spielchen. Alles nicht wichtig. Capitano Rienzi interpretiert zu viel da rein.«

»Und wenn wir eine Gegenüberstellung von Toto und Jagoda machen?«

»Warum?«, fragte Fett. »Sie wird Angst haben. Er wird leugnen, sie früher als sonst nach Hause geschickt zu haben. Oder er sagt, sie habe sich nicht wohl gefühlt. Aussage gegen Aussage. Wir bringen das Mädchen unnötig in Gefahr.«

»Wir müssen Krapohl observieren. Einfach observieren, Chef. Krapohl war bestimmt nicht allein. Wenn er von Pippo Geld bekommen hat, werden er und seine Jungs das Geld raushauen, sich ein paar lustige Tage machen.«

»Eine Möglichkeit, aber mühsam. Was macht die Einsatzhundertschaft?«

»Kosslowski hat den Antrag weitergeleitet. Die Hundertschaft ist heute in Hambach und morgen in Erkelenz. Kann Freitagnachmittag werden.«

»Mist. Aber unbedingt am Freitag. Sonst sind zu viele Spuren verschwunden. Vielleicht fahren wir beide morgen zum Vorbahnhofsgelände. Erinnern Sie mich dran.«

»Mach ich. Aber wie sind die Polen an die Info mit dem Schatz gekommen? Durch Jureks Großvater, sagte Jagoda. Aber was hat Jureks Großvater mit Düren zu schaffen?« Conti zeigte auf den Begriff »Rommels Gold«.

»Ich rufe Dawid Gutowski in Krakau an. Wir wissen nicht alles über die Fahrt von Sobetzko und seinen Freunden nach Düren und Aachen. Recherchieren Sie mal über Vorbahnhof Düren in Verbindung mit Zwangsarbeitern und Kriegsgefangenen.«

Dawid Gutowski bat seinen Freund, den Kommandanten Wawrzyniak aus der Abteilung für Schwerverbrechen in Rzeszow, um Amtshilfe. Wawrzyniak war zuständig für die Region Vorkarpaten. Am Mittwochnachmittag fuhr Wawrzyniak nach Ustrziky Górne zu den Eltern von Jurek Nowak. Sie waren beunruhigt und wussten nicht, wo Jurek steckte. Er habe von einer kurzen Reise nach Deutschland mit Adam Sobetzko gesprochen. Mehr konnten sie ihm nicht sagen. Kurz bevor Kommandant Jan Wawrzyniak aufbrechen wollte, bat ihn der besorgte Großvater in sein Zimmer. Mateusz Nowak erzählte mit brüchiger Stimme von seiner Verhaftung im Zweiten Weltkrieg, von seiner Verschleppung nach Düren zum Vorbahnhof und von dem Bombenangriff im Herbst 1943, von den beiden erschossenen Russen und von den Metallkisten, die sie im Bombenhagel und im Chaos dieser Nacht versteckt hatten. Schließlich berichtete er über das Leiden seines Enkels in der Corona-Zeit, von den fehlenden Auftritten und von der Feldflasche, in der der Plan vom Versteck der Metallkisten jahrelang gelegen hatte. Nun mache er sich fürchterliche Vorwürfe, von denen er seinem Sohn, dem Vater von Jurek, nichts erzählt habe. Kommandant Jan Wawrzyniak versprach, darüber zu schweigen. Er sah dem alten Mann die Gram, die Angst, das schlechte Gewissen an. Trug er Schuld am Tod von Bartosz Masur? Vor dieser Frage fürchtete sich Jan Wawrzyniak. Der Alte stellte sie dem Polizisten. Der Kommandant nahm sich zusammen und sagte mit ruhiger Stimme:

»Sie wollten helfen. Es ist ein Unglück. Sie tragen keine Schuld, Herr Nowak. Wenn jemand Schuld hat, dann diejenigen, die Sie damals von der Straße weg nach Deutschland geschleppt haben.«

»Danke, Herr Kommandant, danke«, stammelte der alte Nowak. Am nächsten Tag starb er, ohne seinen Enkel wiedergesehen zu haben.

Wawrzyniak rief am Abend seinen Kollegen Dawid Gutowski in Krakau an und berichtete ihm. Gutowski war zu beschäftigt, um noch Fett anzurufen. Er nahm es sich für Donnerstagmorgen vor.

Daniela Conti informierte Fett am Mittwochabend über ihre Recherchen zum Dürener Vorbahnhof und über Rommels Gold. Sie hatte herausgefunden, dass während des Kriegs ein Lager mit Zwangsarbeitern und Kriegsgefangenen am Vorbahnhof existierte. Eine Schülerin des Stiftischen Gymnasiums Düren hatte eine Hausarbeit über das Thema ins Internet gestellt. Conti war in dieser düsteren Geschichte versunken. Sie fand außerdem etliche Artikel über Rommels Gold, die vergebliche Suche nach dem Schatz, über die SS in Afrika und deren Auftrag, beim weiteren Vormarsch des Afrikakorps alle Juden in Ägypten und Palästina in die Vernichtungslager zu deportieren. In dieser Nacht schlief sie schlecht.

TAGE DER ENTSCHEIDUNG

In Lüttich klingelte am Mittwochabend das Telefon von Samuel Goldstein. Er legte ein Lesezeichen in den Roman von Twardoch und hob ab.

»Goldstein.«

»David hier.«

»Herr David. Wie kann ich helfen?«

»Ein letzter Anruf.«

»Ja, bitte.«

»Sagen Sie Herrn Adam, dass er sich um Krapohl kümmern soll, nicht um die Italiener. Damit wird er dem Andenken an Herrn Bartosz einen Gefallen tun. Am Freitagvormittag um 11 Uhr in der *Hopfenklause* in Aachen. Herr Adam wird eh keine Ruhe geben. Wir kennen ihn.«

»Ich habe verstanden, Herr David. Er kann sich darauf verlassen?«

»Wie immer. Das wissen Sie, Herr Goldstein.«

»Herr David, ich erinnere mich. Auf Wiederhören.« Samuel Goldstein legte auf. Er beschloss, erst am Donnertagvormittag Adam Sobetzko im Hotel *Seehof* anzurufen. Er sollte eine ruhige Nacht in der Eifel verbringen.

Als Franky am Donnerstagvormittag in der *Hopfenklause* über Fußballzeitschrift, Bier und Zigarette döste, trat zur Überraschung von Aushilfswirtin Hilde und zur Überraschung von Franky ein junger Mann mit

Sonnenbrille, Jeans, Lederjacke an Franky heran. Er sprach mit italienischem Akzent.

»Franky, sage Oskar Krapohl, dass er am Freitag um 11 Uhr hier komme soll. Wir haben eine Belohnung für ihn. Grüße von Pippo, Pippo komme auch. Bene?« Er schob 100 Euro unter die Zeitung und nickte Hilde zu, die weiter ein Bierglas putzte.

»Pippo, morgen 11 Uhr. Geht klar. Merci.« Franky wusste nicht, wie ihm geschah. So rasch, wie er gekommen war, verschwand der Unbekannte aus der *Hopfenklause*.

Franky betastete den Hunderter, leckte sich kurz über die Lippen und dachte: Heute ist ein guter Tag.

»Hilde, kommt Krapohl heute?«

»Krapohl kommt jeden Tag. Es sei denn, er sitzt ein in der Krefelder Straße.«

»Super, dann wird er kommen. Mach mir noch eins.« Franky zeigte auf die Kölschstange und das leere Schnapsglas. Hilde wusste Bescheid. Sie hielt ein frisches Glas für den Schnaps an die Zapfvorrichtung und brachte Franky das Herrengedeck auf den runden Ecktisch.

»Wohl bekomm's, Franky.«

»Kleiner Belohnungsschluck. Wechsel mir mal den Hunni. Heute ist mein Glückstag, da mach ich den Monarch leer.« Franky zog den Hocker vor den Spielautomaten und schob die Eurostücke in den Münzschlitz. Der Monarch spuckte 20 Euro aus, bevor die Glücksserie endete.

Kurz nach 13 Uhr schlugen Krapohl, Eisenbahnsiggi und Papesch in der Kneipe auf. Toni war den ganzen

Tag im Saunadorf Roetgen. Nach dem Frühjahrslock-down und den Reisewarnungen eine willkommene Erholung. Hilde stand hinter dem Tresen, da würde die dicke Hanni nicht kommen, denn die Frauen verstanden sich nicht. Franky besaß noch zehn Euro in Münzen, drei Zigaretten und ließ bereits bei Hilde anschreiben. Franky folgte Krapohl auf die Toilette, berichtete von dem Italiener und dem Treffen mit Pippo am Freitag und schnorrte Krapohl um einen Fuffi für eine Runde Monarch an. Krapohl war in Spendierlaune und steckte ihm einen Zwanni in die Hemdtasche, kniff Franky in die Backen und pinkelte neben das Becken, als er dar-über nachdachte, welche Belohnung Pippo überreichen würde. Sind doch anständig, die Itaker, dachte Krapohl. Dann kamen die Zweifel. Warum rief ihn Toto nicht an, warum kam ein Unbekannter in die *Hopfenklause*, warum diese Geheimnistuerei? Er wusch sich die Hände, blickte im Spiegel in das Oskar-Krapohl-Gesicht und war mit sich zufrieden. Die Knete stimmte, der Job war erledigt, Pippo würde kommen. Er wird ihn mit Papesch und Eisenbahnsiggi erwarten, und links unter der Lederjacke würde die Schnellfeuerpistole griffbereit sein. Warum also Sorgen machen? Bestimmt ein neuer Auftrag, ohne dass dieser Toto-Fuzzi darin rumfum-melte. Direkt mit dem kleinen Großmaul Pippo verhan-deln. Er grinste sich im Spiegel an, zog eine Grimasse und dachte nicht mehr an Franky und die Nachricht.

An diesem Donnerstagvormittag rief Dawid Gutow-ski, Kriminalkommissar aus Krakau, den Kollegen Fett an. Die Infos von Mateusz Nowak über die geheimnisvollen Metallkisten mit Rommels Gold klangen glaubwürdig. Endlich wurde das Motiv bestätigt: erpresster Schmuck, Gold, wertvolle Sakralgegenstände, Diamanten. Rommels Gold, von dem Rommel wahrscheinlich nichts gewusst hatte, weil die SS dem Reichsführer Heinrich Himmler unterstanden hatte und der mit Martin Bormann um die Gunst des Führers buhlte. Vielleicht war die gesamte Aktion mit Rommels Gold zwischen Bormann und Himmler abgesprochen. Statt in Berlin landeten die Kisten auf dem Vorbahnhofsgelände von Düren. Um den Enkel über die Corona-Krise zu bringen, hatte der alte Nowak das Versteck preisgegeben.

»Es bleiben viele Fragen offen, Frau Conti.« Fett schaute zu, wie sie ihren Espresso trank.

»Die Kisten sind nach Italien gelangt. Das war nicht die Idee von Sobetzko, sondern hängt mit Toto und Pippo zusammen. Oder?« Conti stellte sich vor das Bild mit all den Pfeilen und Namen.

»Ja, sehe ich auch so.« Fett hörte ihr aufmerksam zu.

»In den Kisten war Schrott. Wer hat den Schrott da reingepackt? Pippo bestimmt nicht. Er provoziert nicht seine Chefs. Krapohl? Warum? Oder hat Sobetzko die Kisten gefunden, den Inhalt ausgetauscht, dann die Kisten wieder vergraben?«

»Stimmt. Die Empfänger in Tropea werden nicht amüsiert gewesen sein. Dazu noch die Printen. Als ob sich jemand über sie lustig machen wollte.« Fett konzentrierte sich, um Contis Gedankengängen zu folgen.

»Lustig machen über die alten Herren der Mafia? Das

geht gar nicht. Prompt fliegt der Lancia von Toto in die Luft.«

»Mit Sprengstoff aus Russland?« Fett bekam auch Lust auf einen Espresso.

»Warum nicht? Spuren verwischen. So arbeitet die Mafia.«

»Wo ist der wertvolle Inhalt der Kisten, Kollegin Conti?«

»Sie wurden gefunden, geöffnet, geleert, mit Schrott und Printen gefüllt. So gelangten sie, wie auch immer, zu dem Absender. Der dachte, es seien die Kisten mit dem Originalinhalt.«

»Möglich. Dann ist der Absender der Kisten in eine Falle gelaufen.«

Conti blickte auf das Schaubild. »Bartosz Masur hat die Stelle nicht verraten. Er wurde getötet. Krapohl verfolgt Sobetzko nach Maastricht, wird abgehängt und findet trotzdem die Kisten, die bereits neu befüllt worden sind?«

»Obwohl er abgehängt worden war, hat er die Kisten gefunden. Er sollte sogar die Kisten finden. Das war alles perfekt inszeniert. Übergibt die Kisten seinem Auftraggeber, bekommt das Geld und macht sich einen schönen Tag.«

»Bleibt immer noch offen, wer in Maastricht geholfen hat. Wer hat den Mustang plattgestochen? Wer hat später den Range Rover abgeholt? Das konnte Sobetzko nicht organisieren.«

»Der große Unbekannte, Frau Conti. Wir haben fast alle Puzzlesteine.«

Contis Apparat klingelte.

»Hier noch mal Lambertz, Bütgenbach, Sie erinnern sich, Frau Conte?«

»Conti, Conte war der Sänger.«

»Ach, ja. Schöne Lieder. Der war einst in Eupen im Stadion oder beim Musikmarathon. Lange her. So schöne Lieder.«

»Möchten Sie mit mir über Paolo Conte diskutieren oder ist wieder ein Kleintransporter in Ostbelgien abgebrannt? Nur ein Scherz, lieber Kollege. Ihre Informationen helfen uns stets weiter.«

»Kleintransporter nicht. Auch keine Ufos, die hier vor Jahren oft gesehen wurden. Nein, Frau Conti. Wir haben was für Sie. Also die Verkehrskollegen. Also Verkehrswacht.«

»Nur zu, Kollege Lambertz, nur zu! Ich höre.«

»Also, es geht effektiv um diesen abgebrannten Kleintransporter. Wir haben da hinter Elsenborn, dem Truppenübungsplatz, so Kameras für den Verkehr. Die werden nicht oft ausgewertet. Wir dachten, die seien effektiv kaputt. Sind sie aber nicht gewesen. Nur der Kollege Grommes, der die kontrolliert, der war wegen Covid lange nicht da. Jetzt ist er wieder gesund. Zum Glück. Der ist so alt wie ich. Stellen Sie sich das mal vor. Na gut. Also, der hat die ausgewertet. Und da waren zwei Autos zu schnell. Und ein Auto war, Achtung, Überraschung, der Kleintransporter, der danach abgebrannt ist. Außerdem kurz davor ein Ford Mustang mit Aachener Kennzeichen: AC OK 1. Beide sind kurz hintereinander zu schnell durch die Radarfalle gebrettert. Na, sind wir nicht gut bei der Eifelpolizei?«

»Sie sind eine Granate, Herr Lambertz. Wie viele Leute saßen drin?«

»Nur die Fahrer der beiden Wagen sind zu sehen. Männer. Mehr geht nicht bei unseren Kameras.«

»Bitte alles senden und nach Möglichkeit sofort.«

»Sofort auf Italienisch heißt subito, oder?«

»Subito, si. Sie sind ein Sprachentalent, Herr Lambertz.«

»Das hat meine Mutter auch immer gesagt. Ich sende gleich.«

»Danke, grazie mille.« Conti legte auf und gab Fett ein Zeichen, der an der Kaffeemaschine verzweifelt versuchte, die Wartungsbefehle zu umgehen, um endlich einen großen Kaffee zu brühen.

»Krapohl fuhr vor dem Kleintransporter mit den beiden Schusslöchern im Boden. Die Eifelpolizei in Bütgenbach hat eine Kamera hinter Elsenborn ausgewertet. Reicht für einen Haftbefehl.«

»Na endlich.« Fett ließ den Kaffee stehen und rief zu Frau Hof: »Verbinden Sie mich mit der Staatsanwältin.«

Am Donnerstagabend traf der Haftbefehl für Oskar Krapohl wegen Mordverdacht ein. Aufgrund seiner Gewaltbereitschaft wurde der Zugriff für Freitagvormittag vereinbart. Dann würde ein SEK-Team aus Köln zur Verfügung stehen. Kollegen der Einsatzhundertschaft und der Bundespolizei wurden angefordert. Kriminalrat Kosslowski übernahm die Einsatzlage. Fett und Conti sollten den Aufenthaltsort von Krapohl herausfinden. Beide fuhren mit einem zivilen Focus mehrere Kneipen ab, in denen Kenner der Szene verkehrten. In der Kneipe *Zum letzten Plädoyer* auf dem Adalbertsteinweg, unweit vom Justizzentrum, traf Fett Riegel-Rudi, der hinter Schloss und Riegel die besten Jahre verbracht hatte, aus Aachen-Burtscheid stammte und als wandelndes Wikipedia der Aachener Knastologen fungierte.

»Der Oskar, tja, wenn ich das wüsste. Au banan, der is immer auf Jück. Wat willste von dem?«

»Ein paar Fragen. Routine.«

»Bei Oskar is nie Routine, wa. Da wäre ich vorsichtig. Der is immer jeladen.« Riegel-Rudi zog eine Packung *Rothändle* aus der Sakkotasche und ging vor die Tür. Fett folgte ihm.

»Keine Sorge, Rudi. Wo trinkt Oskar denn gerne sein Bierchen?«

»Na bei der Tünn.«

»Tünn wie?«

»Hopfen-Toni. *Hopfenklause*. Weiß hier jeder.« Er inhalierte, als ob es seine letzte Zigarette sei. »Denk an mich, Fett. Von mir weißte nix. Aber ich hab' einen jut.«

Fett nickte und stieg zu Conti in den Wagen.

»*Hopfenklause* am Hansemannplatz. Sorgen Sie dafür, dass da ab der Öffnung überwacht wird.«

Conti googelte im Büro die Öffnungszeiten. »Der Bums macht um 10.30 Uhr auf.«

»Dann sollten wir morgen früh dort sein. Einen festen Wohnsitz hat der liebe Krapohl nicht.« Fett öffnete eine

Schublade seines Schreibtisches und griff zum Reserve-
magazin für seine Dienstwaffe.

ICH, DER RICHTER

»Kennen wir den Wagen?«, brummte Fett zu Daniela
Conti am Freitagmorgen gegen 11 Uhr, als sie den Eingang *Hopfenklause* beobachteten. Sie schaute auf den
weißen Fiat Doblo mit Werbung für *Jupiler*, der direkt
vor der *Hopfenklause* stoppte. Zeitgleich verließ jemand
in schäbiger Lederjacke den Laden und schritt rasch zur
Heinrichsallee. Das war Franky.

»Nein. Kennzeichen kann ich nicht sehen, so blöd,
wie der steht. Steigt da jemand aus?«

»Mist. Wo bleibt denn das SEK?«

»Kommt gleich, Chef.«

Während Conti und Fett auf Unterstützung warteten, hielt der gestohlene Getränkekombi nur kurz. Jurek
saß am Steuer, Adam saß auf dem Beifahrersitz. Er öffnete die Tür, sagte: »Wie abgesprochen«, dann ging er

zur *Hopfenklause*. Jurek fuhr los, bog ab zum Parkhaus an der Monheimsallee, stellte den Kombi ab und lief in die Vorfahrt des Hotels zu Amelia. Sie wartete in Adams Range Rover mit deutschem Kennzeichen vor dem Hotel *Quellenhof*.

Adam öffnete die Tür der *Hopfenklause*. Er trug einen leichten Sommertrenchcoat, der ihm fast bis zu den Schuhen reichte. Eine Ray-Ban-Sonnenbrille ließ keinen Blick auf seine Augen zu. Er öffnete kurz nach 11 Uhr die Tür, sah Krapohl an der Theke, ging zu ihm, schaute zu Toni und sagte: »Wodka«. Papesch hing wie ein nasses Handtuch auf seinem Hocker. Eisenbahn-siggi lag mehr auf dem Flipper, als er davorstand, betastete seine Wunde, versuchte die Kugel in die Löcher zu knallen. Johanna Brummer schlief fast an der Ecke der Theke, mit dem Rücken gegen die Wand gelehnt. Nur Krapohl und Toni bemerkten den neuen Gast mit der dunklen Brille, der aus der Stille des Hansemannplatzes in die *Hopfenklause* eingedrungen war. Adam hatte Krapohl noch nie gesehen, aber ihm war klar, dass ausschließlich dieser Mann in diesem Laden Krapohl sein konnte.

»Wie Wodka? Wer bist du denn?«, knurrte Krapohl, der die dritte Tasse Kaffee vor sich stehen hatte. Irgendetwas stimmte nicht. Wo blieb dieser Pippo-Arsch? Wer war denn dieser Heini? Keine Busse, Affenhitze, Ruhe und nun dieser Typ im Trenchcoat. Krapohls Instinkt funktionierte, geschärft von all den krummen Dingern, die er in seinem Leben gedreht hatte. Er tastete mit der rechten Hand langsam nach der *Hämmerli* Schnellfeuerpistole, die er unter der schweren Lederjacke trug. Er musste nur die Hand in den Griff legen, der extra für ihn geformt worden war. Der Rest wäre ein Kinderspiel, falls dieser Clown, der eben Wodka bestellt hatte, Faxen machen würde. »Also, was bist du für ein Vogel?«, fragte er erneut.

»Jestem grabarzem. Ich bin Tottengräbär«, sagte Adam in gebrochenem Deutsch und rollte das »R«. Mit der rechten Hand zog er rasch eine Makarov mit Schalldämpfer aus dem Holster und schoss Krapohl in den linken Fuß. Der blickte überrascht auf das spritzende Blut, tastete nach der *Hämmerli* links unter der Jacke, aber der emporschießende Schmerz führte zu einer Kurzschlussreaktion. Er zog den Abzug der Schnellfeuerpistole, und in Sekundenschnelle jagte er sich drei Dum-Dum-Kugeln ins linke Bein und in den linken Fuß, der nun völlig perforiert und hinüber war. Mit aufgerissenen Augen und einem »Scheiße!« auf den Lippen brüllte er los, als ihm Adam Sobetzko mit einem »Do widzenia – Auf Wiedärsähn!« eine Kugel in die Stirn schoss, zeitgleich mit der linken Hand aus dem rechten Holster die zweite Makarov mit Schalldämpfer zog. Er traf Papesch, der eine kleine *Smith & Wesson* gezogen hatte, ins rechte Auge. Papesch flog vom Hocker direkt vor die Füße der dicken Hanni, die überhaupt nicht begriff, was da gerade passierte, es waren zu viele Wodkas gewesen. Eisenbahnsiggi hatte sich mittlerweile vom Flipper zur Theke gedreht, wollte in seinem betrunkenen Zustand auf Adam Sobetzko los und blickte erstaunt auf seine Brust, die von drei Kugeln aus der Makarov in Adams rechter Hand getroffen wurde. Ein glatter Durchschuss schlug im Flipper ein, worauf eine Kettenreaktion von Gewinnzahlen ununterbrochen ratterte. Toni lag hinter der Theke, Hanni riss den Mund auf, um einen Entsetzensschrei auszustoßen. Die Kugel in ihrem Hals war schneller. Kein Laut. Ein leises »Puff«. Sie rutschte von den beiden Hockern, stürzte auf Papesch und blieb tot auf ihm liegen.

»Ich habe nichts gesehen«, murmelte Toni auf dem Boden hinter der Theke. »Ich habe nichts gesehen. Sie können gehen. Ich habe nichts gesehen.« Jägermeister tropfte auf ihn. Ein Querschläger war durch die aufgereihte Batterie von Flaschen gerast. Toni lag unter der zersplitterten Flasche, während der Kräuterlikör ohne Unterlass auf ihn tropfte. »Bitte. Ich habe nichts gesehen. Bitte.« Adam sagte »Pst!« zu Toni, griff in die Lederjacke von Krapohl, die nicht allein durch das Futter so schwer war, sondern auch durch die versteckten Geldscheine. Adam Sobetzko hatte am Donnerstagmittag, als die schnelle Hilde Toni vertrat, die *Hopfenklause* inspiziert. Adam Sobetzko verschwand durch den Hinterausgang, öffnete mit Gewalt die Gartentür des mehrstöckigen Nachbarhauses, lief dort durch den leeren Flur und kam in Höhe des David-Hansemann-Denkmals aus dem Hauseingang. Das alles hatte wenige Sekunden gedauert. Mit schnellen Schritten gelangte er zum Range Rover vor dem Hotel. »Dawai, Jurek! Kurwa, eine Makarov liegt noch auf der Theke. Mist. Egal. Sie war jungfräulich, nicht registriert. Fahr los, dawai!« Es kam selten vor, dass Adam Fehler machte. Jurek saß hinter dem Steuer, Amelia auf dem Rücksitz hinter den verdunkelten Scheiben. Jurek gab Gas und fuhr über die Krefelder Straße auf die Autobahn nach Heerlen, über Maastricht nach Lüttich, vor Lüttich bog er ab in die Ardennen. Zwei Stunden später erreichten sie Luxemburg.

WAR DAS EIN SCHUSS?

»War das eben ein Schuss?« Conti schaute angestrengt zum Eingang der *Hopfenklause*.

»Ich hab' nichts gehört. Wie denn auch? Wir sitzen hier, der Funkverkehr kracht, die Fenster fast geschlossen.«

»Wenn das SEK nicht in drei Minuten vor Ort ist, gehen wir rein, Chef. Da drinnen stimmt was nicht. Die Nummer mit dem Getränkewagen kommt mir spanisch vor. Außerdem merken die in der Kneipe, dass draußen kein Bus mehr fährt.«

»Wir warten! So besoffen wie die sind, bekommen die nichts mit vom Verkehr. Da drin sind 100 Jahre Knast versammelt. Krapohl und Papesch haben nichts zu verlieren. Ich aber. Ich kann Sie verlieren. Verstehen Sie das? Wir brauchen das SEK für den überraschenden Zugriff.« Fett sagte mehr, als er sagen wollte. Aber es stimmte. Er wollte Daniela Conti nicht in Gefahr bringen.

Conti fragte in der Zentrale nach dem Getränkewagen. Ein Kastenwagen. Nein, keine Infos.

»*Jupiler*. Seit wann trinken die in der *Hopfenklause* belgisches Bier. Die Sache stinkt zum Himmel. Wir gehen da jetzt rein. Zusammen. Sie und ich«, sagte sie und wollte gerade die Tür öffnen, als im Funk die Ankunft des SEK-Teams gemeldet wurde.

Zeitgleich schlenderte ein junger Mann, sich nach allen Seiten umschauend, in die *Hopfenklause*: Toto das Messer – mit seiner Sonnenbrille und Basecap erkannten Fett und Conti ihn nicht. Er hatte eine SMS von Krapohl erhalten, dachte er. Aber Krapohl war nicht der Absender, sondern Freunde von Samuel Goldstein. Krapohl wolle ihn gegen 11.15 Uhr am Freitag in der *Hopfenklause* treffen, so der Inhalt. Da Toto sowieso nichts mit sich anfangen konnte und dem Lancia und Adriana nachtrauerte, mehr dem Lancia als Adriana, hatte er beschlossen, Krapohl aufzusuchen. Er blickte sich um, die Sonne blendete ihn, es war ruhig am Hansemannplatz, keine Busse, kaum Verkehr, aber Toto wurde nicht misstrauisch, weil er nicht wusste, wie viel Betrieb hier sonst war. Er näherte sich der Eingangstür.

»Verbinden Sie uns«, befahl Fett der Leitstelle.

»Kley, SEK-Leitung.« Eine dunkle Stimme klang aus dem Lautsprecher.

»Fett, Mordkommission. Sie müssen sofort rein. Wir haben den begründeten Verdacht, dass da drinnen etwas aus dem Ruder läuft.«

»Verstehe. Plan Alpha. Wagen eins und zwei frontal vor die Tür. Wagen drei Monheimsallee, falls dort irgendwo ein Hintereingang ist.«

Die zwei getunten BMWs mit dunklen Scheiben rasten aus der Jülicher Straße direkt vor die *Hopfenklause*. Ein Mercedes E-Klasse hielt dicht beim Denkmal von David Hansemann. In Sekundenschnelle sprangen sechs mit Maschinenpistolen bewaffnete Spezialkräfte vor den Eingang der Kneipe, mit der Hand gab Kommissar Kley ein Signal, und sie stürmten, sich nach allen Seiten sichernd, durch die Tür und den Windfang in das Inferno im Inneren. Dort stand Toto mit geöffnetem Mund, starrte auf Krapohl, murmelte »Porca miseria«, drehte sich um, sah einen SEK-Polizisten, griff fatalerweise zur Makarov auf der Theke, drückte in der Bewegung ab, zugleich sah er das Mündungsfeuer aus der Maschinenpistole und spürte einen schmerzhaften Stich im Brustkorb. Dann brach er zusammen, sank auf die Knie und hörte nicht mehr: »Hinlegen! Flach auf den Boden! Waffe weg!«

Franky, der vom Wettbüro auf der Heinrichsallee zurückkehrte, *Sweet Afton* quarzend und mit leerem Portemonnaie, blieb vor dem Absperrband stehen, beobachtete die Polizei, gab einige pseudofachmännische Kommentare ab zu links und rechts von ihm stehenden Rentnern, schlenderte schließlich mit den Wettscheinen zurück in sein Zimmer voller Plastiktüten und verbrachte die Mittagszeit mit einer Wiederholung von *Richterin Barbara Salesch*. Er wollte nicht wissen, was da los gewesen war, er schottete sich ab in seiner Welt des Glücksspiels. Franky starb im Spätsommer an Leberkrebs.

»UND SO KOMMT ZUM GUTEN ENDE ...«
(DREIGROSCHENOPER)

Die Pizzeria *Padre Padrone* in Aachen und die Pizzerien in Düren und Kerpen, sie alle gehörten Pippo la bocca, brannten in der Folgewoche völlig aus. Pippo stand vor dem Ruin, die Steuerfahndung hatte ihn ins Visier genommen – und er bekam eine Ansage aus Kalabrien. Falls er aussagen sollte, würde er unter seinem leeren Swimmingpool lebendig begraben werden. Außerdem sei ab sofort Oscar aus Düren der Capo im Revier, um es neu aufzubauen. Pippo erhielt vom Capo in Deutschland, dem Crimine de Germania, eine letzte Chance: Mit einem Milchwagen könne er durch die Vororte von Bielefeld juckeln. Pippo griff zu, er fuhr fortan mit Biomilch, zuvor im Supermarkt gekauft, durch Bielefelder Vororte und war der liebe Opa Pippo-Latte, der Milchopa. Die Aachener Staatsanwaltschaft konnte ihm keine Verbindungen zum Mord an Bartosz Masur nachweisen. Pippos Frau blieb beim Masseur in Abano Terme.

Toto das Messer starb am Freitagnachmittag an den Schussverletzungen, ohne das Bewusstsein erlangt zu haben. Die Schmauchspuren nach dem Schuss auf den SEK-Beamten ließen vermuten, dass Toto für das »Massaker in der *Hopfenklause*«, wie es die Zeitungen nannten, verantwortlich war. Die Theorie stand im Raum, dass er sich für die Sprengung seines Wagens rächen wollte. Diese Erklärung passte insbesondere dem Polizeipräsidenten und der Staatsanwaltschaft. Toni, der Hopfenklausenwirt, konnte sich in den Befragungen an nichts erinnern. Er sei sofort zu Boden gegangen und habe so lange *Vaterunser* gebetet, bis die Polizei Toto erledigte. Das ballistische Gutachten blieb unter Verschluss. Die Kugel in Papeschs Auge stammte nicht aus der Makarov, mit der Toto geschossen hatte. Waren zwei Pistolen benutzt worden? Fett wollte nachfassen, aber Staatsanwaltschaft und Polizeipräsident sahen keine Notwendigkeit. Die Akte *Hopfenklause* lief unter Bandenkriminalität und wurde abgeschlossen.

Adam Sobetzko kehrte nach einer abenteuerlichen Fahrt über Schleichwege zurück in die Vorkarpaten. Als er in Lesko eintraf, wurde er von einer Spezialeinheit der polnischen Polizei in Empfang genommen. Aber wie bei einem Wunder, von denen *Radio Maria* täglich berichtete, kamen er, Jurek und Amelia nach wenigen Tagen wieder frei. Aus dem Innen- und Justizministerium waren einige Anrufe getätigt worden. Die Sondereinheit aus Rzeszow zog ab. Die Hausdurchsuchung wurde eingestellt. Offiziell lautete die Version, dass Adam, Jurek und Amelia den lieben Bartosz mit nach Deutschland genommen hatten. Er sei dort eigene Wege gegangen und an die falschen Leute geraten. Mit dem Massaker in der *Hopfenklause* wurde Adam nicht in Verbindung gebracht. Die Eltern von Bartosz Masur erhielten den Anteil vom Finderlohn, den Herr Abraham in der ersten Tranche ausgezahlt hatte. Im August traf in Adam Sobetzkos Bahnhofskantor von Rzeszow die vereinbarte zweite Tranche ein, die gerecht aufgeteilt wurde.

Jurek Nowak finanzierte mit einem Teil des Geldes die Grabstätte für seinen Großvater Mateusz. Amelia investierte in Technik, um ihre Schüler digital zu unterrichten. Adam Sobetzko ließ Damian antanzen, gab ihm eine letzte Chance und investierte seine Summe in neueste Technologie, um damit Werbung und Marketing für seine Klubs und die wenigen legalen Geschäfte anzukurbeln. Zugleich spendete er eine enorme Summe an das Erholungswerk für Polizisten der Woiwodschaft Rzeszow, die im Dienst verletzt worden waren.

Kommandant Arkadiusz Martyniuk und sein Kollege Kuba erhielten die Versetzung nach Bystrzyca Kłodzka in Niederschlesien, ehemals Habelschwerdt, was beide mit einem Schrei des Entsetzens kommentierten. Hilfe suchende Anrufe bei Adam Sobetzko liefen ins Leere.

Oberst Buzzati wurde im Spätherbst bei einem Anschlag der Mafia vor dem Eingang der Kaserne in Reggio Calabria getötet. Als er an der Wache anhielt, explodierte eine ferngezündete Sprengladung. Er war sofort tot. Capitano Rienzi wurde sein Nachfolger und schaffte es innerhalb von sechs Monaten, vier der alten Onkels in Tropea aus dem Verkehr zu ziehen. In einem spektakulären Mafia-Prozess in Reggio Calabria erhielten sie lebenslange Haftstrafen.

Samuel Goldstein wurde nicht mehr von David angerufen, allerdings Ende 2020 nach Israel eingeladen und vom Staatspräsidenten empfangen. Er starb einen Tag vor seiner geplanten Rückreise im *König-David-Hotel* in Tel Aviv und wurde in Israel beigesetzt. Das Kaddisch sprach der Direktor des Mossad.

Fett wachte am Sonntag nach dem Massaker in der *Hopfenklause* auf dem Sofa von Daniela Conti auf. Er konnte sich noch an ein wundervolles Abendessen, einen hervorragenden Chianti, einige Gläser Crémant und Musik von Gianna Nannini erinnern. Er hörte Daniela Conti in der Küche, spürte leichten Kopfschmerz und zog die Decke noch mal über die verschlafenen Augen.

Die Akte Bartosz Masur wurde geschlossen. Alle Indizien sprachen dafür, dass Oskar Krapohl ihn ermordet hatte, weil Bartosz ein Geheimnis nicht verraten wollte oder konnte. Staatsanwältin Regauer und Polizei-präsident Krämer waren zufrieden. Sie hielten Ende Juli 2020 eine Pressekonferenz zum Ergebnis der Ermittlungen ab, bei der Fett und Conti im Hintergrund blieben und sich über Formulierungen wunderten wie »Sicherheitsarchitektur von Aachen«, da sei noch »Luft nach oben«, Polizei und Staatsanwaltschaft seien Partner »auf Augenhöhe«, und »am Ende des Tages« würde die Gerechtigkeit »final und schlussendlich« siegen, man müsse halt einfach »ein Zeichen setzen« und sich »nicht im Kleinen verlieren«. Die Frage nach Adam Sobetzkos Helfern in Maastricht wurde nicht gestellt. Zwei Anrufe vom Bundesnachrichtendienst überzeugten Polizeipräsident Krämer, keine weiteren Ermittlungen in diese Richtung anzustellen. Fett nannte den Polizeipräsidenten nach der Pressekonferenz nur noch Klein-Krämer.

Rommels Gold liegt wahrscheinlich noch immer vor Korsika im Mittelmeer. Martin Bormann muss sich einen perfiden Plan ausgedacht haben, weil er spätestens im Mai 1943, nach der Niederlage in Stalingrad und der Kapitulation des Afrikakorps, erkannt hatte, dass Deutschland den Krieg verlieren würde. Er ließ, vermutlich abgestimmt mit Heinrich Himmler, die richtigen Kisten versenken und danach alle Beteiligten liquidieren. Zuvor wurden sechs baugleiche Kisten mit Schrott gefüllt und per U-Boot und Zug auf den Weg nach Berlin gebracht. Er hätte dem Führer irgendetwas von einer genialen Täuschung erzählt. Nur er und Himmler wussten, wo vor Korsika die Kisten lagen. Das wäre ihre Lebensversicherung für die Zeit nach dem Krieg gewesen – wenn Bormann nicht im Mai 1945 nach der Flucht aus dem Führerbunker in der Nähe des Lehrter Bahnhofs erschossen worden wäre. Andere behaupteten, er habe Selbstmord begangen wie Himmler. Als Himmler am 23. Mai 1945 in britische Gefangenschaft geriet, zerbiss er bei der ärztlichen Untersuchung eine Zyankalikapsel. So versandet vor Korsika Rommels Gold. Das Meer gibt den geraubten Schatz nicht zurück.

Erwin Rommel wurde am 14.10.1944 auf Befehl Hitlers zum Selbstmord gezwungen, andernfalls wäre er wegen Beteiligung an den Vorbereitungen zum Attentat auf Hitler vor den Volksgerichtshof gestellt worden. Er erhielt ein Staatsbegräbnis, um das Volk zu täuschen. Es bleibt im Dunkel der Geschichte, ob er vom Auftrag der SS in Afrika wusste, der Erpressung der jüdischen Gemeinden, der Absicht, alle Juden in Nordafrika umzubringen.

SS-Standartenführer Walther Rauff flüchtete am Kriegsende nach Südamerika. Im September 2011 bestätigte der Bundesnachrichtendienst (BND), dass Rauff zwischen 1958 und 1962 als Agent des BND gearbeitet habe. Rauff, der Erfinder der Gaswagen, starb 1984 in Santiago de Chile. Er hat seine Taten nie bereut und blieb Nazi bis zum Tod.

Das neunte internationale Bruno-Schulz-Festival in Drohobycz wurde für den November 2020 geplant, darunter ebenfalls ein Prolog in Lemberg. Bruno Schulz wurde dem Vergessen entrissen. Maurice Nadeau, ein französischer Schriftsteller, soll über Schulz gesagt haben: »Bruno Schulz wurde als Österreicher geboren,

hatte als Pole gelebt – und wurde als Jude ermordet.«
Schneewittchen und die sieben Zwerge, eine zauberhaft
schöne Prinzessin und eine Kutsche mit Kutscher, drei
Wandmalereien von Bruno Schulz, wurden bereits im
Mai 2001 auf geheimnisvolle Weise in der ukrainischen
Stadt Drohobycz vorsichtig aus der Wand gelöst und
nach Yad Vashem in Israel gebracht.

Bleibt zum Schluss die Geschichte vom Wawel-Drachen. Verkürzt gesagt wurde der Wawel-Drache, der
in einer Höhle bei Krakau lebte, dadurch besiegt, dass
ein Schuster sich den unersättlichen Hunger des Dra-
chens zunutze machte. Der Schuster füllte ein Lamm-
fell mit Schwefel und legte es vor die Höhle des Dra-
chens. Der verschlang das Lamm mit Haut, Haaren und
Schwefel. Daraufhin bekam er einen unstillbaren Durst,
stieg in die Weichsel, trank Wasser ohne Ende, bis ihm
der Bauch platzte. So wurde das Monster besiegt, das
bis dahin Land zerstört, Vieh gefressen, den Frieden
gestört, Unordnung gebracht und Bürger getötet hatte.

Corona machte eine Pause und nahm im Herbst und
Winter 2020 richtig Fahrt auf. Aber das ist eine andere
Geschichte.

ENDE

Kommissare Fett und Schmelzer ermitteln:

1. Fall: Rurschatten
ISBN 978-3-8392-2331-4

2. Fall: Allerseelenschlacht
ISBN 978-3-8392-2506-6

3. Fall: Tote Biber schlafen nicht
ISBN 978-3-8392-2766-4

4. Fall: Herr über Leben und Tod bist du
ISBN 978-3-8392-0032-2

5. Fall: Rommels Gold
ISBN 978-3-8392-0188-6

weitere:

Kommissare Rosenthal und Fett ermitteln: Die Macht am Rhein (mit Maren Friedlaender)
ISBN 978-3-8392-2474-8

GMEINER SPANNUNG

WWW.GMEINER-VERLAG.DE
Wir machen's spannend

Günter Neuwirth
Caffè in Triest
Roman
440 Seiten
13,5 x 21 cm,
Premium-Klappenbroschur
ISBN 978-3-8392-0111-4
€ 16,00 [D] / € 16,50 [A]

In der Stadt an der Adria gelingt Jure Kuzmin der
Aufstieg vom einfachen Seemann zum Kaffeeimpor-
teur. Als er sich in die Tochter eines Triester Groß-
händlers verliebt, macht er sich den Dandy Dario
Mosetti zum Feind. Um seinen Nebenbuhler loszu-
werden, ersinnt Dario einen perfiden Plan. Doch sein
Vorhaben entfesselt einen Bandenkrieg und Inspector
Bruno Zabini muss einschreiten. Dabei gestaltet sich
sein Privatleben dieser Tage äußerst turbulent.

GMEINER SPANNUNG

WWW.GMEINER-VERLAG.DE
Wir machen's spannend

Martina Parker
Hamdraht
Roman
502 Seiten
13,5 x 21 cm,
Premium-Klappenbroschur
ISBN 978-3-8392-0137-4
€ 17,50 [D] / € 18,00 [A]

Sanfter Tourismus im Südburgenland? Von wegen.
Der »zuagroaste« Arno will den »Hiesigen« zeigen,
wie Wellness geht, setzt sich dabei aber ordentlich in
die Nesseln. Die kräuterkundige Köchin Mathilde
kocht lieber ihren Chef ein als die Gäste. Die beißen
ohnehin bald ins Gras. Lokaljournalistin Vera recher-
chiert und gräbt dabei zu tief. Und auch die Mitglieder
des Gartenklubs haben ihre grünen Daumen im Spiel.

GMEINER SPANNUNG

WWW.GMEINER-VERLAG.DE
Wir machen's spannend

DIE NEUEN Lieblings-plätze

ISBN 978-3-8392-0154-1 — AM INN

ISBN 978-3-8392-2730-5 — AUGSBURG UND BAYERISCH-SCHWABEN

ISBN 978-3-8392-0155-8 — FÜNFSEENLAND

ISBN 978-3-8392-0158-9 — HARZ

ISBN 978-3-8392-0160-2 — NORDSEEKÜSTE NIEDERSACHSEN mit Hund

ISBN 978-3-8392-0159-6 — LÜNEBURGER HEIDE

ISBN 978-3-8392-0161-9 — NIEDERRHEIN

ISBN 978-3-8392-0163-3 — OSTSEE MECKLENBURG-VORPOMMERN

ISBN 978-3-8392-0164-0 — OSTSEE SCHLESWIG-HOLSTEIN

ISBN 978-3-8392-2626-1 — SACHSEN

ISBN 978-3-8392-0156-5 — BODENSEE Für Senioren

ISBN 978-3-8392-0157-2 — NORDSEE SCHLESWIG-HOLSTEIN Für Senioren

ISBN 978-3-8392-0166-4 — SÜDLICHE WEINSTRASSE UND PFALZERWALD

ISBN 978-3-8392-0166-4 — SÜDTIROL

ISBN 978-3-8392-2838-8 — USEDOM

ISBN 978-3-8392-0168-8 — WIESBADEN RHEIN-TAUNUS RHEINGAU

GMEINER KULTUR

WWW.GMEINER-VERLAG.DE
Mensch, Kultur, Region